Als Oberkommissar Max Bischoff den Brief zum ersten Mal liest, traut er seinen Augen nicht. Der Absender schreibt, dass er Max' Schwester Kirsten in seiner Gewalt hat. Und dass er ihr weh tun wird. Wie sehr, das hängt von Max ab. Keine Polizei, keine Mitwisser, sonst stirbt Kirsten. Max kennt nur eine Person, die eine persönliche Rechnung mit ihm offen hat. Alexander Neumann. Ehemaliger Kollege und psychopathischer Mörder. Ist Neumann wieder auf freiem Fuß? Was hat er vor? Entgegen den Anweisungen bittet Max umgehend seinen Partner Horst Böhmer um Hilfe. Doch der Entführer hat seine Augen und Ohren überall. Er bestraft Kirsten und lockt Max in eine Falle. Danach ist Max auf der Flucht, gejagt von den eigenen Kollegen. Und er steht vor der schlimmsten Entscheidung seines Lebens: Soll er seine Schwester retten oder sich selbst?

Der dritte Fall für Oberkommissar Max Bischoff in Düsseldorf

Arno Strobel, 1962 in Saarlouis geboren, gehört zu den erfolgreichsten deutschen Thrillerautoren. Alle seine Romane sind Bestseller. Bevor er sich ganz auf das Schreiben konzentrierte, arbeitete er lange bei einer großen deutschen Bank in Luxemburg. Arno Strobel lebt in der Nähe von Trier.
Mehr unter www.arnostrobel.de

Außerdem bei FISCHER Taschenbuch erschienen:
»Der Trakt«, »Das Wesen«, »Das Skript«, »Der Sarg«, »Das Rachespiel«, »Das Dorf«, »Die Flut«, »Im Kopf des Mörders – Tiefe Narbe«, »Im Kopf des Mörders – Kalte Angst«

Besuchen Sie Arno Strobel auch auf Facebook.

Weitere Informationen finden Sie auf www.fischerverlage.de

ARNO STROBEL

Im Kopf des Mörders –

TOTER SCHREI

Thriller

FISCHER Taschenbuch

MIX
Papier aus verantwortungsvollen Quellen
FSC® C083411

Originalausgabe

Erschienen bei FISCHER Taschenbuch
Frankfurt am Main, Februar 2019

Dieses Werk wurde vermittelt durch die Literarische Agentur
Thomas Schlück GmbH, 30161 Hannover.
Redaktion: Ilse Wagner

Satz: pagina GmbH, Tübingen
Druck und Bindung: CPI books GmbH, Leck
Printed in Germany
ISBN 978-3-596-70206-0

Für

Alex, Burkhard, Cilly, Doro, Elke S., Helmut, Jürgen,
Manuela, Marion, Dominik, Pete, Tanja und Udo

Danke für eure Freundschaft.
Auch und gerade in Zeiten, die etwas schwieriger waren.

Niemals sind wir einsamer
als in unserer Verzweiflung.
Else Pannek

Prolog

Der Raum ist modrig kalt. Und er ist schmutzig.

Der Gestank nach Fäulnis und Verwesung ist von einer derart aufdringlichen Intensität, dass ihr Magen sich auch nach Stunden bei jedem Atemzug heben möchte.

Es heißt, die Zeitspanne, bis man auch den schlimmsten Geruch nicht mehr wahrnimmt, betrage etwa drei Minuten. So lange dauert es, bis der olfaktorische Sinn sich adaptiert, *wie es im Fachjargon genannt wird. Das hat sie vor kurzem noch in einem Magazin gelesen.*

Der Autor des Berichts hat offenbar noch nie längere Zeit in einem Dreckloch wie diesem gesessen.

Zum hundertsten Mal schaut sie sich um, lässt den Blick über den Müll wandern, der große Teile des Bodens um sie herum bedeckt. Die trübe Helligkeit, die kraftlos durch das vor Dreck starrende, winzige Oberlicht sickert, lässt die Konturen vor sich hin faulender Essensreste zwischen zerknitterten Plastikflaschen und halbverwesten Rattenkörpern gnädig ineinanderfließen. Über alledem liegt eine Schicht aus schmierigem Staub.

Sie weiß nicht, in welcher Gegend das Haus steht, in dessen Keller sie eingeschlossen ist. Sie weiß nicht einmal, in welcher Stadt sie sich befindet.

Er hat ausgesehen wie ein Paketbote, als er vor ihrer Wohnungstür stand, doch sobald sie die Tür geöffnet hatte, ist er wie ein böser Schatten über sie gekommen. Dann war es dunkel um sie geworden. Wieder aufgewacht ist sie hier unten, in diesem Loch.

Das Geräusch eines sich im Schloss drehenden Schlüssels lässt sie hochschrecken. Ihr Pulsschlag beschleunigt sich, mit hämmerndem Herzen starrt sie auf die rostige Stahltür, die sich unter furchtbarem Quietschen in den Angeln bewegt. Es klingt wie der Schrei eines wahnsinnigen Mädchens.

Er betritt den Raum. Jeder seiner Schritte wird begleitet vom Schmatzen und Knirschen des Unrats, den seine klobigen Stiefel unter ihren Sohlen zermatschen.

Kurz vor ihr bleibt er stehen, schaut auf sie herab.

Reglos, ausdruckslos. Die schwarzen Haare sehen in dem schummrigen Licht unnatürlich aus, das Gesicht scheint wächsern wie das einer Puppe.

Er zeigt mir sein Gesicht, *denkt sie.* Das ist nicht gut.

Aber sie muss sich zusammenreißen.

»Ich bitte Sie«, sagt sie, und ihre Stimme klingt in ihren Ohren dabei nicht hysterisch und nicht weinerlich. Lediglich das leichte Vibrieren darin könnte Rückschlüsse auf ihre Angst zulassen, aber dafür muss man sie schon sehr gut kennen.

»Sprechen Sie mit mir. Sagen Sie mir, was Sie von mir wollen. Diese Facebook-Nachrichten … sie stammen von Ihnen, nicht wahr? Mir kommt es vor, als suchten Sie nach etwas. Ich bin sicher, wir werden eine Lösung finden, auch ohne dass Sie unser beider Leben zerstören. Aber bitte, reden Sie mit mir.«

»Es geht nicht um dich.« Es sind die ersten Worte, die er sagt, seit er sie aus ihrer Wohnung entführt hat. Kalt und bar jeder Emotion, und doch wecken sie einen kleinen Hoffnungsschimmer in ihr. Wenn sie es schafft, dass er sich mit ihr unterhält, wird es ihm schwerer fallen, ihr etwas anzutun. So hofft sie zumindest.

»Um wen geht es Ihnen? Und um was?« Es kostet sie Kraft, es

wie eine ganz normale Unterhaltung klingen zu lassen, aber sie wird ihm ihre Angst nicht zeigen. »Vielleicht kann ich …«

»Es geht um deinen Bruder. Ich werde ihn durch die Hölle schicken.« Er sagt es, als hätte sie ihn nach der Uhrzeit gefragt. »Ich werde ihn so sehr leiden lassen, dass er sich den Tod wünscht. Wenn es dazu erforderlich ist, dass er weiß, dass du leidest, dann wirst du leiden. Es liegt an ihm.«

Noch immer redet er ohne jede Intonation, fast wie ein Roboter.

Sie schluckt mehrmals gegen die aufkommende Panik an. Dieses monotone Aufsagen aneinandergereihter Wörter macht ihr mehr Angst als alles andere. So spricht kein auch nur halbwegs normaler Mensch.

»Aber … warum?« Sie spürt, dass die Kräfte sie verlassen, mit denen sie ihren Verstand beisammen- und die Panik draußen hält. »Was verlangen Sie von ihm?«

»Er muss dein Leben mehr lieben als seines und mehr als das von jedem anderen. Wenn er zögert, gehst du noch vor ihm durch die Hölle.«

Sie konzentriert sich auf die Worte, versucht, sie trotz der brennenden Angst zu verstehen, die immer höher in ihr lodert, aber sie findet den Sinn darin einfach nicht.

»Gib mir deine Hand.«

»Warum? Ich … ich kann nicht aufstehen, das wissen Sie doch.« Ein Gefühl sagt ihr, dass er etwas mit ihr vorhat. Etwas Schlimmes. Dass sie ihm die Hand nicht geben soll.

Die Panik legt unausweichlich ihre Klauen um ihren Hals und drückt zu.

»Gib mir deine Hand«, fordert er erneut.

»Was wollen Sie von meinem Bruder?« Sie versucht, ihn mit Therapeutenstimme abzulenken. »Bitte, sagen Sie es mir? Vielleicht …«

Die Bewegung ist so schnell, dass sie erst versteht, was geschehen ist, als ihre linke Hand schon in seiner liegt.

Er zieht so heftig an ihrem Arm, dass sie fast zu Boden fällt, dreht sich etwas zur Seite und klemmt ihren Unterarm zwischen seiner Brust und seinem Oberarm ein. Mit der freien Hand greift er in die Tasche seiner Jacke. Sie braucht einen Moment, bis sie den Gegenstand erkennt, den er hervorzieht. Ihre Augen weiten sich, gleichzeitig versucht sie, ihren Arm freizubekommen. »Was … haben Sie damit vor?«

Er antwortet nicht.

Als er nach ihrem kleinen Finger greift, ihn seitlich abspreizt und die Rosenschere ansetzt, reißt sie den Mund auf und schreit.

1

Max stand reglos da und starrte auf den Brief. Er las ihn ein zweites Mal, ließ die Hand mit dem Blatt sinken, den Blick ins Leere gerichtet, und hob sie gleich darauf wieder an, während sein Verstand fieberhaft nach einer *anderen* Erklärung als der offensichtlichen suchte.

Ein drittes Mal hangelte sein Blick sich widerwillig von Wort zu Wort.

Bischoff!
Ich sollte dir jetzt sagen, dass deiner Schwester nichts geschehen wird, wenn du meinen Befehlen Folge leistest. Aber das kann ich nicht. Ich finde, eine derart intime Beziehung, wie wir sie in nächster Zeit zueinander haben werden, verdient schonungslose Ehrlichkeit. Deshalb sage ich dir, ganz egal, was du tust oder lässt – ich werde ihr weh tun. Die Frage ist also nicht, ob sie leiden muss, sondern, wie sehr. Und ob sie am Ende überlebt.
Du wirst bald einen Menschen töten. Entweder einen Fremden oder deine Schwester. Es liegt an dir.
Ach, und halte dich an die Regeln. Du kennst das ja: keine Polizei – außer dir natürlich – und kein Wort zu irgendwem. Sonst schicke ich dir deine Schwester zurück. Stück für Stück.

Cyrano de Bergerac sagte einst: Die Welt mag untergehen, wenn ich mich nur rächen kann.
Ich sage: Du hörst von mir.

Da erst gab sein Verstand es auf, nach Anzeichen für einen schlechten Scherz oder nach irgendwelchen anderen Erklärungen zu suchen, und akzeptierte die unausweichliche Eindeutigkeit der Botschaft. Ohne dass er etwas dagegen hätte tun können, ballten sich Max' Hände wie im Krampf zu Fäusten, zerknüllten das Papier und ließen die Worte darauf zu einem unleserlichen Wirrwarr werden.

Ganz egal, was du tust oder lässt – ich werde ihr weh tun … Die Welt mag untergehen, wenn ich mich nur rächen kann.

Ein Name erschien plötzlich wie ein Fanal vor seinem geistigen Auge, dann ein Gesicht, vom Hass zu einer Fratze verzerrt. Der einzige Mensch, den Max kannte, der aus Rache zu so etwas fähig wäre, war Alexander Neumann. Ehemaliger Kollege, psychopathischer Mörder. Max hatte damals nicht nur den entscheidenden Hinweis geliefert, der Neumann überführte, er hatte ihn bei der Verhaftung auch im letzten Moment davon abgehalten, sich seine Dienstwaffe in den Mund zu stecken und abzudrücken, um sich dem zu entziehen, was ihn im Gefängnis erwarten würde. Polizisten rangierten im Knast noch eine Stufe unter Kinderschändern. Sie waren Freiwild, mit dem jeder machen konnte, was er wollte, und dem niemand half.

Und obwohl er eine Prostituierte nicht nur getötet, sondern sich anschließend ausgiebig und phantasievoll an ihrer Leiche vergangen hatte, war Neumann nicht in eine forensische Psychiatrie, sondern in den normalen Strafvollzug gekommen. Dafür hatte der Gutachter gesorgt, der ihn für voll schuldfähig befunden hatte. Und die Aussagen von Leuten, die ihn kannten. Auch Max' Aussage.

Er sah Neumann wieder vor sich, die Handgelenke hinter dem Rücken aneinandergefesselt, von zwei Kollegen gepackt, die ihm die Arme noch ein Stück weiter nach hinten verdrehten, als es notwendig gewesen wäre. Einer aus ihren eigenen Reihen, der so ein abscheuliches Verbrechen beging, verdiente keine sanfte Behandlung.

Max sah wieder den hasserfüllten Blick, mit dem Neumann ihn angestarrt und in dem ein irres Feuer gelodert hatte. Hörte noch einmal seine Stimme.

Was immer jetzt kommt, ich werde es überleben. Irgendwie. Und dann komme ich zurück, und ich werde dich da treffen, wo es dir am meisten weh tut. Ich werde dir so viel Schmerz zufügen, dass du dir wünschen wirst, tot zu sein.

»Du verdammtes Schwein«, stieß Max aus, knallte das zusammengeknüllte Papier mit der flachen Hand auf den Tisch und zog seine Dienstwaffe aus dem Gürtelholster. Eine völlig unsinnige Geste, die ihm aber ein winziges Stück Halt gab.

Sein Blick fiel auf ein Bild von Kirsten und ihm, das auf der Anrichte stand. Er war neben ihrem Rollstuhl in die Hocke gegangen und hatte gemeinsam mit ihr um die Wette gestrahlt, als ihr Vater auf den Auslöser drückte. Das war zwei Jahre her. Einer der wenigen Familienausflüge mit ihren Eltern. Damals war die Welt noch in Ordnung gewesen. Für sie ebenso wie für ihn. Ihre Eltern … Wenn ihre Mutter etwas von dem erfuhr, was gerade geschah, würde sie vor Angst um Kirsten sterben.

»Wenn du ihr was antust …« Erst flüsterte er es, dann, nach einem kurzen Moment der Stille, schrie er es gegen die Wände von Kirstens Wohnung, als würde der Entführer sich dort irgendwo versteckt halten. Aber er schrie auch gegen das explosive Gemisch aus Zorn und Angst an, das in ihm tobte. »Wenn du ihr etwas antust, du gottverdammter Irrer, dann bringe ich dich um!«

Sein Atem ging stoßweise, als er sich umwandte und den Blick auf der Suche nach einem Hinweis durch den Raum schweifen ließ. Aber da war nichts. Alles sah aus wie immer.

Max steckte die Pistole wieder ein, machte ein paar Schritte auf die Wohnungstür zu, ging in die Hocke und betrachtete den Parkettboden. Die Spurensicherung würde den Bereich mit einem speziellen Staubsauger abfahren, in dessen feinem Filter alles hängen blieb, selbst Haare oder kleinste Partikel.

Keine Polizei, sonst schicke ich dir deine Schwester zurück. Stück für Stück.

Keine Spurensicherung.

Er erhob sich und griff nach seinem Smartphone. Nein, er würde ganz sicher nicht im Präsidium anrufen, denn wenn sein Chef, Polizeirat Gorges, von der Sache erfuhr, würde er Max sofort abziehen, weil er persönlich involviert war.

Nach zweimaligem Läuten war Böhmer am Apparat. »Was gibt's?« Seine Stimme klang kraftlos und müde, was wenig verwunderlich war, schließlich hatten sie gerade erst die Ermittlungen zu einer extrem brutalen Mordserie abgeschlossen, die ihre ganze Energie gekostet hatte. Aber das interessierte Max in diesem Moment nicht. Ihn interessierte gerade überhaupt nichts außer der Frage, was dieser Irre Kirsten angetan hatte oder ihr noch antun würde.

»Wir müssen uns sofort sehen.«

»Was ist los?«

»Nicht am Telefon.«

»Hm … also gut. Bei dir?« Böhmer schien zu spüren, dass etwas Furchtbares geschehen sein musste, und verzichtete auf weitere Fragen.

»Nein, besser nicht«, entgegnete Max. Vielleicht beobachtete der Kerl seine Wohnung. »Lieber bei dir, geht das?«

»Okay.«

»Bis gleich.« Max legte auf und steckte erst das Telefon und dann den zerknitterten Zettel ein. Das widersprach allem, was er einmal über die Vorgehensweise bei der Beweissicherung gelernt hatte, aber wer auch immer hinter der Entführung steckte, war sicher nicht so bescheuert gewesen, seine Fingerabdrücke auf dem Papier zu hinterlassen.

Er brauchte eine Viertelstunde bis zu Böhmers Wohnung in Volmerswerth, in der ihm zweimal aus anderen Fahrzeugen heraus die geballte Faust gezeigt wurde, weil er den Fahrern die Vorfahrt genommen hatte. Er ignorierte es. Seine Gedanken kreisten ununterbrochen um diesen einen Satz.

Ganz egal, was du tust oder lässt – ich werde ihr weh tun.

Böhmer schien in unmittelbarer Nähe des Eingangs auf Max gewartet zu haben, denn höchstens zwei Sekunden nachdem er die Klingel betätigt hatte, schwang die Tür auf und sein um einen halben Kopf kleinerer, stämmiger Seniorpartner stand ihm gegenüber. Seinem Gesicht war deutlich die Erschöpfung anzusehen, das logische Resultat der letzten Tage.

»Komm rein!«, sagte Böhmer und trat zur Seite.

Max ging an ihm vorbei durch den kurzen Flur ins Wohnzimmer, einem überwiegend in biederen Brauntönen eingerichteten Raum, der sich ebenso gut im Haus seiner Eltern hätte befinden können. Vielleicht Überbleibsel von Böhmers Noch-Ehefrau, die wenige Monate zuvor ausgezogen war.

Aber dafür hatte Max gerade keinen Sinn. Er ließ sich in einen der braunen Polstersessel fallen und sah Böhmer entgegen, der auf ihn zukam und, die Hände in die Hüften gestemmt, vor ihm stehen blieb. »Also?«

»Kirsten ist entführt worden.«

Alle Müdigkeit war mit einem Schlag aus dem Gesicht seines Partners verschwunden. »Scheiße. Bist du sicher?«

Während Böhmer sich auf die Couch sinken ließ, zog Max den Brief aus der Jackentasche und legte ihn auf den Tisch.

Böhmer ergriff ihn wortlos und las.

»Das klingt nach jemandem, der eine dicke Rechnung mit dir offen hat«, mutmaßte er, als er ihn gelesen hatte. Den Brief behielt er in der Hand. »Denkst du, es ist der Gleiche, der sie schon eine Weile über Facebook belästigt?«

Bereits seit Monaten hatte Kirsten immer wieder dubiose Nachrichten über verschiedene Social-Media-Kanäle erhalten, überwiegend über Facebook. Max hatte die Sache zwar ernst genommen, die Entschlossenheit des Kerls aber offensichtlich unterschätzt. Ein fataler Fehler, wie sich jetzt zeigte.

»Wer denn sonst? Und ich bin mir auch ziemlich sicher, dass ich weiß, wer dahintersteckt.«

Böhmer nickte wissend. »Du denkst an den Kollegen, den du damals hochgenommen hast, richtig? Du hast mir erzählt, dass er dir Rache geschworen hat.«

Max nickte.

»Ist der denn wieder auf freiem Fuß?«

»Ich weiß es nicht, aber das lässt sich ja herausfinden. Hilfst du mir?«

Böhmers linke Braue schob sich nach oben. »Was ist das denn für eine Frage? Natürlich helfe ich dir. Ich rufe gleich Gorges an und stelle eine Soko zusammen, dann …«

»Nein!«

»Wie, nein?«

»Hast du nicht gelesen, was er geschrieben hat?«

»Ja, keine Polizei, blablabla. Ich bitte dich, das gehört doch zum Grundvokabular jedes Entführers.«

»Und was ist mit dieser anderen Stelle?« Mit einer hastigen Bewegung griff Max nach dem Zettel, suchte den entsprechenden Abschnitt und las laut vor: *»Ganz egal, was du tust oder lässt – ich werde ihr weh tun. Die Frage ist also nicht, ob sie leiden muss, sondern, wie sehr. Und ob sie am Ende überlebt.«*

Er ließ das Blatt wieder sinken und legte es auf dem Tisch ab. »Er bringt sie um, wenn wir offiziell ermitteln. Und wer weiß, was er ihr vorher antut.« Max dachte an die Tatortfotos von damals. An die furchtbar zugerichtete, geschändete Frauenleiche. Sein Magen zog sich so schmerzhaft zusammen, dass er aufstöhnte.

»Er wird sie nicht umbringen, und das weißt du auch. Er will sich an dir rächen, er möchte sein Spiel mit dir spielen. Dazu ist es notwendig, dass Kirsten lebt.«

Max tippte mit dem Finger auf den Brief vor sich. »Und was ist damit: *Ganz egal, was du tust oder lässt – ich werde ihr weh tun?*«

»Es tut mir leid, und ich weiß, wie schwer das für dich sein muss, aber … Max, du bist Polizist, du weißt es doch selbst.« Böhmer senkte den Kopf, zwei, drei Atemzüge lang, dann trafen sich ihre Blicke wieder. »Du solltest das, was er geschrieben hat, wörtlich nehmen. Was immer er mit ihr vorhat, das tut er so oder so. Auch wenn du gar nichts unternimmst. Es macht keinen Unterschied.«

»Für dich vielleicht«, entgegnete Max mit leiser Stimme. »Für mich macht es sehr wohl einen Unterschied, ob er sie verschont, quält oder gleich umbringt.«

»Hast du eigentlich das kleine Detail überlesen, in dem er schreibt, dass du einen Menschen umbringen wirst?«

»Nein, habe ich nicht.«

»Und?«

»Was, und?«

»Was gedenkst du zu tun, wenn er damit droht, deine Schwester zu töten, falls du nicht einwilligst?«

»Ich gedenke, den Kerl zu finden, bevor es so weit kommt«, wich Max aus. Mit dieser Frage hatte er sich noch nicht beschäftigt und wollte es auch jetzt nicht tun.

Böhmer schnaufte. »Du bist Kriminaloberkommissar

der Mordkommission und fällst mir permanent auf die Nerven mit deinen Täterprofilen und der Denkweise dieser Arschlöcher. Jetzt geh mal so wie sonst auch an diese Sache ran, und dann beantworte dir selbst die Frage, ob es wirklich einen Unterschied macht, ob wir das offiziell anpacken oder nicht. Außer der Tatsache, dass wir weitaus bessere Chancen haben, wenn der ganze Polizeiapparat hinter uns steht.«

»Du hast ja recht, aber da ist noch etwas anderes. Wenn wir es offiziell machen, bin ich aus dem Fall sofort raus, das weißt du. Und ich kann auch nichts auf eigene Faust unternehmen, weil Gorges mich dann auf Schritt und Tritt beobachten lassen wird, um genau das zu verhindern.«

»Ja, und wenn ich mir anhöre, was du hier von dir gibst, hat er sicher recht damit. Ich rufe den Chef jetzt an, und dann wird die volle Maschinerie in Gang gesetzt, um Kirsten zu finden.«

Wütend sprang Max auf. »Nein, das tust du nicht. Zumindest, wenn dir auch nur ansatzweise etwas an unserer Partnerschaft liegt. Und an unserer Freundschaft.«

Als Böhmer ihn daraufhin nur mit ernster Miene ansah, fügte Max leiser hinzu: »Horst, wenn du jetzt Gorges anrufst und der Kerl tut Kirsten etwas an, hast du sie umgebracht.«

Lange sahen sie einander in die Augen, fast so, wie man es früher in der Schule getan hatte, um herauszufinden, wer als Erster lachen musste. Nur, dass hier niemandem zum Lachen zumute war.

Schließlich schlug Böhmer die Augen nieder und nickte. »Also gut. Versuchen wir es auf deine Art. Aber über eines musst du dir im Klaren sein.« Erneut trafen sich ihre Blicke. »Wenn er sie trotzdem tötet, wird dich für den Rest deines Lebens die Frage quälen, ob sie vielleicht hätte gerettet werden können, wenn wir den ganzen Polizeiapparat zur Verfügung gehabt hätten.«

»Wenn er sie tötet«, erwiderte Max mit rauer Stimme, »ist mir mein Leben egal.«

2

Auf dem Weg nach Hause zermarterte Max sich das Hirn, was er tun konnte, um das zu verhindern, was der Entführer angekündigt hatte: dass Kirsten leiden musste. Aber sosehr er sich auch konzentrierte, es fiel ihm nichts ein, außer auf alles einzugehen, was er von ihm verlangte. Zumindest für den Moment. Es würde ihm also nichts anderes übrigbleiben, als darauf zu warten, dass der Mistkerl sich meldete.

Obwohl er ziemlich sicher war, dass nur Neumann dahinterstecken konnte, bemerkte er, dass er noch allgemein von dem *Entführer* dachte. War ihm die Regel, dass jeder als unschuldig angesehen werden muss, solange nicht seine Schuld bewiesen ist, schon so sehr in Fleisch und Blut übergegangen? Wer sonst sollte für diese Schweinerei in Frage kommen?

Über die Pfeiltasten der Lenkradsteuerung ließ er das Telefonbuch auf dem Display anzeigen und wählte Böhmers Nummer, doch der Anschluss war besetzt. Max hoffte inständig, dass sein Partner ihren Chef nicht doch noch informierte.

Keine zwei Minuten später rief Böhmer zurück.

»Hast du schon versucht herauszufinden, ob und wann Alexander Neumann entlassen worden ist?«, begann Max das Gespräch ohne einleitende Floskeln.

»Max, du bist gerade eben erst bei mir …«

»Machst du es bitte gleich? Es ist wichtig, und wenn ich anfange nachzuforschen, wird man mir unnötige Fragen stellen wegen seiner Drohung von damals.«

»Denkst du nicht, dass man dich benachrichtigt hätte, wenn er rausgekommen wäre? Die wissen doch von der Drohung gegen dich.«

»Die vom Vollzug? Das glaube ich nicht. Wir haben das damals nicht an die große Glocke gehängt.«

»Wie auch immer, ich kümmere mich darum.«

»Danke. Ich werde nachher Gorges anrufen und ihm sagen, dass ich ein paar Tage Urlaub brauche.«

»Ich denke ja immer noch …«

»Horst, bitte! Ich *muss* das auf meine Weise versuchen.«

»Und was hast du jetzt vor?«

»Ich werde darauf warten, dass er mich kontaktiert und mir sagt, was genau er eigentlich von mir will. Vielleicht ruft er mich ja an. Wenn ich mit ihm reden kann, ergibt sich eventuell eine Möglichkeit, ihn umzustimmen.«

Max wusste selbst, dass die Wahrscheinlichkeit verschwindend gering war. Dazu war der Mistkerl schon zu weit gegangen.

»Was er von dir möchte, hat er ja schon in seiner ersten Nachricht geschrieben. Fehlen nur noch die Details.«

»Warten wir es ab. Melde dich bitte gleich, wenn du was über Neumann in Erfahrung gebracht hast, okay?«

»Ja, mache ich«, erwiderte Böhmer.

»Danke. Bis dann.«

Nachdem er die Wohnungstür hinter sich geschlossen

hatte, warf Max den Schlüssel in die Schale, die auf der Kommode gleich danebenstand, und hob die Post vom Boden auf. Zwei Umschläge, ein normaler Brief von seiner Versicherungsgesellschaft und eine braune DIN-A5-Luftpolsterversandtasche ohne Absender. Sein Name war auf einen ausgeschnittenen und aufgeklebten Zettel gedruckt worden. Keine Adresse, keine Briefmarke.

Sein Herz begann, gegen die Rippen zu hämmern. Schon als er mit fahrigen Bewegungen den Umschlag an der Oberkante aufriss, bemerkte er, dass sich etwas anderes als ein Brief darin befinden musste. Etwas Kleines, Festes.

Als Erstes zog er ein Blatt Papier heraus, bei dessen Anblick ihm flau im Magen wurde. Auf der Oberseite des einmal gefalteten Blattes glotzte ihm ein dunkler Fleck entgegen wie ein unheilvolles Auge. Max hatte in seinem Leben schon genügend eingetrocknete Blutflecke gesehen, um ihn entsprechend einzuordnen.

Bevor er das Blatt auseinanderfaltete und die Nachricht darauf las, zog er die Oberkanten des Umschlags auseinander, sah hinein und … hätte ihn fast fallen lassen. Dort, zwischen der Folie im unteren Bereich des Umschlags eingeklemmt, aber doch deutlich erkennbar, lag ein Finger.

Max stöhnte auf und taumelte rückwärts gegen die Wand, wo er sich, die Versandtasche wie eine tickende Bombe in der erhobenen Hand haltend, schwer atmend anlehnte und seine Gedanken zwang, sich zu ordnen.

Er war, verdammt nochmal, Polizist. Was auch immer geschah, es half Kirsten wenig, wenn er in Panik geriet und nicht mehr klar denken konnte.

Nach einem tiefen Atemzug richtete er den Blick erneut in die Tüte. Der Größe nach zu urteilen handelte es sich um den kleinen Finger einer Frau. *Um Kirstens kleinen Finger.*

Max schaffte es, sich von der Wand abzustoßen und – den Umschlag in der einen und das gefaltete Blatt in der anderen Hand – in die Küche zu gehen. Dort zog er mit zittrigen Händen einen frischen Gefrierbeutel aus einer Schublade, legte ihn auf die Arbeitsplatte und hielt die Öffnung der Versandtasche schräg darüber, so dass der Finger herauskullerte und auf dem Plastik liegen blieb.

Max *wusste*, dass das, was dort vor ihm lag, von seiner Schwester stammte, auch wenn die Haut mittlerweile grau und der Nagel dunkel war. Er erkannte es an der Form.

Ihm wurde übel bei dem Gedanken, er musste gegen einen plötzlich einsetzenden Würgereiz ankämpfen.

Als er seinen Magen wieder halbwegs unter Kontrolle hatte, betrachtete er den Wundrand, an dem die Haut oval zusammengequetscht und ein Stück weit in die Wunde gedrückt war. Das sah nach einer Zange aus. Ihm wurde erneut schlecht, er musste sich abwenden und mehrmals schlucken.

Ohne den Finger noch einmal anzusehen, nahm er ein Glas aus einem Hängeschrank, füllte es mit Wasser aus dem Hahn und trank einige große Schlucke. Die kalte Flüssigkeit tat ihm gut.

Nachdem er das Glas abgesetzt hatte, fühlte er sich gewappnet für den Brief. Er faltete ihn auf der Arbeitsplatte auseinander und begann zu lesen.

Bischoff!
Du hast mit deinem Partner geredet. Das hat zwei Dinge zur Folge. Eine Strafe für deine Schwester und ein Zeichen meinerseits, dass ich halte, was ich verspreche.
Du hast sicher sofort erkannt, dass es sich bei meinem Geschenk um den kleinen Finger deiner Schwester handelt. Und sicher wirst du daraus schlussfolgern, dass beim nächsten Mal, wenn du nicht exakt das tust, was ich dir sage, ein weiterer Finger folgen wird, habe ich recht? Das ist allerdings nur zum Teil richtig.
Spielst du Schach? Dann kennst du sicher auch die Geschichte mit den Reiskörnern, wovon eines auf dem ersten Feld liegen soll, zwei auf dem zweiten, vier auf dem nächsten, dann acht und so weiter. Genau so machen wir es auch.
Du hast einen Finger bekommen, als Nächstes wirst du das Doppelte, also zwei Finger, bekommen.
Dann vier, dann … sind Kirstens Finger bis auf einen kleinen Rest von dreien auch schon alle ab. Das heißt, wir müssen dann mit den Zehen weitermachen und danach die Arme und Beine dazunehmen.

Die Zeilen verschwammen vor Max' Augen, auf seiner Stirn bildete sich kalter Schweiß. Er schüttelte den Kopf, ein lächerlicher Versuch, das aufkommende Schwindelgefühl zu vertreiben. Als es ihm nicht gelang, legte er die Unterarme auf der Arbeitsplatte ab und ließ die Stirn auf die gegeneinandergepressten Hände sinken. So verharrte er, bis er das Gefühl hatte, weiterlesen zu können.

Als er sich aufrichtete und den Blick wieder auf die Wörter zwang, hätte er nicht sagen können, ob zwischenzeitlich eine Minute vergangen war oder zehn.

Ich kann dir versichern, mir die medizinischen Fähigkeiten angeeignet zu haben, die nötig sind, den Blutfluss so weit zu stoppen, dass deine Schwester nicht stirbt, auch wenn nur noch der Torso von ihr übrig ist. Nun ja, um die nutzlosen Beine ist es ja nicht schade.
Ich frage mich gerade, ob du mitgezählt hast und weißt, nach wie vielen Verfehlungen deinerseits es so weit ist. Ich will dir helfen: Schon nach dem vierten Mal ist deine Schwester quasi auf das Wesentliche reduziert. Du solltest dir ab jetzt also jeden deiner Schritte genau überlegen.
Aber genug der Plauderei, hier kommt eine gute Nachricht für dich: Ich gestatte dir Unterstützung von einer Kollegin. Heute um achtzehn Uhr rufst du Verena Hilger an und erzählst ihr, was geschehen ist. Mach ihr auch klar, dass ein Wort von ihr zu irgendwem – auch zu ihrem Horst – für Kirsten die gleichen Konsequenzen haben wird wie ein Fehlverhalten deinerseits. Wenn du sie nicht erreichst, versuche es wieder. So lange, bis du sie am Apparat hast. Es ist wichtig, dass du noch heute mit ihr sprichst und sie bittest, dir zu helfen.
Jeden weiteren Kontakt zu Horst Böhmer unterlässt du ab sofort. Wenn du meine Anweisungen nicht exakt ausführst, habe ich morgen früh ein weiteres Präsent für dich. Den Inhalt kennst du.

Ach, ich vergaß völlig zu erwähnen: Leider fehlte mir die Zeit, ein Anästhetikum für eventuell notwendige Eingriffe zu besorgen.
Du hörst von mir.

Max drehte den Kopf zur Seite. Er konnte es keine Sekunde länger ertragen, die Zeilen anzusehen, die dieser Irre geschrieben hatte. Er schloss die Augen, konzentrierte sich auf seinen Atem und versuchte, die Bilder wegzuwischen, die sich unablässig in sein Bewusstsein drängen und ihm in aller Deutlichkeit zeigen wollten, wie dieser Wahnsinnige eine Zange an Kirstens Finger ansetzte, wie sich ihr Gesicht verzerrte vor namenloser Angst und vor Schmerz.

Nur nicht durchdrehen. Kirstens Leben konnte davon abhängen, dass sein Verstand einwandfrei funktionierte. Er musste tun, was der Entführer von ihm verlangte. Wenn er auch nicht verstand, warum ausgerechnet Hilger ihm helfen sollte, so war doch alles besser, als vollkommen allein dazustehen.

Was Böhmer betraf … Max hatte keine Ahnung, wie er damit umgehen sollte, aber ein kurzer Seitenblick auf den Finger überzeugte ihn davon, dass es besser war, sich an die Vorgaben zu halten.

Zu ihrem Horst hatte der Entführer geschrieben. Woher wusste er, dass sich zwischen der Oberkommissarin und Horst Böhmer im Laufe der letzten Wochen etwas angebahnt hatte? Entweder hatte er Böhmer ebenso wie Kirsten und ihn beobachtet oder aber über interne Kanäle erfahren, was sich im Präsidium abspielte.

Max warf einen Blick auf die Küchenuhr. Kurz nach

vier, also noch fast zwei Stunden, bis er Verena Hilger anrufen würde. Zeit genug für ein Gespräch mit Gorges.

Bevor er jedoch die Nummer seines Chefs aus dem Adressbuch seines Handys heraussuchte, überwand er sich, packte den Finger in die Tüte, auf der er lag, und verstaute sie in einem Fach der Kühlschranktür.

Auf dem Weg ins Wohnzimmer grübelte er darüber nach, warum der Entführer wollte, dass er ausgerechnet Verena Hilger anrief. Die Oberkommissarin war erst seit knapp drei Monaten bei ihnen und kam aus Köln, wo sie ebenfalls als Ermittlerin der Mordkommission tätig gewesen war. Köln … lag da vielleicht der Schlüssel?

Max hatte unmittelbar nach seiner Ausbildung mit Neumann in Köln zusammengearbeitet, als der den Mord beging. Sie waren beide an die Kölner Dienststelle ausgeliehen worden, weil die für einige Monate unterbesetzt war. Gut möglich, dass Hilger und Neumann sich aus dieser Zeit kannten.

Und wenn das so war, wie *gut* kannten sie sich? Was, wenn Neumann – immer vorausgesetzt, er war Kirstens Entführer – seine Insider-Informationen aus dem Präsidium von Verena Hilger bekommen hatte? Was, wenn das alles zu seinem, zu *ihrem* Plan gehörte? Ihre Versetzung nach Düsseldorf, das Techtelmechtel mit Böhmer …

Max wischte sich mit beiden Händen mehrmals über das Gesicht. Das konnte, das *durfte* einfach nicht sein. Er bildete sich ein, über eine recht gute Menschenkenntnis zu verfügen, und schätzte Verena Hilger als einen offenen und ehrlichen Menschen ein, der sich unmöglich derart verstellen könnte.

Und dennoch … seine Überlegungen waren folgerichtig. Wenn er sich jetzt an sie wandte, damit sie ihm half, könnte sie Neumann über jeden seiner Schritte genau informieren.

Was immer der auch mit ihm vorhatte.

3

Max dachte an Böhmer, der wahrscheinlich gerade in diesem Moment Nachforschungen über Neumann anstellte. Auf sein Drängen hin.

Falls es wirklich Alexander Neumann war, der Kirsten entführt hatte, und falls Verena Hilger tatsächlich mit ihm unter einer Decke steckte, würde der Entführer bald erfahren, dass Böhmer sich nach ihm erkundigte, und daraus vielleicht schlussfolgern, dass Max gegen seine Anweisung noch immer mit ihm in Kontakt war. Sehr viele *falls* und *vielleicht*, und dennoch konnte das Grund genug für Neumann sein, Kirsten weiter zu verstümmeln.

Der Gedanke ließ Max aufstöhnen. Mit einer hastigen Bewegung packte er sein Handy, öffnete den Kurzwahlspeicher und tippte auf den Namen seines Partners.

»Ja, ich bin's noch mal«, meldete er sich, als Böhmer das Gespräch annahm.

»Gibt's was Neues?«

»Ich wollte dir nur sagen, dass es besser ist, wenn du doch nichts unternimmst«, erwiderte Max ausweichend. »Ich werde selbst herausfinden, ob Neumann wieder auf freiem Fuß ist.«

»Er hat sich gemeldet und von dir verlangt, dass du das sagst.« Das war keine Frage, sondern eine Feststellung. Es zu leugnen wäre unsinnig gewesen.

»Ja. Halten wir uns also zumindest für den Moment daran, okay?«

»Ich tue mich schwer damit, Anweisungen psychopathischer Arschlöcher zu befolgen. Bist du sicher, dass du das möchtest?«

»Ich möchte nicht, Horst, ich muss.«

»Also gut. Aber überlege dir gut, was du tust. Du kannst nicht allein mit dem Kerl fertigwerden. Er hat deine Schwester in seiner Gewalt und ist dir damit haushoch überlegen. Er kann quasi alles von dir verlangen.«

»Das weiß ich selbst. Aber ich kann nicht riskieren, dass er ihr etwas antut, deswegen werde ich erst einmal alles machen, was er verlangt.«

Darauf entgegnete sein Partner nichts mehr, und erst, als Max schon nachfragen wollte, ob er noch am Apparat war, sagte Böhmer: »Ich kann bei den Nachforschungen behutsam vorgehen, so dass ein Außenstehender unmöglich etwas davon mitbekommt.«

Ein Außenstehender vielleicht nicht, dachte Max.

»Nein. Wer weiß, welche Kanäle er noch irgendwo bei der Polizei hat. Ich kann das nicht riskieren, versteh mich doch.«

Wieder entstand eine Pause, in der Böhmer nachzudenken schien, bevor er sagte: »Melde dich, wenn ich dir doch irgendwie helfen soll.«

»Das tue ich. Danke.«

Max beendete das Gespräch und betrachtete eine Weile das Display, auf dem noch immer Böhmers Name stand.

Ihr Verhältnis war anfangs nicht das allerbeste gewesen, weil Böhmer nicht viel von Max' Ermittlungsansatz gehalten hatte, unter Berücksichtigung psychischer Aspekte und basierend auf wissenschaftlichen Erkenntnissen an Mordfälle heranzugehen. Er hatte die Versuche seines Juniorpartners, sich in die Köpfe der Täter zu versetzen, als reine Zeitverschwendung abgetan. Max wiederum hatte Böhmers Art, Ermittlungen zu führen, als antiquiert abgestempelt. Mit der Zeit hatten sie jedoch erkannt, dass die Unterschiede in ihrer Denkweise kein Hindernis, sondern im Gegenteil sogar ein Gewinn für sie beide waren und ihrer Ermittlungsarbeit guttaten. Und ausgerechnet jetzt, wo es nicht um einen Fremden, sondern um seine eigene Schwester ging, musste Max auf die Erfahrung seines Partners verzichten.

Das Gespräch mit Gorges war kurz und verlief so, wie Max es sich vorgestellt hatte. Sein Chef zeigte Verständnis dafür, dass Max nach dem letzten Fall, der wegen der Brutalität der Morde und der erschütternden Auflösung allen Beteiligten an die Nieren gegangen war, ein bisschen Ruhe brauchte.

Sie beendeten das Gespräch mit der Abmachung, dass Max sich nach ein paar Tagen wieder melden würde.

Er legte das Telefon zur Seite, ließ sich gegen das Polster der Couch sinken und legte mit geschlossenen Augen den Kopf in den Nacken.

Seine kleine Schwester. Entführt von einem Psychopathen, der sie gequält und verstümmelt hatte, nur um ihm, Max, zu beweisen, dass er es ernst meinte.

Als ob das Schicksal Kirsten nicht schon genug geprüft hatte mit dem Unfall, bei dem ein betrunkener Autofahrer sie vom Fahrrad gerissen und in den Rollstuhl katapultiert hatte. Bruch des vierten Brustwirbels, Verletzung des Rückenmarks. Querschnittsgelähmt. Acht Jahre alt war sie damals gewesen.

Als er dieses schmächtige Mädchen mit den traurigen Augen, zu dem seine Schwester geworden war, zum ersten Mal in dem viel zu großen Krankenhaus-Rollstuhl gesehen hatte, so klein und zierlich, dass sie verloren darin hing, hatte es ihm fast das Herz gebrochen.

Aber Kirsten hatte schnell gelernt, ihren Alltag zu meistern, und es geschafft, das Leben trotzdem so positiv und optimistisch zu sehen, dass sie ihn immer wieder mit ihrer Lebensfreude verblüffte und ihn sogar damit ansteckte, wenn es ihm nicht gutging.

Jetzt befand sie sich in den Händen eines Wahnsinnigen und musste stellvertretend für ihren Bruder leiden, weil der es sich in den Kopf gesetzt hatte, Polizist zu werden und die Menschen vor genau solchen Individuen zu beschützen.

Max hob den Kopf und starrte blicklos an die gegenüberliegende Wand.

Welch ein heroischer Ansatz. Welch ein idiotischer Gedanke.

In den letzten beiden Jahren hatte er gesehen und am eigenen Leib gespürt, wozu Männer und auch Frauen fähig waren. Menschen, die diese Bezeichnung nicht verdienten, weil sie keinen Funken Menschlichkeit in sich trugen und weil das, was sie von Tieren unterschied, sie auch nicht menschlicher machte: Kein Tier tötet aus reiner Mordlust ein anderes.

Ja, sie hatten einige dieser Wahnsinnigen gefasst und ihrem abartigen Treiben ein Ende bereitet. Um dann festzustellen, dass sie den Kampf gegen eine Hydra führten, der für jeden abgeschlagenen Kopf gleich zwei neue nachwuchsen. Und was war der Preis, den er schon dafür bezahlt hatte und gerade wieder zahlte? War es das wert?

Max ließ sich zur Seite sinken, legte den Kopf auf die Armlehne der Couch und schloss die Augen.

Es dauerte nicht lange, da zogen Bilder vor seinem inneren Auge vorbei, Erinnerungen an glückliche Momente mit Kirsten, an Abende mit leckerem Essen und langen Gesprächen. An Diskussionen, in denen sie ihn nicht nur einmal mit ihrer ruhigen, sachlichen Art überzeugt hatte, dass er sich gerade auf dem Holzweg befand. Von ihrer Art, die Dinge zu sehen, hatte er schon einiges gelernt, obwohl er der Ältere von ihnen war. Wieder tauchten Bilder auf. Eine Aneinanderreihung von Momenten, die sie zusammen verbracht hatten. In denen sie sich in jeder Minute bewusst waren, welch großes Glück es war, einander zu haben. Er durchlebte all diese Momente noch einmal. Er lachte, er weinte …

Als er die Augen wieder öffnete und ihm klarwurde, dass er eingeschlafen war, schreckte er auf und sah mit heftig klopfendem Herzen auf die Uhr. Zehn vor sechs. Das war knapp.

Fast hätte er den Anruf bei Verena Hilger verpasst.

Er fühlte sich benommen und schüttelte den Kopf, um die bleierne Schwere loszuwerden, die ihn umfangen hielt, doch das brachte nichts. Also stand er auf und ging leicht schwankend ins Bad, wo er sich kaltes Wasser ins Gesicht spritzte. Nachdem er das Prozedere mehrmals wiederholt und sich abgetrocknet hatte, fühlte er sich schon etwas wacher.

Die Hände auf den Rand des Waschbeckens abgestützt, betrachtete er sein Spiegelbild und wäre über sein Aussehen erschrocken gewesen, hätte er sich in diesem Moment auch nur einen Deut dafür interessiert. Graue halbmondförmige Schatten hatten sich unter seinen Augen gebildet, die Haut war fahl, fast bleich. Selbst die dunkelblonden kurzgeschnittenen Haare wirkten stumpf. Er sah nicht aus wie zweiunddreißig, sondern eher wie sechzig.

Er wandte sich ab. Vier Minuten vor sechs.

Zurück im Wohnzimmer, griff er nach seinem Handy, vergewisserte sich, dass Böhmer sich nicht mehr gemeldet hatte, und öffnete das Adressbuch.

Max ließ es so lange läuten, bis die Voicemailbox sich anschaltete, dann legte er auf. Vielleicht war Hilger noch im Präsidium und hatte ihr Handy leise gestellt. Kurz dachte er darüber nach, sie dort anzurufen, ließ es aber bleiben. Er hatte keine Lust, einem Kollegen irgendwelche Erklärungen geben zu müssen, falls sie doch nicht dort war. Er würde ein paar Minuten warten und es dann noch mal unter ihrer mobilen Nummer versuchen.

Max brauchte sieben Versuche und eine Dreiviertelstunde, bis sie sich endlich meldete.

»Max!« Sie klang außer Atem. »Ich bin im Studio und habe gerade eine Stunde Jumping hinter mir. Ich habe gesehen, dass du schon mehrfach versucht hast, mich zu erreichen, und wollte dich gleich zurückrufen. Geht es um den letzten Fall? Wenn du jemanden zum Reden brauchst oder ich dir sonst irgendwie helfen kann …«

Max fühlte sich von Verenas Redeschwall überfahren und brauchte eine Weile, ehe er sie unterbrach.

Konnte diese Frau mit einem rachsüchtigen Psychopathen unter eine Decke stecken? Nun, da er ihre Stimme hörte, bezweifelte er das noch mehr als zuvor.

»Nein, es geht um etwas anderes. Meine Schwester, Kirsten … sie ist entführt worden.«

»O mein Gott!« Die Bestürzung, die in ihrer Stimme mitschwang, war entweder echt, oder Verena Hilger bot ihm gerade eine oscarreife Schauspielleistung. »Wann? Ich habe im Präsidium noch gar nichts davon gehört. Das ist ja furchtbar.«

»Das kannst du auch nicht, weil man dort nichts davon weiß. Der Entführer hat gedroht, sie zu Tode zu quälen, wenn ich die Dienststelle einschalte.«

»Aber das sagen diese Typen doch alle. Glaubst du wirklich, er würde das tun?«

»Ja, das glaube ich.« Max erzählte ihr vom Inhalt des Umschlags und des Briefes, der dabeigelegen hatte.

»Das ist ja grauenhaft«, sagte Hilger leise.

»Ja, das ist es.«

»Was sagt Horst dazu?«

»Er akzeptiert meine Entscheidung.«

»Aber warum ich? Woher kennt er mich, und warum sollst du ausgerechnet mich anrufen und um Hilfe bitten?«

»Du kommst doch aus Köln. Warst du vor dreizehn Jahren dort auch bei der Kripo? Und sagt dir der Name Alexander Neumann etwas?«

»Ja, damals war ich schon bei der Mordkommission. Und selbstverständlich sagt der Name mir was. Das war dieser Abschaum in Polizeiuniform, der eine junge Frau getötet und dann ihre Leiche geschändet hat. Ich habe es bewusst nie erwähnt, aber ich weiß auch, dass du damals die entscheidenden Hinweise gegeben hast, die zu seiner Verhaftung geführt haben. Und dass du … Moment … denkst du, er könnte dahinterstecken? Das würde vielleicht auch erklären …«

»Warte!«, unterbrach Max sie. »Bleib dran, da klopft jemand an.« Er nahm das Handy vom Ohr und blickte auf das Display. Anonym. Max wechselte zu dem Anrufer und hielt Hilger in der Warteschleife.

»Du hast deine Kollegin offenbar erreicht.« Die Stimme klang dumpf und war schwer verständlich, als hätte der Anrufer das Telefon in ein Tuch gewickelt. Auf jeden Fall aber gehörte sie dem Kerl, der Kirstens Finger mit einer Zange abgequetscht hatte, dessen war er sicher. Max' Herz begann so sehr zu rasen, dass der Puls gegen sein Trommelfell zu pochen schien.

»Wenn Sie meiner Schwester noch einmal …«

»Halt den Mund!«, unterbrach der Mann ihn harsch. »Und lass diese kindischen Drohversuche. Hör mir genau zu und unterbrich mich nicht, wenn du morgen kein weiteres Päckchen bekommen möchtest. Du wirst deiner Kollegin jetzt sagen, dass du ihr einen Besuch abstattest. Sagen wir, in einer Stunde, dann hat sie Zeit genug, nach Hause zu fahren und sich zu duschen.«

Er wusste also, dass Hilger beim Sport war. Warum sollte Max sie genau zu dieser Zeit anrufen?

»Ich melde mich in einer Stunde wieder. Dann solltest du bei ihr sein und auf Lautsprecher stellen, denn was ich zu sagen habe, wird sie ebenso interessieren wie dich.

Ich verspreche dir, du wirst eine Überraschung erleben. Falls Böhmer auch nur in der Nähe ist oder irgendetwas davon erfährt, verliert deine Schwester zwei weitere Finger.«

Im nächsten Moment hatte er aufgelegt.

Max' Verstand lief auf Hochtouren. Die Wahrscheinlichkeit, dass es sich bei dem Entführer um Neumann handelte, wurde immer größer. Hilger war damals bei der Mordkommission gewesen. Wenn der Kerl jetzt eine Nachricht für sie beide hatte, konnte das nur bedeuten, dass auch sie von seinen Racheplänen betroffen war. Nachdem er tief durchgeatmet hatte, holte er sie aus der Warteschleife.

»Bist du noch da?«

»Ja, natürlich. Gibt es was Neues?«

»Das war der Entführer«, erklärte er. »Er sagt, ich soll zu dir kommen. Er ruft in einer Stunde wieder an und hat mir etwas zu sagen, das du mithören sollst.«

»Ich soll mithören?«

»Ja.«

»Dann muss es ja was mit dem Fall von damals zu tun haben.«

»Das denke ich auch. Was sagst du? Kann ich zu dir kommen?«

»Natürlich. Hast du meine Adresse?«

»Nein, ich weiß nur, dass du irgendwo in Lierenfeld wohnst.«

Sie nannte ihm ihre Anschrift.

»Welche Rolle hast du damals bei Neumanns Verhaftung gespielt?«, fragte Max, nachdem er Straße und Hausnummer notiert hatte.

»Keine bedeutende. Ich war eine kleine Kommissarin und nur dabei, als wir ihn dem Haftrichter vorgeführt haben.«

»Warum zieht er dich dann in die Sache mit hinein?«

»Das werden wir wohl bald erfahren«, mutmaßte sie. »Dann sehen wir uns also gleich bei mir?«

»Ja. Ach, noch was. Er sagte, wenn Horst was davon erfährt oder in der Nähe ist, wird er Kirsten etwas antun. Und ich weiß, dass er es ernst meint.«

»Dieses Schwein. Keine Angst, ich sage nichts.«

»Danke. Dann also bis nachher.«

Max legte das Smartphone zur Seite und starrte auf einen Punkt des Parketts.

Warum Verena Hilger, wenn sie doch fast nichts mit dem Fall damals zu tun gehabt hatte? Und was konnte der Entführer damit gemeint haben, Max würde eine Überraschung erleben?

Was hatte dieser Mistkerl vor?

Während die bunten Häuserfassaden der Hauptstraße im Südosten Düsseldorfs an ihm vorbeizogen, grübelte Max erneut darüber nach, was seine Kollegin mit alldem zu tun haben konnte, doch er kam immer wieder zum gleichen Ergebnis: Es konnte nur mit ihrer damaligen Zugehörigkeit zur Kölner Kripo zusammenhängen, womit dann auch klar war, um wen es sich bei Kirstens Entführer handelte.

Horst hatte Max erzählt, dass Hilger ein Apartment in der dritten Etage eines schönen fünfgeschossigen Altbaus in Lierenfeld bewohnte, und wie Max sah, hatte er nicht übertrieben. Die Front im Stil der Gründerzeit strahlte in reinem Weiß und ließ vermuten, dass sie vor kurzem erst gestrichen worden war.

Er parkte seinen VW CC auf der gegenüberliegenden Straßenseite und betrat den angenehm sauberen und gepflegten Flur durch den unverschlossenen Hauseingang. Einen Lift gab es trotz der offensichtlich auch im Inneren durchgeführten Modernisierungsarbeiten nicht, so dass er wenig später schwer atmend vor Hilgers Tür stand.

Als sie auf sein Klingeln hin nicht öffnete, trat er einen Schritt zurück und vergewisserte sich am Türschild, dass er nicht aus Versehen die falsche Wohnung erwischt hatte. Doch dort stand in verschnörkelter Handschrift eindeutig ihr Name. Er hob die Hand, um erneut zu klingeln, da hörte er ihre durch die Tür gedämpfte Stimme. »Komm rein, es ist offen.«

Wahrscheinlich kam sie gerade erst aus der Dusche. Max öffnete die Tür und blickte in eine kleine Diele, die in ein geräumiges, mit hellen Möbeln eingerichtetes Wohnzimmer überging. In die gegenüberliegende Wand waren zwei große Fenster eingelassen, die einen Blick über die Dächer der niedrigeren Nachbargebäude erlaubten.

Hilger konnte er nirgendwo entdecken, wahrscheinlich war sie noch im Bad.

Er drückte die Tür hinter sich ins Schloss und machte zwei Schritte in die Wohnung.

Dann explodierte die Welt.

4

Sein Mund war so trocken, dass sein Körper sich in einem Hustenanfall krümmte, als er dem Schluckreiz nachgab, obwohl es nichts zu schlucken gab. Feurige Blitze schossen von seinem Nacken aus in seinen Kopf und regten offenbar sein Erinnerungsvermögen an, denn noch während er versuchte, die bleischweren Augenlider zu öffnen, wusste er wieder, was geschehen war.

Er lag auf dem Boden, weil er niedergeschlagen worden war, als er Hilgers Wohnung betreten hatte. Hilger … sie steckte also doch mit dem Mistkerl unter einer Decke. Sie hatte ihn in die Wohnung gelockt, um ihn hinterrücks ausschalten zu können. Er versuchte, die Arme zu bewegen. Es funktionierte, er war nicht gefesselt.

Endlich gelang es ihm, die Augen einen Spaltbreit zu öffnen. Das Erste, was er sah, war ein psychedelisches Durcheinander aus ineinanderfließenden Grautönen. Er blinzelte mehrmals, woraufhin die Schlieren sich auflösten und sein Blick sich schärfte, als drehe er am Objektiv einer Kamera.

Erste Farben schälten sich vor ihm aus dem Durcheinander, Konturen … ein Körper. Jemand lag ein paar Meter vor ihm auf dem Rücken, die Füße in seine Richtung ausgestreckt, auf dem Boden. Reglos. Es war zweifellos eine Frau. Er konnte dunkle Haare erkennen … Hilger.

Mit einem Laut, der in seinen eigenen Ohren fremd klang, stemmte Max sich in eine halb sitzende Position, was sein Nacken mit einem brüllenden Schmerz quittierte, der so heftig war, dass er fast wieder die Besinnung verlor. Auf keinen Fall durfte er wieder ohnmächtig werden. Dort vor ihm lag Hilger bewusstlos auf dem Boden. Bewusstlos?

Max verlagerte das Gewicht, beugte sich nach vorn und spürte dabei einen neuen Schmerz in seiner rechten Hand. Er starrte sekundenlang auf die Waffe, die er mit dieser Hand umklammert hielt, während er sich auf dem Boden abstützte. Das harte Metall drückte so fest gegen seine Fingerknochen, dass die Haut um die Druckstelle herum weiß war. Dass es sich um eine Dienstwaffe handelte, sah er sofort. Dass es nicht seine eigene war, ebenfalls. Diese hier war ein neueres Modell.

»Was, zum Teufel …« Es war mehr ein Krächzen als verständliche Worte. Während er sich weiter aufrichtete, um die Hand mit der Waffe zu entlasten, stieg eine Ahnung in ihm hoch. Noch war sie dumpf und nicht greifbar, aber als sein Blick wieder auf den reglosen Körper fiel, bekam sie erste Konturen. Mit der freien Hand tastete er nach seiner Dienstwaffe. Sie steckte noch im Lederholster.

Max sah sich im Zimmer um. Wie es schien, war er mit Hilger allein. Er ignorierte das brennende Fauchen in seinem Nacken und kroch, die fremde Pistole noch immer in der Hand, auf allen vieren zu dem reglosen Körper, erreichte die Füße, die Beine … sah das Gesicht. Erstarrte.

Auf der Stirn, über der linken Braue, klaffte ein Loch. Die Augen waren stumpf und blicklos an ihm vorbeigerichtet.

Mechanisch hob Max den rechten Arm, roch an dem Lauf der Waffe und wusste im gleichen Moment, dass die Kugel, die den Kopf seiner Kollegin durchschlagen und das Leben aus ihr herausgerissen hatte, mit ziemlicher Sicherheit aus dieser Pistole abgefeuert worden war. Ein weiterer Geruchstest an seiner Hand sagte ihm darüber hinaus, dass er die Waffe gehalten hatte, wenn auch nicht aus eigener Kraft.

Max stemmte sich hoch und richtete sich ächzend auf, wobei er die Schmerzen ignorierte, die sein Nacken aussandte.

Er musste Böhmer anrufen. Auch auf die Gefahr hin, dass …

Als wäre es sein Stichwort gewesen, klingelte sein Handy, aber der Anrufer war nicht Böhmer.

»Du bist aufgewacht, das ist gut«, hörte er die dumpfe, schwer verständliche Stimme. »Dann hast du sicher schon gesehen, dass du deine Kollegin umgebracht hast.«

»Ich habe meine Kollegin nicht umgebracht, das wissen Sie ganz genau. Was ist das für ein abartiges Spiel?«

»Deine Fingerabdrücke sind auf der Waffe. In ihrer Wohnung wird man deine DNA finden.«

»Ich bin von Ihnen niedergeschlagen worden, als ich die Wohnung betreten habe. Wenn Sie wirklich glauben, man würde mich für den Mörder halten, sind Sie noch verrückter, als ich dachte.«

»Wir werden sehen. Ich möchte, dass du etwas mit der Waffe tust.«

Max dachte an den Mord von damals. Daran, was Neumann mit der Leiche der Prostituierten angestellt hatte. An die Fotos. Neumann hatte unter anderem seine Waffe benutzt … Nur mit Mühe konnte er verhindern, dass er würgen musste. »Was?«, presste er heiser hervor.

»Wie, was?«

»Was soll ich mit ihrer Waffe tun?«

»Wirf sie in das Gebüsch gleich gegenüber vom Haus.«

Die Erleichterung darüber, dass der Entführer *nur* verlangte, die Pistole in ein Gebüsch zu werfen, gab Max wieder ein wenig Kraft. »Den Teufel werde ich tun.«

»Gut. Wie du möchtest. Wenn du nach Hause kommst, wird dort ein Umschlag auf dich warten. Dann ist das Gespräch jetzt beendet.«

»Nein, halt!«

»Was denn nun? Tust du es?«

Max trug einen inneren Kampf aus, bei dem er so oder so der Verlierer sein würde. Wichtig war, dass Kirsten dabei nicht verlor.

»Okay.«

»Was, okay?«

»Okay, ich tue es.«

»Na also. Ich warte. Genau eine Minute. Es wird sowieso Zeit, dass du von dort verschwindest. Deine Kollegen haben den Hinweis bekommen, dass ein Schuss gefallen ist. Ich denke, in ein paar Minuten sind sie da. Stell dir vor, du kommst als Bulle in den Knast. Kein Zuckerschlecken, das kann ich dir sagen.«

Max' Blick fiel auf das Loch in Hilgers Stirn. »Das werde ich nicht.«

»Wer weiß … Du wirst jetzt jedenfalls sofort verschwinden und die Waffe in das Gebüsch werfen. Ich beobachte das Haus von einem sicheren Platz aus. Wenn du nicht in spätestens einer Minute auf die Straße trittst, mache ich ein neues Päckchen für dich fertig. Die Zeit läuft.«

Etwas schien in Max zu zerreißen. Etwas, das seine Wut im Zaum gehalten hatte. Das seinen Verstand die Oberhand behalten ließ und ihn beschwörend daran erinnerte, dass Kirsten in der Hand dieses Wahnsinnigen war.

»Komm raus!«, schrie er ins Telefon. »Komm raus, du feiges Schwein. Zeig dich, und wir klären die Sache sofort. Ich stecke dir die scheiß Waffe in den Mund und drücke ab. Aber dazu fehlt dir der Mumm, nicht wahr? Du hast Angst, mir in die Augen zu schauen, habe ich recht? Weil du keine Eier hast. Wenn du Kirsten noch ein einziges Mal anfasst, werde ich dich töten. Hast du verstanden? Ich werde dein armseliges Leben beenden, das schwöre ich dir.«

»Bist du fertig?« Die Stimme klang nach wie vor dumpf und vollkommen unaufgeregt.

»Nein, ich bin noch lange nicht fertig mit dir.«

»Das ist sehr schade. Für deine Schwester.«

Bevor Max noch etwas entgegnen konnte, wurde aufgelegt.

Max steckte das Telefon in die Tasche seiner Jeans und sah auf Hilgers toten Körper hinab. Wenn er jetzt wirklich von hier flüchtete, machte er sich verdächtig, selbst für Böhmer. Wenn er aber blieb … *eine Minute!*

Wenn du nicht in spätestens einer Minute auf die Straße trittst, mache ich ein neues Päckchen für dich fertig, hatte der Dreckskerl gesagt. Max warf sich herum und rannte aus der Wohnung, so schnell es sein Zustand erlaubte, nahm auf der Treppe immer zwei Stufen gleichzeitig und sprintete, unten angekommen, hinaus ins Freie. Dort blieb er keuchend stehen und sah sich um. Zu sehen war nichts, aber von Ferne waren die Sirenen von mindestens zwei Einsatzfahrzeugen zu hören.

Seine Kollegen kamen. Und er hatte keine Möglichkeit, ihnen zu erklären, was geschehen war, wenn er nicht riskieren wollte, dass Kirsten weiter gequält und verstümmelt wurde. Trotzdem würde Horst wissen, dass er Hilger niemals umbringen würde. Zudem konnte er ihn später anrufen. Jetzt musste er jedenfalls verschwinden. Nach einem letzten, schnellen Rundumblick lief Max los und steuerte auf den Busch zu, der direkt neben der Stelle wuchs, an der sein Wagen stand. Er warf die Waffe an eine dicht bewachsene Stelle, wo sie sofort unter den Blättern verschwand. So war die Wahrscheinlichkeit recht gering, dass sie von jemandem gefunden wurde.

Kurz danach saß er hinter dem Steuer des CC. Beim Anfahren ließ er die Kupplung zu schnell kommen, so dass das Fahrzeug mit quietschenden Reifen einen Satz nach vorn machte, bevor er in gemäßigtem Tempo losfuhr. Er durfte keinem Streifenwagen auffallen. Wenn sie ihn jetzt anhielten, konnte das fatale Folgen für Kirsten haben.

Eine Straße weiter kamen ihm zwei Streifenwagen entgegen, fuhren aber ohne Verzögerung weiter, wie er mit angehaltenem Atem im Rückspiegel beobachtete.

Max' Verstand arbeitete fieberhaft. Sobald die uniformierten Kollegen Hilgers Leiche gefunden hatten, würden sie die Mordkommission verständigen. Wenn Böhmer mitbekam, wer das Opfer war, würde er wie ein Verrückter zum Tatort rasen. Max wusste aus eigener Erfahrung, was dann in seinem Partner vor sich ging.

Böhmer würde ihn zweifellos anrufen. Auch wenn er da noch nicht wissen konnte, dass Max am Tatort gewesen war, konnte er doch zwei und zwei zusammenzählen und sich ausmalen, dass der Mord etwas mit der Sache damals in Köln zu tun hatte. Und mit Kirstens Entführung. Wie würde Böhmer auf die Geschichte reagieren, die er dann von ihm zu hören bekam?

Zur Abwechslung versuchte Max einmal nicht, sich in den Kopf eines Mörders zu versetzen, sondern in den seines Partners. Es gelang ihm nicht.

Nachdem er sich ein gutes Stück von Hilgers Wohnung entfernt und auch den Stadtteil Lierenfeld schon eine Weile hinter sich gelassen hatte, fuhr Max in eine Parkbucht auf der rechten Seite und schaltete den Motor aus. Er legte die zitternden Hände auf das Lenkrad und ließ den Kopf darauf sinken.

Er fühlte sich, als wäre er gezwungen, das Leben eines anderen zu führen. Eines Menschen, der dabei war, alles zu verlieren, was ihn ausgemacht hatte. Aber es war noch viel schlimmer, denn es war tatsächlich sein eigenes Leben, das gerade zum Teufel ging. Und das seiner Schwester, die Unsägliches ertragen musste, weil er, Max Bischoff, unbedingt Polizist werden musste. Und jetzt musste sogar jemand sterben.

Er sah wieder Hilgers Augen vor sich, die stumpf an ihm vorbei ins Leere gerichtet waren, als ob sie ihn noch im Tod dafür verachtete, was ihr seinetwegen angetan worden war.

Wie viele Menschen würden noch leiden müssen, bis dieser Psychopath seine Rache an ihm ausgelebt hatte? Und wie viele sterben?

Der Grund, weshalb Max so schnell den Tatort verlassen sollte, lag auf der Hand. Damit machte er sich verdächtig. Warum sollte er von einem Tatort fliehen, wenn er unschuldig war? Gerade er als Polizist. Dazu noch die fehlende Tatwaffe, bei der es sich nur um Hilgers Dienstwaffe handeln konnte …

Andererseits würde Böhmer bei allem Schmerz über Hilgers Tod niemals ernsthaft glauben, Max könne sie tatsächlich umgebracht haben.

Er spürte, dass es ihm sekündlich schwerer fiel, konzentriert nachzudenken. Er versuchte es krampfhaft, doch es wollte ihm einfach nicht mehr gelingen, sinnvolle Gedanken aneinanderzureihen. Schließlich gab er es auf, ließ los. Nur für ein paar Minuten, dann würde er es wieder schaffen, logische Schlussfolgerungen zu ziehen. Nur für einen Moment wollte er sich treiben lassen und einfach an nichts denken.

Als sein Telefon läutete, schrak er hoch. Er wusste nicht, wie lange er so dagesessen hatte, den Kopf über dem Lenkrad auf den Händen. Die Uhr im Armaturenbrett zeigte, dass es kurz vor zweiundzwanzig Uhr war.

In der festen Überzeugung, gleich Böhmers verzweifelte Stimme zu hören, nahm er das Gespräch an und ignorierte dabei völlig die unterdrückte Rufnummer.

»Fahr zur Altstadt«, befahl stattdessen die dumpfe Stimme des Entführers. »In die Tiefgarage Altstadt

Rheinufer. Im ersten Untergeschoss, der letzte Parkplatz rechts. Hinter der Säule.«

»Was, zum Teufel ...« Es war sinnlos weiterzusprechen. Der bekannte Dauerton verkündete monoton, dass der andere aufgelegt hatte.

Max starrte das Display an und spürte unbändigen Zorn in sich aufsteigen. Er war zum Spielball dieses psychopathischen Killers geworden und musste nach dessen Pfeife tanzen, weil das Schwein Kirsten in seiner Gewalt hatte. So einfach war das. Was nutzte es, sein ganzes Leben nach dem Beruf auszurichten, sich ständig in Lebensgefahr zu begeben und tagtäglich mit den Abscheulichkeiten konfrontiert zu werden, zu denen Menschen fähig waren und die in ihrer Abartigkeit immer wieder die Grenzen der Phantasie eines halbwegs normal Denkenden sprengten? Was nutzte all das, wenn es so leicht auszuhebeln war, indem man sich einfach keinen Deut um Gesetze kümmerte und damit all denen haushoch überlegen war, die sich daran halten *mussten*?

Mit einer entschlossenen Bewegung wählte Max Böhmers Nummer. Zumindest das würde er jetzt sofort klären, egal, was dieses Arschloch ihm befohlen hatte.

»Ja?« Schon als Böhmer sich meldete, wusste Max, dass sein Partner bereits von Verena Hilgers Tod erfahren hatte.

»Ich bin's«, begann Max überflüssigerweise. »Du hast es schon gehört?«

»Ich stehe in Verenas Wohnung.« Das klang nicht nach Böhmers Stimme, obwohl sie es war. Es fehlte die Kraft, mit der sein Partner normalerweise jedem seiner Worte Nachdruck verlieh.

»Sie ist tot, Max.« *Hilflos*, war das erste Wort, das Max zu der Art einfiel, wie Böhmer das sagte. »Verena ist tot. Erschossen.«

»Es tut mir so leid.«

»Was hast du damit zu tun?«

»Horst, ich …«

»Man hat beobachtet, wie ein Mann das Haus verlassen hat, dessen Beschreibung genau auf dich passt. Er hat etwas in ein Gebüsch geworfen. Eine Waffe. Wir haben sie gefunden und werden bald wissen, ob es die Tatwaffe ist. Das Auto, mit dem er eilig weggefahren ist, hat ausgesehen wie deines. Max … was hast du damit zu tun?«

»Ich war da. Ich wollte mich mit Verena treffen, aber als ich in ihre Wohnung kam, wurde ich niedergeschlagen. Als ich wieder aufwachte, war sie tot, und ich hatte eine Waffe in der Hand. Eine Dienstpistole, ich schätze, es ist ihre. Ihr werdet feststellen, dass die Kugel, die sie getötet hat, aus dieser Waffe abgefeuert worden ist. Und ihr werdet meine Fingerabdrücke darauf finden. Aber du weißt, dass ich so etwas niemals tun könnte.«

»Warum bist du nicht dageblieben? Warum hast du nicht auf mich gewartet?« Max hätte schreien können wegen der Verzweiflung, die in Böhmers Stimme mitschwang. »Warum, Max? Ich hätte diese Nachricht lieber von dir bekommen als von einem Kollegen, den ich gar nicht kenne. Ich hätte lieber vor Ort von dir gehört, was geschehen ist.«

»Der Kerl hat mich angerufen und mir gesagt, dass er die Polizei informiert hat und dass er, wenn ich nicht innerhalb von einer Minute die Wohnung verlasse und die Pistole in das Gebüsch werfe, Kirsten etwas antut. Ich hatte keine Wahl, Horst.«

»Man hat immer eine Wahl.«

»Was? Was redest du denn da? Du weißt doch, wozu der Kerl fähig ist. Hätte ich riskieren sollen, dass er Kirsten einen Finger abquetscht, nur, um vor Ort zu sein, wenn du … Moment mal. Was genau meinst du damit: *Man hat immer eine Wahl?*«

»Einen Finger gegen ein Leben? Ich meinte das, was ich sagte, Max. Warum hast du mich nicht angerufen?«

»Aber das habe ich doch gerade getan.«

»Leider zu spät.«

Sie schwiegen, und Max versuchte zu verstehen, was genau sein Partner gemeint haben könnte.

»Entschuldige«, sagte Böhmer schließlich so leise, dass Max ihn fast nicht verstanden hätte, »ich weiß ja, in welcher Situation du bist. Es ist nur …« Die Stimme versagte ihm.

»Ja, ich weiß.«

Erneut schwieg Böhmer für einen Moment, bevor er sagte: »Ich brauche deine Aussage.«

»Das geht jetzt nicht. Er hat gesagt, ich soll …«

Das Parkhaus in der Altstadt! Er musste los.

»Horst, ich muss jetzt Schluss machen. Er hat mich zu einem Treffpunkt beordert. Ich kann dir nicht sagen, wo. Ich muss nachsehen, was ich dort soll. Ich melde mich wieder, okay?«

»Max, ich brauche unbedingt …«

Doch Max hörte ihn nicht mehr. Er hatte aufgelegt.

5

Während der Fahrt in Richtung Altstadt zermarterte Max sich den Kopf darüber, was ihn wohl in dem Parkhaus erwarten würde. Wieder ein Brief mit neuen Anweisungen? Worauf lief das alles hinaus? Was wollte der Kerl erreichen?

Schon im nächsten Moment schalt er sich einen Narren, denn es lag auf der Hand, was Neumann geplant hatte. Er wollte, dass man Max wegen Mordes verurteilte und ihn ins Gefängnis steckte. Er wollte, dass Max als Polizist das Gleiche durchmachen musste, was er selbst durchgemacht hatte. Allerdings verstand Max nicht, dass Neumann tatsächlich annehmen konnte, dass es so einfach sei.

Das erinnerte ihn daran, dass er noch herausfinden musste, wann Neumann entlassen worden war. Denn, dass er draußen war, daran bestand für Max mittlerweile kein Zweifel mehr.

Als er die Einfahrt zum Parkhaus erreichte, wies die digitale Anzeige in grünen Leuchtdioden darauf hin, dass noch 547 Plätze frei waren, was mitten in der Nacht auch nicht weiter verwunderte.

Max ließ das Fenster herunter und griff nach dem Parkticket, das wie eine herausgestreckte Zunge aus dem Automaten hing. Dann nahm er die Abfahrt zum ersten

Untergeschoss und stellte fest, dass er die Ebene komplett durchfahren musste, um zu dem Platz zu gelangen, den der Entführer ihm beschrieben hatte.

Es war einer der wenigen, auf denen um diese Uhrzeit noch ein Fahrzeug stand, ein schon etwas in die Jahre gekommener Mercedes. Die Wagen wirkten in der nur spärlich beleuchteten, tristen Atmosphäre des nächtlichen Parkhauses wie fremdartige Tiere, die dort mit genügend großem Abstand zueinander angebunden waren.

Max stellte den CC schräg über zwei Parkplätze neben den Mercedes und stieg aus. Gemessen an der Staubschicht, die den dunklen Lack bedeckte, stand der Wagen schon etwas länger dort. Er zog seine Waffe aus dem Holster und sah sich den runden Betonpfeiler an, der wie die vielen anderen, die nach jedem dritten Parkplatz die Decke stützten, die schmale Stellfläche noch weiter einengte, so dass neben dem hinteren linken Kotflügel des Mercedes nur wenige Zentimeter Platz waren.

Max musste das Fahrzeug einmal umrunden, um auf die andere Seite des Pfeilers zu gelangen. Dort lag, durch eine der wenigen Neonröhren spärlich angeleuchtet, ein rotes Plastikkästchen auf dem Boden. Es war von der Art, wie Kinder es für ihre Pausenbrote benutzten. Erst als er näher herankam, erkannte Max, dass darunter der Rand eines Briefumschlags hervorlugte. Er steckte mit einer mechanischen Bewegung die Pistole ein, ging mit zitternden Knien in die Hocke und griff nach dem kleinen Behälter. Schon während er ihn hochhob, ahnte er, was er darin vorfinden würde. Tränen füllten seine Augen und ließen die triste Umgebung für einen Moment verschwimmen, bevor sie überschwappten und in einer nassen Spur über seine Wangen liefen. Mit einem klackenden Geräusch löste Max den Plastikverschluss, klappte den Deckel auf und warf mit angehaltenem Atem einen Blick hinein.

Ein fremdartig klingender Ton löste sich aus seiner Kehle, als er die beiden kleinen Fleischklumpen anstarrte und zu verstehen versuchte, was er dort sah. Sein überforderter Verstand brauchte eine Weile, bis er ihm soufflierte, dass das, was in der Box lag, keine weiteren Finger seiner Schwester waren, sondern … Zehen.

Max ließ die Schachtel sinken, wieder kamen ihm die Tränen. Er wischte sich mit dem Unterarm über die Augen, setzte sich auf den Boden und lehnte sich mit dem Rücken gegen die Tür des Mercedes. Er weinte und konnte nichts dagegen tun. Es war kein Jammern und auch kein befreiender Ausbruch aufgestauten Leids, sondern ein stummer Schmerz, der sich wie ein stumpfes Messer unerbittlich in sein Herz bohrte. Er weinte um seine Schwester.

Vorsichtig stellte er die Box auf dem Boden ab und öffnete den Umschlag. Er musste sich erneut über die Augen wischen und den Oberkörper ein wenig ins Licht drehen, bis er die Wörter erkennen konnte.

Die Nachricht war kurz.

Eine Minute habe ich gesagt. Du hast über zwei gebraucht. Ich habe mir erlaubt, die Reihenfolge zu ändern, und mir zwei Zehen ihrer gefühllosen Füße statt zwei Finger genommen. Ich hoffe, du weißt zu

würdigen, dass ich deiner Schwester damit den
Schmerz der Amputation erspart habe.
Als Nächstes sind vier Finger dran.
Du hörst von mir.

»Du verdammtes Schwein«, flüsterte Max und ließ das Papier sinken. »Was willst du?« Sein Blick richtete sich erneut auf den Inhalt der kleinen Box. »Was, zum Teufel, willst du von mir?«

Nach einer Weile, in der er vor sich hin gestarrt hatte, während in seinem Kopf eine absolute Leere herrschte, stemmte er sich hoch, nahm die Box und den Brief an sich und ging um den Mercedes herum. Er tat dies ohne Hast und mit sicheren Schritten.

Der Schmerz war verschwunden. Er brannte nicht mehr in seinen Eingeweiden, sondern war zu etwas anderem, etwas Kaltem geworden. Ja, das war die richtige Beschreibung. Max' Innerstes fühlte sich auf eine fremdartige Weise leer und frostig an.

Diese Kälte verleitete nicht dazu, hektisch und laut brüllend um sich zu schlagen, sondern bremste allzu schnelle Bewegungen und Reaktionen und machte schmerzunempfindlich, konnte aber dennoch schlimmer brennen als jede Hitze.

Er stieg in sein Auto, stellte die Box auf dem Beifahrersitz ab und warf einen Blick auf sein Handydisplay, das einen Anruf in Abwesenheit anzeigte. Der Anrufer war allerdings nicht anonym, sondern Polizeirat Gorges gewesen. Max legte das Telefon zurück in die Mittelkonsole. Das konnte warten.

Er hielt vor dem Kassenautomaten an, zahlte einen

Euro und verließ kurz darauf das Parkhaus. Er kam bis hinter die nächste Kreuzung, da läutete sein Telefon erneut. Es war aber weder Gorges, der es trotz der späten Stunde noch mal versuchte, noch der Entführer, um ihn mit neuen Gemeinheiten zu quälen, sondern Böhmer.

»Wir müssen uns unterhalten«, begann sein Partner ohne Einleitung. Seine Stimme klang noch ebenso schwach wie zuvor. Nein, nicht schwach, sondern verwundet, verbesserte sich Max. »Noch heute Nacht.«

»Warum?«

»Das fragst du mich? Die Kugel, mit der Verena hingerichtet worden ist, stammt aus ihrer eigenen Dienstwaffe, die wir im Gebüsch vor dem Haus gefunden haben. Mit deinen Fingerabdrücken darauf. Die Bestätigung habe ich gerade bekommen.«

»Das habe ich dir doch schon erklärt«, entgegnete Max müde. Er wollte seine Ruhe haben. Er musste nachdenken, brauchte einen Plan.

Er wollte Alexander Neumann finden und ihm Schmerzen zufügen für das, was er Kirsten antat.

»Ich brauche deine Aussage, verdammt nochmal!«, schrie Böhmer so unvermittelt los, dass Max das Steuer verriss und fast gegen ein parkendes Fahrzeug geknallt wäre. Und mit einem Schlag war die Kälte in ihm, diese verlangsamende, Schmerz unterdrückende und auf bizarre Weise wohltuende Kälte, wieder verschwunden, und der brennende Schmerz war zurück.

»Und ich muss das Leben meiner Schwester retten!«, schrie er ebenso laut zurück. »Kapier das doch endlich! Verena kann niemand mehr retten, Kirsten schon.«

»Ja. Sie ist tot.« Max wusste nicht, ob Böhmers Stimme ihm so extrem leise vorkam, weil sie beide zuvor so laut gewesen waren, oder ob sein Partner wirklich nur noch flüsterte. »Ermordet. Und du hängst da mit drin.«

»Horst, du kannst nicht wirklich glauben, dass ich sie erschossen habe.«

»Ich glaube, dass wir deine Aussage brauchen.«

»Ich … Horst, hör zu. Ich habe gerade zwei Zehen meiner Schwester in einer kleinen Kiste erhalten. Weil ich eine Minute zu spät auf das reagiert habe, was das Schwein gesagt hat. Was glaubst du, wird er tun, wenn ich mich von euch verhören lasse?«

»Das tut mir ehrlich leid. Ich kann mir vorstellen, wie dir zumute ist, aber … Mensch, ich kann doch nichts dagegen tun. Das ist für den Staatsanwalt kein Argument, dich einer Vernehmung zu einem Mord zu entziehen, für den du bisher der einzige Verdächtige bist. Wir *müssen* deine Aussage haben.«

Böhmer atmete hörbar tief durch. »Ich fahre jetzt zu deiner Wohnung, Max.« Es war eine sachliche Feststellung. »Und ich erwarte dich dort. Wenn du nicht da bist, lasse ich die Tür aufbrechen und alles durchsuchen. Nicht, weil ich denke, dass du Verena erschossen hast, sondern weil du offiziell tatverdächtig bist und dich der Befragung entziehst und ich das deshalb tun *muss*. Aber das weißt du ja selbst.«

Max dachte nach, überlegte, was er tun konnte, damit Böhmer einsah, dass er sich nicht mit ihm treffen *durfte*.

»Ich habe Verena nicht umgebracht«, entgegnete Max in der Überzeugung, dass Böhmer sich letztendlich damit zufriedengeben würde, wenn er begriff, dass ihm keine andere Wahl blieb. »Ich würde mich wirklich gerne mit dir treffen und alle deine Fragen beantworten, aber das geht nicht. Ich melde mich bei dir, sobald es möglich ist, ohne Kirstens Leben zu gefährden, das verspreche ich dir. Bitte hab etwas Geduld.« Damit legte er auf und beendete somit jede weitere Diskussion. Unsinnigerweise dachte er kurz darüber nach, dass er jedes ihrer letzten Gespräche auf diese Weise abrupt beendet hatte, etwas, das er normalerweise nie tun würde. Er schob diese überflüssigen Gedanken beiseite und konzentrierte sich wieder auf das Gespräch, das er gerade mit seinem Partner geführt hatte.

Bei allem Schmerz, den Böhmer empfand, musste ihm doch klar sein, dass Max niemals einen unschuldigen Menschen töten würde, von einer Kollegin, die er zudem noch mochte, ganz zu schweigen. Und nach einer Weile fügte er in Gedanken hinzu: nicht einmal, um Kirstens Leben zu retten.

Er warf einen Blick auf das Kästchen auf dem Beifahrersitz. Das Schwein hatte Kirsten zwei Zehen abgetrennt. Sie hatte davon zwar nichts gespürt, aber allein die Vorstellung, dass sie dabei zusehen musste, wie dieser Irre mit einer Zange Teile von ihrem Körper abtrennte …

Nein, Max würde auch um den Preis von Kirstens Leben keinen unschuldigen Menschen töten können, da war er sicher, aber diesem Vieh in Menschengestalt würde er mit großer Freude den Schädel zertrümmern.

An der nächsten Kreuzung wandte er sich nach rechts und schlug damit den Weg zu seiner Wohnung ein. Einerseits drängte alles in ihm danach, etwas zu unternehmen, um Kirsten zu finden, irgendetwas, auch wenn er nicht den Hauch einer Ahnung hatte, wo er mitten in der Nacht ansetzen sollte. Dem gegenüber stand aber eine derart vollkommene Erschöpfung, dass er befürchtete, sich nicht mehr lange wach halten zu können und in einen komaähnlichen Tiefschlaf zu fallen. Er konnte nichts tun, bis der Entführer – Neumann – sich wieder meldete. Also war es sicher das Beste, die Zeit mit ein wenig Schlaf zu verbringen. Wer konnte wissen, was am nächsten Tag passieren würde. An die Möglichkeit, dass Böhmer tatsächlich noch zu seiner Wohnung kommen könnte, daran dachte er nur kurz. Das Thema sollte zumindest für diese Nacht erledigt sein.

Die Straßen waren trotz der vorgerückten Stunde noch recht belebt, so dass es über zwanzig Minuten dauerte, bis er schließlich in die Straße in Unterbilk einbog, in der seine Wohnung lag. Etwa fünfzig Meter vor dem Haus bremste er ab und blieb mit laufendem Motor stehen. Ungläubig starrte er auf den Audi seines Partners, der etwa fünfzig Meter vor ihm am Straßenrand geparkt war, direkt vor einem Streifenwagen und einem Zivilfahrzeug der Mordkommission.

Max war fassungslos. Sein Partner hatte also tatsächlich Ernst gemacht und seine Wohnung aufbrechen lassen. Oder war gerade dabei. Vielleicht kam er noch rechtzeitig und konnte es verhindern, wenn er sich beeilte. Max rieb sich mit der flachen Hand über die Stirn. Was würde der Entführer tun, wenn er ihn dabei beobachtete, wie er ins Haus ging, obwohl ein Streifenwagen davor parkte? Der Mistkerl hatte Kirsten zwei Zehen abgequetscht, weil Max zwei statt einer Minute gebraucht hatte, um Verenas Wohnung zu verlassen. Nein, das konnte er auf keinen Fall riskieren. Er legte einen Gang ein und fuhr langsam am Haus vorbei.

Ein Blick auf die Fensterreihe im vierten Stock, hinter der seine Wohnung lag, sagte ihm, dass das eine kluge Entscheidung gewesen war. Die Fenster waren hell erleuchtet.

Am Ende der Straße bog Max nach links ab, ohne zu wissen, wohin er als Nächstes fahren sollte. Eine Möglichkeit wäre sicher sein Elternhaus. Aber seine Mutter hatte einen extrem leichten Schlaf und würde aufwachen, egal, wie leise er die Tür aufschließen würde. Und sie würde ihn ausfragen, warum er mitten in der Nacht bei ihnen auftauchte, um in seinem alten Zimmer zu übernachten, das sie zwar mittlerweile zu ihrem Nähzimmer gemacht hatte, in dem aber noch sein altes Bett stand. Er müsste sich eine Geschichte ausdenken, denn von Kirstens Entführung und der Situation, in der er gerade steckte, konnte er ihr auf keinen Fall etwas sagen.

Außerdem würde mit ziemlicher Sicherheit Böhmer bald dort auftauchen und … Nein, das konnte, das *durfte* sein Partner nicht tun. Max fuhr rechts ran, schaltete den Motor ab und griff nach seinem Handy.

»Gut, dass du anrufst«, meldete Böhmer sich ohne Umschweife. Seine Stimme hatte sich verändert. Die Hilflosigkeit, die Verletztheit, die Max kurz zuvor darin gehört hatte, war wieder gewichen. Stattdessen schwang nun eine gewisse Aggressivität in den Worten mit. In so einem Ton hatte Böhmer noch nie mit ihm gesprochen. »Allmählich wird es schwierig, Max.«

»Was heißt allmählich? Es *ist*, verdammt nochmal bereits schwierig. Du bist tatsächlich in meine Wohnung eingebrochen, als wäre ich ein Mörder. Aber lassen wir das erst einmal. Ich muss dich um etwas bitten. Egal, was du auch …«

»Nein, Max, du hörst mir jetzt zu. Ich habe auf dem Boden deiner Wohnung den letzten Brief gefunden, den du von dem Entführer bekommen hast.«

»Du hast … was?« Max überlegte angestrengt, wie eine der Nachrichten auf den Boden seiner Wohnung gekommen sein sollte.

»Das kann nicht sein.«

»Es kann nicht, es ist. So, wie es aussieht, hast du noch einmal die Instruktionen gelesen und ihn dann achtlos fallen lassen, bevor du deine Wohnung verlassen hast, um zu Verena zu fahren.«

»Nein, verdammt, das habe ich nicht«, entgegnete Max energisch. »Sag du mir nicht, was ich getan habe und was nicht.«

»Jedenfalls ist das der Mordbefehl an Verena und macht dich definitiv zum dringend Tatverdächtigen.«

»Der … Horst, ich habe keinen Mordbefehl erhalten. Und wenn, dann hätte ich ihn gewiss nicht ausgeführt. Ich weiß zwar nicht, was du da gefunden hast, aber es kann kein Mordbefehl sein, weil es den nicht gibt.«

»Bischoff!«, begann Böhmer statt einer Antwort zu lesen, und allein die Anrede fuhr Max wie eine Faust in den Magen.

»Nun ist es endlich so weit. Du wirst einen Menschen töten. Und du entscheidest, ob es Verena Hilger ist, diese verräterische Schlampe, oder deine Schwester.
Du rufst jetzt Hilger an und sagst ihr, dass du zu ihr kommst, weil du ihre Hilfe brauchst. Sag ihr, du wendest dich an sie, weil du befürchtest, dass ich deinen Partner überwache. In ihrer Wohnung schnappst du dir dann ihre Waffe und erschießt sie. Wenn Hilger nicht innerhalb der nächsten drei Stunden mit einem Loch im Kopf tot in ihrer Wohnung liegt, kannst du nach Hause fahren und brauchst nichts mehr zu unternehmen. Du wirst dann morgen gegen Abend deine Schwester als Puzzle zurückbekommen. Erst gegen Abend, weil es viele Stunden dauern wird, bis der Torso, der noch von ihr übrig ist, sterben darf.
Drei Stunden. Die Zeit läuft.
Du hörst von mir.«

6

Max starrte durch die Windschutzscheibe auf das Heck des vor ihm parkenden Wagens.

»Horst …« Sein Mund war plötzlich trocken. »Ich schwöre dir, ich habe diesen Brief nie erhalten und schon gar nicht gelesen. Der Kerl muss ihn in meine Wohnung gelegt haben. Weil er genau das erreichen möchte, was du jetzt offenbar tust. Er will, dass man mich für den Mörder von Verena hält. Siehst du das denn nicht? Er möchte, dass ich in den Knast komme und genau das Gleiche erleben muss wie er.«

»Du hast ab sechs Uhr insgesamt zwölfmal bei Verena angerufen.«

»Ja, weil ER mir befohlen hat, es so lange zu versuchen, bis ich sie am Apparat habe.«

»Wo steht das?«

»Das steht nirgendwo. Er hat es mir am Telefon gesagt.«

»Seltsam. Alles andere hat er dir geschrieben.«

»Verdammt, Horst … das kannst du doch nicht wirklich denken.«

»Es spielt letztendlich keine Rolle, was ich denke.« Das klang schon wieder etwas sanfter. »Im Moment deutet tatsächlich alles darauf hin, dass du der Täter bist. Niemand von uns glaubt das wirklich, aber … Mensch, du weißt doch, wie das läuft. Ich kann nicht einfach abwinken und sagen: *Max war das nicht,* und fertig. Wir müssen dem nachgehen, und dazu ist es absolut wichtig, dass du dich stellst und dich vernehmen lässt.«

Wut gesellte sich zu Max' anfänglicher Fassungslosigkeit und bekam schnell die Oberhand. »Hörst du dir eigentlich selbst zu? Ja? Hörst du, was du da sagst? Oder besser, was du nicht sagst? Du sagst nämlich nicht: *Wir müssen uns irgendwo treffen und uns unterhalten.* Nein, deine Wortwahl ist: *Wir müssen dem nachgehen, und dazu ist es wichtig, dass du dich stellst und dich vernehmen lässt.* Merkst du den Unterschied, *Partner*? Sich stellen und vernehmen lassen? Du redest mit mir, als wäre ich ein Verbrecher. Das bin ich aber nicht, verdammt nochmal.«

»Max! Warte einen Moment. Und leg jetzt bloß nicht wieder auf.«

»Nein, tu ich nicht.« Max glaubte, dumpfe Schritte zu hören, dann eine Tür, die ins Schloss fiel.

»So, ich bin in deinem Schlafzimmer. Hör mir zu. Ich rate dir nach wie vor dringend, aufs Präsidium zu kommen, aber …«

»Damit man mich in U-Haft steckt? Ich weiß selbst, wie das alles aussieht. Ich töte meine Kollegin, weil andernfalls meine Schwester getötet wird. Klarer Fall, da wird kein Richter lange zögern, allein schon aus Angst, man könnte ihm vorwerfen, zu nachlässig zu sein, weil ich Polizist bin. Und dann? Was glaubst du, geschieht dann mit Kirsten?«

»Ja, ich weiß das alles. Und du kannst dir denken, wie scharf auch ich darauf bin, das Dreckschwein zu fassen, das Verena umgebracht hat. Deswegen das *Aber*, bevor du mich unterbrochen hast. Wenn du dich also wegen Kirsten nicht stellen möchtest, rate ich dir, zum nächsten Bankautomaten zu gehen und so viel Geld wie möglich abzuheben, damit du eine Weile über die Runden kommst. Du kennst ja das Prozedere, das wir spätestens im Laufe des morgigen Tages in die Wege leiten müssen. Überwachung deiner Konten, Observierung deiner Wohnung und der deiner Eltern und und und …«

»Das ist der Grund, warum ich dich eigentlich angerufen habe. Bitte sorge dafür, dass wenigstens meine Eltern von alldem verschont bleiben. Wenn meine Mutter erfährt, dass Kirsten entführt worden ist und ich unter Mordverdacht stehe, hat sie einen Nervenzusammenbruch.«

»Ich tue, was ich kann.«

»Versprich es mir, Horst.«

»Ich sagte, ich tue, was ich kann. Und ich hoffe inständig, dass die Kollegen bei der Durchsuchung deiner Wohnung nicht noch irgendetwas finden, das dich weiter belastet.«

»Das hoffe ich auch, denn es kann einfach nichts Belastendes geben. Es sei denn, es ist dort platziert worden.«

»Besorg dir ein anderes Handy und melde dich morgen noch mal bei mir. Wie es aussieht, sind wir hinter dem gleichen Kerl her. Das sind wir doch, oder?«

»Ja, verdammt, das sind wir. Aber das mit dem Handy geht nicht. Der Mistkerl ruft mich immer über meine Mobilnummer an. Ich deaktiviere alle Ortungsdienste, GPS und so weiter. Dann könnt ihr nur die Funkzellen orten, an denen das Gerät sich anmeldet. Das ist zu ungenau für eine Standortbestimmung.«

»Dann telefoniere aber nur, wenn es absolut notwendig ist. Bis morgen.«

Böhmer legte auf. Noch bevor Max losfuhr, deaktivierte er die Ortungsdienste und legte das Handy dann zur Seite.

Als Nächstes hielt er vor einer Filiale seiner Bank. Das Tageslimit für Abhebungen lag bei tausend Euro, die er in seiner Geldbörse verstaute.

Dann machte er sich auf die Suche nach einem Hotel, in dem er ein Zimmer mieten konnte, ohne seinen Ausweis vorzeigen zu müssen. Er fand es in der Nähe des Hauptbahnhofs, wo er sich als Claus Debusmann anmeldete. Das war der Name seines damals besten Schulfreundes.

Das Haus war nicht sehr groß und machte von außen nicht viel her, aber das Zimmer war sauber, und er wurde nicht schief angeschaut, weil es schon nach Mitternacht war, er kein Gepäck hatte und den Preis für eine Nacht in bar beglich.

Nachdem er einen Blick in das kleine Bad geworfen hatte, zog er die Schuhe aus und ließ sich seufzend rückwärts auf das Bett fallen. Kurz dachte er darüber nach, sein Smartphone auszuschalten, aber die Gefahr war ihm zu groß, dass er nicht mitbekam, wenn der Entführer versuchte, ihn zu erreichen.

Eine kluge Entscheidung, wie sich nur Minuten später herausstellte, als das typische Klingelgeräusch ihn aus seinen Gedanken riss, die sich um Kirsten drehten und um die Tatsache, dass er plötzlich Verdächtiger in einem Mordfall war. Max richtete sich auf und nahm das Gespräch an.

»Ich finde, das läuft bisher ganz gut«, plauderte der Entführer drauflos.

»Warum haben Sie das getan?«

»Oh, ich dachte, die Spielregeln wären klar. Du tust, was ich dir sage, und alles ist in bester Ordnung. Du tust nicht, was ich sage, und deine Schwester verliert einen Körperteil. Lustigerweise hat sie geschrien wie am Spieß, als ich mir ihre Zehen geholt habe, obwohl sie doch gar nichts davon gespürt hat.«

»Lustigerweise? Was sind Sie nur für ein abartiger Mensch.«

»Ich bin der Mensch, der dafür sorgen wird, dass du ein paar Seiten des Lebens kennenlernst, die dir bisher verborgen waren. Nicht, weil du sie nicht sehen konntest, sondern weil deinesgleichen es immer wieder schafft, sie zu umschiffen und die Augen vor Dingen zu verschließen, die nicht ins eigene Weltbild passen. Du bezeichnest mich als abartig. Ja, mag sein, dass ich das aus deiner Sicht, nämlich der eines verwöhnten und gutbehüteten Jungen, bin. Ich bezeichne dich als Schwein. Du bist ein Schwein, das aus Übereifer und Karrieregeilheit seinen Kollegen in eine Hölle geschickt hat, dessen Qualen du nicht einmal ansatzweise erahnen kannst, weil du die Augen davor verschließt. Aber ich werde sie dir öffnen. Ich werde dafür sorgen, dass du hinsehen musst. Weil du selbst betroffen sein wirst.

Du, Max Bischoff, hast nicht nur verhindert, dass dein Kollege seinem Leben ein menschenwürdiges Ende setzen und damit der Hölle im Knast entgehen konnte, sondern mit deiner Aussage auch dafür gesorgt, dass man ihm die Chance auf eine Therapie verweigert hat, die vielleicht hätte gutmachen können, was man als Kind an ihm verbrochen hat.«

»Alexander Neumann«, sagte Max.

»Ja, Alexander Neumann.«

»Du bist Alexander Neumann, habe ich recht?«

»Mein Name spielt keine Rolle, und es spielt auch keine Rolle, wer ich war. Wichtig ist nur, wer ich bin. Ich bin derjenige, der dich in die Hölle schickt. Im Moment bekommst du schon mal eine Ahnung davon, wie es ist, aus Sicht deiner Kollegen nicht zu den Guten zu gehören. Aber das ist erst der Anfang. Morgen beginnen wir mit den Vorbereitungen für die Bestrafung eines anderen Schweins. Das wird dein erster selbst ausgeführter Mord.«

Vergiss es, Neumann, dachte Max, aber er hütete sich, das zu sagen.

»Vielleicht denkst du jetzt noch, dass du irgendwie drum herumkommen kannst, so, wie deinesgleichen immer um die wirklich unangenehmen Dinge herumkommt. Aber glaube mir, du irrst dich. Du magst schon einiges gesehen haben, aber ich versichere dir, du hast nicht die geringste Ahnung von den unendlichen Möglichkeiten, die es gibt, Menschen Schmerzen zuzufügen, die so unvorstellbar groß sind, dass man darüber den Verstand verliert. Ich werde dich live daran teilhaben lassen, wenn es so weit ist.«

Einer Eingebung folgend, sagte Max: »Woher weiß ich, dass Kirsten überhaupt noch lebt?«

»Weil ich es dir sage.«

»Nein. Das ist mir zu wenig. Wenn du möchtest, dass ich jemanden töte, dann will ich einen Beweis von dir, dass meine Schwester noch am Leben ist. Ich möchte mit ihr reden.«

Der Mann schien eine Weile nachzudenken, bis er schließlich sagte: »Nein.«

»Dann fick dich, Neumann. Ich werde nicht einen Menschen töten, um das Leben meiner Schwester zu retten, wenn ich nicht sicher sein kann, dass es noch etwas zu retten gibt.«

Max' Magen krampfte sich zusammen vor Angst. Er pokerte sehr hoch, und sein Einsatz war Kirstens Leben. Wenn Neumann jetzt einfach auflegte, hatte er verloren. Dann hatte Kirsten verloren.

»Du bist mutig, Bischoff. Aber gut. Ich rufe dich in zehn Minuten wieder an. Sieh zu, dass du erreichbar bist.«

Das Gespräch war beendet.

Max ließ sich wieder zurückfallen und schloss die Augen. Das flaue Gefühl in seinem Magen verschwand nicht, obwohl es danach aussah, als ginge Neumann auf seine Forderung ein.

Was würde jetzt gleich geschehen, wenn Neumann ihn wieder anrief? Würde er Kirstens Stimme hören? Und was würde sie ihm sagen?

Die Antwort erhielt er wenige Minuten später, als sein Handy erneut klingelte.

7

Sie sitzt in sich zusammengesunken im Rollstuhl und starrt mit leerem Blick vor sich hin. Sie weint nicht. Sie hat keine Tränen mehr. Immer wieder fällt sie in einen Zustand zwischen Traum und Wirklichkeit und wünscht sich nach dem Aufwachen, die Wirklichkeit wäre ein böser Traum.

Das Pochen der Wunde an ihrer linken Hand hat sie schon fast akzeptiert. Es gehört zu ihr. Seltsam, dass man sich an starke Schmerzen gewöhnen kann, denkt sie. Das ist neu für sie und das Gegenteil von dem, was sie schon als Kind erfahren musste: dass man sich verblüffend schnell daran gewöhnt, nichts mehr zu spüren.

Und dennoch … Was dieses Monster an ihren Füßen gemacht hat, das war auf eine bizarre Weise noch schrecklicher gewesen als das Abtrennen ihres Fingers. Obwohl sie nichts davon gespürt hat. Dieses Geräusch, als die Rosenschere die Knochen ihrer Zehen durchtrennt hat … Warum hat sich dieses Knirschen so sehr in ihr Gedächtnis gebrannt, obwohl es ihr zuvor bei ihrem Finger noch nicht einmal aufgefallen war?

Sie grübelt darüber nach, versucht, eine Erklärung dafür zu finden. Nicht, weil es sie wirklich brennend interessieren würde, sondern, weil das Nachdenken sie ablenkt.

Vielleicht hängt es damit zusammen, dass das Abtrennen ihrer Zehen keine Schmerzen verursachte und sie das Geräusch deshalb eher wahrgenommen hat, überlegt sie. Es wurde nicht überlagert von ihren Schmerzensschreien.

Das ist logisch. Und schade. Schade, dass sie die Antwort gefunden hat. Nun muss sie sich etwas anderes suchen, über das sie nachdenken kann. Und sie muss etwas finden, um sich abzulenken, wenn sie bei Verstand bleiben möchte, das weiß sie. Sie darf nicht in den Teufelskreis geraten, darüber nachzudenken, was dieses Monster in Menschengestalt ihr noch alles antun kann. Diese Gedanken wären ein Abwärtsstrudel, der irgendwann damit enden würde, dass ihr Verstand vor dem Grauen kapituliert.

Nein, sie braucht eine Denkaufgabe, die nichts mit ihrer Situation zu tun hat, das weiß sie. Aber dieses Wissen nutzt ihr nichts, wie sie im nächsten Moment schmerzlich erfährt, als in ihrem Kopf wieder diese Szene abläuft wie ein Videoclip. Wie er ihr die Schuhe und die Strümpfe auszieht und ihr dann mit der linken Hand die Spitze eines Messers von unten an die Kehle drückt und sie zwingt, dabei zuzusehen, wie er mit der Rosenschere, die er in der anderen Hand hält, erst den kleinen Zeh des rechten und dann den des linken Fußes abtrennt. Dieses unerträglich knirschende Geräusch …

Sie denkt an Max. Ihr Bruder soll durch die Hölle gehen, hat er gesagt. In Anbetracht dessen, was dieses Monster ihr schon angetan hat, wehrt sie sich mit aller verbliebenen Kraft gegen die Vorstellung, wie die Hölle für Max wohl aussehen muss.

Sie schreckt hoch, als das Schloss geöffnet wird und gleich darauf die Tür mit dieser irren Mädchen-Schrei-Imitation aufschwingt.

Er kommt. Und sie zweifelt keinen Moment daran, dass er ihr auch dieses Mal Schmerzen zufügen wird.

»Bitte nicht«, flüstert sie, und als ihr bewusstwird, dass es so leise war, dass er es unmöglich hören konnte, wiederholt sie es und schaut ihn dabei an. »Bitte, tun Sie mir nicht mehr weh.«

»Dein Bruder hat das Bedürfnis, mit dir zu reden.« Er spricht wieder mit dieser monotonen, roboterhaften Stimme. Aber das ist *egal und vollkommen unwichtig, wenn sie ihn gerade richtig verstanden hat.*

Oh, lieber Gott, bitte mach, dass er das wirklich gesagt hat!

Sie darf mit Max reden … Ihre Lebensgeister erwachen wieder. Allein die Aussicht, die Stimme ihres Bruders zu hören, schürt neue Hoffnung in ihr. Mit ihm zu reden bedeutet, zumindest für eine kurze Zeit eine Brücke in ihr normales Leben schlagen zu können.

»Du solltest ihm klarmachen, dass er dich beim nächsten Mal schreien hört, wenn er nicht tut, was ich sage.«

»Was verlangen Sie von ihm?«

Das maskenhafte Gesicht verzieht sich zu einem gemeinen Grinsen, die Stimme verändert sich jedoch nicht. »Das wird er dir sicher selbst sagen.«

Er hebt eine Hand, in der er ein Handy hält, und tippt darauf herum. Sie beobachtet jede seiner Bewegungen. Max! Sie darf mit Max reden.

»Ich werde sie dir jetzt geben«, verkündet er ins Telefon und hält es ihr hin. Als sie danach greift, zittern ihre Hände so sehr, dass ihr das Gerät fast entgleitet. Sie schafft es gerade noch, es zu halten, und drückt es sich sofort ans Ohr.

»Max! Max, hörst du mich?«

»Ja, Kirsten. Ich bin hier. Wie fühlst du dich? Was macht dieses Schwein mit dir?«

»Ich …«, setzt sie an und weiß nicht, was sie ihm sagen soll. Was sie ihm sagen kann.

»Er hat mir geschickt, was er …« Max schluckt hörbar. »Was er dir angetan hat.«

Sie hat es befürchtet, wozu sonst hätte er das tun sollen?

»Hast du starke Schmerzen?«

»Nein«, lügt sie. »Es geht.«

Der Kerl streckt ihr die Hand entgegen. »Das reicht.«

»Max!«, ruft sie hektisch. »Was verlangt er von dir? Was sollst du tun?«

»Das weiß ich noch nicht.« Sie ist sich sicher, dass er lügt. Sie kennt ihren Bruder. Er kann sie nicht unbemerkt anlügen.

»Schluss jetzt!« Der Entführer greift nach dem Handy und reißt es ihr aus der Hand.

»So, jetzt hast du deinen Beweis«, sagt er ins Telefon. »Morgen früh rufe ich dich an und gebe dir deine Instruktionen.« Seine dunklen Augen richten sich auf sie. Das Einzige, was sie darin erkennen kann, ist Kälte. »Ich überlege mir in der Zwischenzeit, ob ich noch ein wenig mit deiner Schwester spiele.«

8

»Nein! Hör zu! HÖR MIR, VERDAMMT NOCHMAL, ZU!«

Mit einer wütenden Bewegung warf Max das Telefon gegen das Kopfteil des Bettes, sprang auf und ging in dem kleinen Zimmer auf und ab, auf der Suche nach einem Ventil für die unbändige Wut, die in ihm brodelte. Den Hass. Und die Angst um seine Schwester.

Schließlich blieb er vor dem Bett stehen. »Lass deine Finger von ihr, du verdammtes Arschloch.« Er sah dabei das Telefon an, als könnte Neumann ihn noch immer hören. »Ich schwöre bei allem, was mir heilig ist, ich werde dir deine Eingeweide rausreißen und sie dir zu fressen geben, wenn du sie noch einmal anfasst.«

Martialische Sprüche dieser Art lagen ihm eigentlich gar nicht, aber die Worte taten ihm gut, sie dämmten ein winziges bisschen dieses Gefühl ein, vollkommen hilflos miterleben zu müssen, dass dieses Schwein mit seiner Schwester anstellen konnte, was immer er wollte.

Im nächsten Moment verließ Max die Kraft, und er sank auf das Bett. Er zog sich mühsam bis zum Kopfende hoch, drehte sich auf den Rücken und blieb mit ausgebreiteten Armen liegen. Sein Blick fixierte einen dunklen Fleck an der Decke.

Vogelfrei. Er, Kriminaloberkommissar der Düsseldorfer Mordkommission, Polizist aus Überzeugung, wurde gesucht wegen des Mordes an einer Kollegin.

Im Moment deutet tatsächlich alles darauf hin, dass du der Täter bist, hatte Böhmer gesagt. *Niemand von uns glaubt das wirklich, aber …*

Aber! Dieses Aber konnte alles bedeuten.

Aber wir werden dich trotzdem festnehmen.

Aber der Richter wird dich dennoch in den Knast stecken.

Aber du hast Verena vielleicht wirklich getötet, um deine Schwester zu retten.

Aber!

Der dunkle Fleck verschwamm vor Max' Augen. Seine Lider waren so schwer, dass er sie nicht mehr offen halten konnte.

Der Anruf ließ ihn um Punkt acht Uhr aus einem unruhigen Schlaf hochschrecken. Max riss die Augen auf und hatte Sekunden später das Telefon am Ohr. Noch völlig benommen, hörte er die bekannte Stimme.

»Hier kommt dein Auftrag, Bischoff. Du wirst …«

»Hast du meiner Schwester seit gestern Abend etwas angetan?«

»Du wirst nach Köln fahren«, fuhr Neumann unbeirrt fort, ohne auf Max' Frage einzugehen, »und suchst den Kontakt …«

»Ich möchte wissen, ob du Kirsten seit unserem letzten Telefonat irgendetwas angetan hast.«

»Nein, und jetzt hältst du den Mund, sonst hole ich das ganz schnell nach. Du fährst jetzt nach Köln und nimmst Kontakt mit Burghard Palzer auf. Er ist Oberkommissar der Kölner Verkehrspolizei und ein verräterisches Schwein. Du wirst ihn töten.«

Max' Verstand sträubte sich dagegen zu akzeptieren, dass das, was Neumann schon mit seiner ersten Nachricht an ihn erwähnt hatte, nun tatsächlich passieren sollte.

»Das Gerede, dass du das nicht tun wirst, kannst du dir sparen. Du wirst. Falls du mir nicht glaubst, kann ich dir gerne eine Entscheidungshilfe anbieten: Die Päckchen werden größer.«

Max würde auf keinen Fall einen unschuldigen Menschen töten, aber es war klüger, das in diesem Moment für sich zu behalten.

»Ich weiß nicht, ob ich das kann«, sagte er stattdessen, und er brauchte sich nicht zu verstellen, um seine Stimme dünn klingen zu lassen.

»Ich weiß es. Aber erst wirst du ihn *zufällig* kennenlernen. Wenn ich dich in genau zwei Stunden wieder anrufe, erwarte ich, dass du in Köln bist. Wenn du versuchst, mich zu täuschen … Du weißt schon.«

Max legte das Telefon zur Seite. Er fühlte sich wie in einem Albtraum, der nicht nur nicht enden wollte, sondern von Stunde zu Stunde immer schlimmer und bösartiger wurde.

Als er zwanzig Minuten später die Düsseldorfer Innenstadt in Richtung Köln verließ, rief seine Mutter zum ersten Mal an. Max ignorierte den Anruf. Er wusste nicht, was er ihr sagen sollte, wenn sie ihn nach Kirsten fragte.

Stattdessen wählte er Böhmers Nummer. Die Situation wurde immer verfahrener. Er würde Böhmers Hilfe brauchen.

Es dauerte eine Weile, bis sein Partner – war er das noch? – das Gespräch annahm.

Max verzichtete auf einleitende Floskeln und kam gleich zur Sache. »Wie stehst du zu mir?«

»Wo bist du?«

»Horst, ich muss wissen, wie du zu mir stehst. Die Sache wächst mir über den Kopf. Ich brauche deine Hilfe.«

Es vergingen drei, vier Sekunden, dann sagte Böhmer: »Max, ich muss wissen, ob du Verena getötet hast. Ich weiß, dass du es nur getan hättest, weil der Scheißkerl sonst deine Schwester umgebracht hätte, aber …«

»Nein! Ich habe Verena nicht getötet«, erklärte Max beschwörend. »Das *musst* du mir glauben, Horst. Ich würde niemals einen Unschuldigen töten, egal, womit das Schwein mir droht. Er hat gesagt, ich solle Hilger anrufen und sie um Hilfe bitten. Und dass ich zu ihr fahren soll. Das war eine Falle. Als ich geklingelt habe, rief sie von drinnen, ich solle reinkommen, die Tür sei offen. Ich denke, er hat sie dazu gezwungen. Sobald ich die Wohnung betreten hatte, wurde ich niedergeschlagen. Er muss sie getötet haben, während ich bewusstlos war. Ich weiß nicht, wo dieser Brief in meiner Wohnung herkam, aber ich habe ihn wirklich nie gesehen. Neumann möchte erreichen, dass ich ins Gefängnis komme und dort das Gleiche erlebe, was er durchgemacht hat. Das ist seine Rache. Lass bitte nicht zu, dass ihm das gelingt.«

»Ich glaube dir.«

»Danke, das bedeutet mir viel! Hilfst du mir?«

»Ja. Ich möchte den Dreckskerl haben, der Verena ermordet hat.«

»Gut. Dann bringe ich dich auf den neuesten Stand.«

Max erzählte von dem Anruf und davon, was Neumann von ihm verlangte.

»Und was hast du jetzt vor?«

»Ich bin auf dem Weg nach Köln und werde erst einmal tun, was er sagt. Mal sehen, was dieser Palzer für ein Typ ist.«

»Hm …«, machte Böhmer. »Okay, ich recherchiere mal ein bisschen. Mein Gefühl sagt mir, dass er irgendwie mit Neumanns Verhaftung damals zu tun hatte.«

»Das habe ich mir auch schon überlegt. Und noch etwas: Kannst du bitte herausfinden, wann Neumann entlassen worden ist? Das ist im Moment gerade etwas schwierig für mich.«

»Vor dreizehn Monaten.«

»Du hast dich also schon erkundigt.«

»Ja. Er ist früher entlassen worden, weil er sich tadellos geführt hat und der Psychiater ihm eine günstige Prognose bescheinigt hat.«

»Das hätte ich nicht gedacht.«

»Und es ist mehr als fraglich, ob der Psycho-Onkel richtiggelegen hat, denn kaum dass Herr Neumann auf freiem Fuß war, ist er auch schon verschwunden. Keine Adresse, kein Aufenthaltsort, nichts.«

»Hm … Warum hat er mit seiner Rache so lange gewartet, obwohl er schon seit über einem Jahr draußen ist?«

Jemand klopfte an, und Max drehte das Telefon in der Mittelkonsole mit dem Display nach oben. Seine Mutter.

»Vielleicht wegen der Planung?«, mutmaßte Böhmer. »Wer weiß, was er vorhat. Aber da ist noch etwas. Es gibt einen Vermerk in seiner Akte. Neumann ist während seiner Zeit im Knast wohl immer wieder schwer misshandelt worden. Nach dem, was ich hier lese, sind da extrem abartige Sachen gelaufen. Es ist ein Wunder, dass er so lange überlebt hat. Er hat sich nie zur Wehr gesetzt und zu den Vorfällen geschwiegen, weswegen den Tätern auch nichts nachzuweisen war.«

»Scheiße.«

»Ja, aber das war klar. Wenn man als Bulle einfährt …«

»Daher also dieser wahnsinnige Hass auf mich. Er sieht in mir den Schuldigen für alles, was man ihm angetan hat.«

»Und jetzt will er, dass mit dir das Gleiche passiert.«

»Ja, und dabei vergisst er vollkommen, dass er gesessen hat, weil er eine Frau getötet und ihre Leiche geschändet hat.«

»Wenn diese Arschlöcher Hirn genug in der Birne hätten, sich solche Gedanken zu machen, würden sie gar nicht erst so eine Scheiße bauen.«

»Da hast du wohl recht. Meldest du dich, wenn du etwas über diesen Palzer herausgefunden hast?«

»Ja. Du solltest zusehen, dass du deinen Wagen bald irgendwo abstellst. Gorges hat vor, dich zur Fahndung ausschreiben zu lassen.«

»Mist!«

»Ich habe ihm von Kirstens Entführung erzählt, aber das ändert nichts daran, dass du am Tatort warst, wir deine Fingerabdrücke auf der Tatwaffe gefunden haben und du dich der Vernehmung entziehst. Das macht dich offiziell verdächtig. Zumal du durch die Entführung deiner Schwester ein Motiv hast: ihr Leben zu retten.«

»Und was denkt Gorges inoffiziell?«

»Das weiß ich, ehrlich gesagt, nicht. *Schafft ihn her, bevor die Öffentlichkeit uns teert und federt*, waren seine Worte zu dem Thema.«

Ein heißes Prickeln entstand auf Max' Stirn.

»Die Öffentlichkeit?«

»Wir alle würden deinen Namen gerne so lange wie möglich da raushalten, aber du weißt selbst, dass das nicht möglich ist.«

»Ja, ich weiß ...« Es würde im günstigsten Fall zwei oder drei Tage dauern, bis gegenüber der Presse sein Name fallen *musste*, wenn Gorges nicht riskieren wollte, der Vertuschung beschuldigt zu werden.

»Nochmals danke. Ich weiß, was dir Verena bedeutet hat, und kann mich noch gut erinnern, wie es sich anfühlt, einen geliebten Menschen zu verlieren.«

»Bis später.« Da war er wieder, der verletzte, hilflose Unterton in Böhmers Stimme.

»Ja, bis später.«

Keine zwei Minuten später rief Max' Mutter erneut an. Erst wollte er sie wieder ignorieren, doch dann erinnerte er sich an ihre Hartnäckigkeit, wenn sie sich Sorgen um eines ihrer Kinder machte.

Gut möglich, dass sie im Präsidium anrief, wenn er nicht abhob. Und falls die Kollegen nicht sowieso schon wegen Kirstens Entführung bei ihr gewesen waren, würde man ihr spätestens dann auch mitteilen, dass ihr Sohn wegen Mordes gesucht wurde.

Mit einem Druck auf die entsprechende Taste am Lenkrad nahm er das Gespräch an.

Sie erkundigte sich nicht wie üblich zuerst, wie es ihm

ging, sondern begann gleich mit der Frage nach seiner Schwester. »Weißt du, was mit Kirsten los ist? Ich habe sie heute Morgen zu Hause nicht erreichen können, und im Büro hat man mir gesagt, sie sei schon gestern nicht dort erschienen.« Sie hatte also noch keinen Besuch von den Kollegen bekommen. Die Sorgen, die sie sich machte, waren aber unüberhörbar.

»Sie ist … bei einer Freundin zu Besuch. In Leverkusen.« Max wusste selbst nicht, warum er sie anlog. Es konnte nicht mehr lange dauern, dann würde sie sowieso erfahren, was los war. »Das hat sich ganz kurzfristig ergeben. Aber soweit ich weiß, hat sie sich Urlaub genommen. Das wusste derjenige wahrscheinlich nicht, den du am Telefon hattest.«

»Ich habe mit ihrem Chef gesprochen. Und der soll nicht wissen, dass sie Urlaub genommen hat?«

»Mama, hör mal …«

»Max, ich möchte wissen, was los ist. Sie ist nicht bei einer Freundin zu Besuch, stimmt's? Ist ihr etwas zugestoßen? Hatte sie einen Unfall? Nun sag schon.«

»Es … ist kompliziert.« Er wusste selbst, wie erbärmlich das klang. Sie wusste es auch.

»Was erzählst du denn da? Kompliziert? Es geht um meine Tochter. Wenn du mir nicht augenblicklich sagst, was mit Kirsten passiert ist, rufe ich so lange bei allen möglichen Stellen an, bis ich es erfahre. Sie hatte einen Unfall, habe ich recht? O Gott, natürlich habe ich recht. Warum sonst würdest du versuchen, mich anzulügen. Ich habe ja schon immer gesagt, der Weg zur Arbeit ist für sie allein zu gefährlich. Ist sie schwer verletzt? Liegt sie im Krankenhaus? Max! Rede mit mir.«

»Nein, sie hatte keinen Unfall. Es ist nur …« Er hasste es, ihr das zu sagen, und noch schlimmer war, dass er es am Telefon tun musste.

»Kirsten ist entführt worden.« In der nächsten Sekunde fügte er schnell hinzu: »Aber es geht ihr gut!«

»Ent… entführt?« Es lag so viel Unverständnis und gleichzeitig so viel Schmerz in diesem einen Wort, dass es Max die Tränen in die Augen trieb.

»Ja. Aber wir wissen, wer es war, und ich stehe in Kontakt mit ihm. Ich bin ganz sicher, wir werden sie schnell und unversehrt befreien können.« Die Lüge ging ihm leicht von den Lippen, denn sie beschrieb exakt das, was er sich mehr als alles andere wünschte.

»Aber warum? Was will der Entführer? Geld?«

»Nein, es geht um einen alten Fall. Er möchte …«

Ja, was?

»Er möchte, dass ich mich bei ihm und ein paar anderen Leuten entschuldige. Leute aus Leverkusen. Deswegen bin ich gerade unterwegs dorthin. Danach lässt er sie wieder frei.«

»O Gott. Mein armes Kind.« Sie schluchzte. »Wenn er ihr etwas antut …«

»Das wird er nicht, Mama, dafür sorge ich. Schon vergessen, ich bin Polizist!«

»Aber genau deswegen ist sie ja wohl entführt worden«, jammerte sie, und der Vorwurf in ihrer Stimme war nicht zu überhören.

Seine Mutter konnte nicht ahnen, *wie* recht sie damit hatte.

9

Max versuchte, seine Mutter wenigstens ein wenig zu beruhigen, was natürlich vergebens war. Welche Mutter würde sich mit Worten trösten lassen, wenn ihre Tochter entführt worden war. Ihre *behinderte* Tochter. Zwischenzeitlich hatte sein Vater den Hörer an sich genommen, und Max hatte ihm noch einmal die gleiche Geschichte erzählt. Mit dem Versprechen, dass alles Menschenmögliche getan wurde und er sich schnellstmöglich wieder melden würde, beendete er schweren Herzens das Gespräch, fuhr auf direktem Weg zum Düsseldorfer Hauptbahnhof zurück und stellte den CC im Parkhaus ab.

Auch wenn die Kollegen den Wagen dort entdecken würden, konnte niemand wissen, dass er selbst längst in Köln war.

Falsch, korrigierte er sich gleich darauf. Wenn Gorges ihn zur Fahndung ausschreiben ließ, wussten die Kollegen sofort, dass er sich in Köln aufhielt, weil sein Handy sich in Kölner Zellen einwählte. Aber das war eben nicht zu ändern.

Am Bahnhof zog er sich ein Ticket und saß eine knappe Viertelstunde später in einem Regionalexpress, der für die Fahrt zum Kölner Hauptbahnhof, inklusive einiger Stopps, eine halbe Stunde benötigte.

Auf dem Weg zur Domplatte stellte er fest, dass er noch etwa zwanzig Minuten Zeit hatte, bis Neumann sich bei ihm melden würde. Im Moment konnte er sich frei bewegen, weil die Fahndung nach ihm noch nicht lief. Er setzte sich auf eine Mauer neben der breiten Treppe, die zum Plateau hinaufführte und rief Böhmer an.

»Weißt du schon was?«

»Ja. Sogar einiges. Ich habe mal ein bisschen herumtelefoniert und in den Datenbanken gestöbert. Wir lagen mit unserer Vermutung richtig. Als Neumann damals dank dir gefasst wurde, gehörte Burghard Palzer als junger Kommissar zu einem Sondereinsatzkommando der *Direktion Besondere Aufgaben* und war beim Zugriff dabei.«

»Das ist also die Verbindung.«

»Ja, und da gibt es noch ein interessantes Detail. Du weißt ja sicher noch, dass Neumann ebenso wie du damals an die Kölner Kollegen ausgeliehen wurde. Seine Dienststelle war eigentlich Neuss. Als er noch ganz frisch in Köln war, hat er sich mit einem Kölner Kollegen angefreundet und öfter die Freizeit mit ihm zusammen verbracht. Rate mal, wer dieser Kollege war?«

Das war nach der Einleitung nicht schwierig. »Burghard Palzer.«

»Ganz genau. Und jetzt kannst du eins und eins zusammenzählen.«

Max musste nicht lange überlegen. »Neumann kommt von Neuss nach Köln und freundet sich dort mit einem Kollegen an, der dann aber anschließend aktiv an seiner Verhaftung beteiligt ist. Das macht ihn für Neumann zum Verräter und mindestens so schuldig wie Verena, die laut ihrer eigenen Aussage noch weniger mit dem

Fall zu tun hatte.« Max stockte. Das hätte er auch etwas sensibler formulieren können.

»Entschuldige bitte.«

Es entstand eine Pause, in der nur Böhmers Atem zu hören war, bis er mit rauer Stimme sagte: »Weiter.«

»Sicher?«

»Ja.«

»Okay. Wenn er mich jetzt dazu bringt, Palzer zu töten, hat er zwei Fliegen mit einer Klappe geschlagen: Der Verräter ist tot, und der Hauptschuldige an seinem Knastaufenthalt – ich – wandert selbst ins Gefängnis.«

»So ist es. Die Frage ist, wie gehst du jetzt vor?«

Max bewunderte Böhmer dafür, wie professionell er an die Sache heranging, obwohl er unter Verenas Tod sehr leiden musste.

»Das kann ich erst entscheiden, wenn ich Palzer kennengelernt habe. Gehört er immer noch zum SEK?«

»Nein. Offenbar kommt er nicht so gut mit hierarchischen Strukturen zurecht. Er ist ein paarmal mit seinem Vorgesetzten aneinandergeraten, es kam zu einigen unschönen Szenen zwischen den beiden, und man hat ihm nahegelegt, zur Verkehrspolizei zu wechseln. Er schiebt jetzt Dienst in der Unfallbearbeitung der Verkehrsinspektion zwei.«

»Okay. Ich werde mir irgendwo ein Hotel suchen und mir überlegen, wie ich am besten mit Palzer in Verbindung treten kann.«

»Da ist noch was. Deine Mutter hat hier schon, ich weiß nicht wie oft, angerufen. Sie ist verrückt vor Sorge um Kirsten.«

»Ja, ich musste es ihr sagen. Kannst du ihr bitte jemanden zur Seite stellen?«

»Das habe ich bereits veranlasst. Jemand von der Seelsorge ist mit dem Kollegen Hauck zu ihnen unterwegs. Außerdem haben wir eine Soko wegen Kirstens Entführung gebildet. Die Kollegen von der Spurensicherung sind zurzeit in ihrer Wohnung. Es wäre natürlich alles einfacher, wenn du …«

»Ich *kann* nicht.«

»Halt mich auf dem Laufenden.«

»Das mache ich. Und, Horst …«

»Was?«

»Danke.«

Böhmer legte wortlos auf.

Max erhob sich und stieg die Treppe zur Domplatte hinauf. Beim Anblick des gigantischen Meisterwerks der gotischen Architektur fühlte er sich so winzig und unbedeutend wie immer, wenn er vor dem Kölner Wahrzeichen stand.

Dieses Mal kam jedoch ein weiteres Gefühl hinzu. Das bedrückende Bewusstsein, dass er aus seinem normalen Leben herausgerissen war. Dass die gutgelaunten Menschen, die sich auf der Freifläche tummelten und Selfies mit dem Dom im Hintergrund schossen oder, Einkaufstüten schleppend, auf dem Weg zum nächsten Geschäft vorbeischlenderten, in einer anderen Welt lebten als er. Einer Welt, deren vermeintliche Probleme angesichts dessen, was er gerade erlebte, unwichtig wurden.

Das Klingeln seines Telefons machte ihm das umso bewusster.

»Du stehst vor dem Dom, das ist gut.«

Max sah sich in alle Richtungen um. »Wo bist du?«

»Immer da, wo du bist.«

»Was ist mit meiner Schwester?«

»Was soll sein? Sie ist an einem Ort, von dem sie nicht fliehen kann und wo sie niemand finden wird, den ich nicht selbst hinführe. Aber kommen wir zu dir.«

»Lass Sie in Ruhe, sonst mache ich gar nichts mehr.«

»Ich gebe dir heute den ganzen Tag Zeit, Burghard Palzer kennenzulernen«, sagte Neumann und ignorierte Max. »Und weil ich ja kein Unmensch bin, gebe ich dir sogar einen Tipp: Er geht oft zum Mittagessen in eine Pizzeria in der Nähe des Präsidiums. Vielleicht triffst du ihn dort.« Neumann nannte Max den Namen und die Adresse des Restaurants.

»Bevor du aber irgendetwas unternimmst, besorgst du dir ein anderes Telefon. Kauf dir irgendwo ein Billighandy. Kein Smartphone, sondern ein Telefon ohne Internetzugang, Bluetooth, Apps und solchen Schnickschnack. Und such dir jemanden, dem du Geld dafür gibst, dass er eine Prepaidkarte für dich besorgt. Ich melde mich in einer Stunde wieder, dann gibst du mir die Nummer. Denk immer daran: In meinem nächsten Päckchen an dich liegen die restlichen vier Finger ihrer linken Hand.« Damit legte er auf.

»Kein Unmensch«, stieß Max verächtlich aus und steckte das Telefon wieder ein. Ein Blick auf die Uhr zeigte ihm, dass es kurz nach zehn war.

Er wandte sich um, stieg die Treppe wieder hinab und ging auf die Passage zum Bahnhof zu, in der es Dutzende kleiner Läden gab. Max befürchtete, dass es gar nicht so einfach sein würde, noch ein Handy zu finden, mit dem man nur telefonieren konnte.

Er fand ein Nokia 105, das neben einem 1,8 Zoll QQVGA-Display lediglich ein UKW-Radio und eine Taschenlampe als Ausstattung hatte und mit dem man weder ins Internet gehen noch irgendwelche Apps nutzen konnte, wie der junge Verkäufer mit einem mitleidigen Lächeln versicherte. »Kann wirklich jeder bedienen«, fügte er hinzu, als Max die neunzehn Euro fünfundneunzig bezahlte.

Als er den Laden gerade verlassen hatte, rief seine Mutter an.

Er nahm das Gespräch an, weil sie ihn unter dieser Nummer nicht mehr würde erreichen können.

»Hast du schon etwas von Kirsten gehört?«, begann sie mit dünner Stimme, in der all ihre Sorge und die Verzweiflung mitschwangen.

»Nein, noch nichts Neues, Mama, aber wir sind dran. Ist mein Kollege schon bei euch?«

»Ja. Und eine nette junge Frau, die sich wirklich Mühe gibt, uns zu trösten. Aber solange mein Kind in der Gewalt eines Verbrechers ist … Ich verstehe nicht, warum das alles so lange dauert. Bist du schon in Leverkusen und hast dich bei den Leuten entschuldigt, bei denen du dich entschuldigen sollst? Dann müssen die deine Schwester doch jetzt freilassen, oder?«

»Mama, es ist leider nicht ganz so einfach. Da geht es auch um Rache. Dieser Kerl hat ein Verbrechen begangen und es so hingestellt, als wäre ich das gewesen. Leider müssen meine Kollegen der Sache nachgehen, so dass sie gezwungen sind, auch mich zu suchen. Ich muss mich aber um Kirsten kümmern, verstehst du das?«

»Nicht so richtig.«

Es nutzte nichts, er musste ihr die Wahrheit sagen, bevor sie sie von jemand anderem erfuhr, und er war sicher, dass das nicht mehr lange dauern konnte.

»Mama, der Mann hat jemanden getötet und versucht, mir das in die Schuhe zu schieben. Er hat das so schlau angestellt, dass meine Kollegen mich als Verdächtigen behandeln *müssen*, ob sie wollen oder nicht. Deswegen suchen sie jetzt nach mir.«

»Was?«, stieß sie entsetzt aus. »Die glauben einem dahergelaufenen Verbrecher und denken, dass du einen Menschen umgebracht hast? Herrgott im Himmel. Aber du kümmerst dich um deine Schwester, nicht wahr? Du sorgst dafür, dass sie freige… Max?«

»Ja?«

»Der Mann, der Kirsten in seiner Gewalt hat, hat jemanden ermordet?«

»Ja, das hat er.«

»Und wer sagt, dass er das nicht wieder …«

»Er wird ihr nichts tun, solange ich sein Spiel mitspiele, Mama. Er braucht mich. Das ist Kirstens Überlebensgarantie.«

Er hoffte, zuversichtlicher zu klingen, als er sich fühlte.

Seine Mutter sagte nichts mehr. Sie weinte auch nicht mehr.

Der Hörer wurde von jemandem übernommen, dann hörte Max die Stimme seines dienstältesten Kollegen Hauck. »Max, wir kümmern uns um deine Eltern.«

»Ist gut, danke.«

»Und noch was. Ich weiß, dass du das nicht getan hast.«

»Danke«, wiederholte Max und legte auf.

Er stand eine Weile nur da und beobachtete das Treiben um sich herum. Wie gerne hätte er seine Mutter in den Arm genommen und ihr in die Augen geschaut, wenn er ihr sagte, dass er seine Schwester befreien würde. Wie viel Elend hatte dieser Psychopath schon jetzt über seine Familie gebracht.

Schließlich setzte Max sich in Bewegung und sah sich in der Passage nach jemandem um, der eine Prepaidkarte für ihn kaufen würde. Dieser Irre hatte wirklich an alles gedacht. Allerdings fragte Max sich, warum er ausgerechnet zu einem Zeitpunkt damit kam, an dem die offizielle Fahndung nach ihm kurz bevorstand. Jemand im Präsidium musste diese Information an ihn weitergegeben haben. Max nahm sich vor, mit Böhmer darüber zu reden, während er auf zwei etwa Zwanzigjährige zuging, die mit Bierdosen in den Händen neben einem Imbiss standen. Beide trugen Basecaps, die der etwas kleinere, schlankere von ihnen schräg und der andere, ein mindestens eins neunzig großer, massiger Kerl, mit dem Schirm im Nacken auf dem Kopf sitzen hatte.

Als Max vor ihnen stehen blieb, musterten sie ihn abschätzend von oben bis unten. »Ey, was gibt's?«, fragte der mit der schiefsitzenden Kappe.

»Ich mache es kurz«, erklärte Max, trat noch einen weiteren Schritt auf die beiden zu und fuhr mit leiser Stimme fort: »Ich brauche eine Prepaidkarte, bei der nicht meine Adresse hinterlegt ist. Wenn einer von euch mir eine auf seinen Namen besorgt, lasse ich was springen.«

Die beiden tauschten grinsend einen Blick, bevor der Kräftige sagte: »Bist du 'n Krimineller, oder so was?«

Max sah sich verschwörerisch um, bevor er erklärte: »Ich hab da was am Laufen mit der Frau eines Polizisten. Der ahnt was, und ich habe keinen Bock darauf, dass der mein Handy überwacht, wenn ich mit seiner Alten telefoniere.«

Das Grinsen wurde breiter. »Alter … läuft bei dir, oder? Und? Was lässt du springen?«

Max griff in seine Hosentasche, wo er nach dem Handykauf fünfzig Euro deponiert hatte, und zeigte den beiden den Schein. Nach einem erneuten Blickwechsel nickten sie sich zu.

»Leg noch'n paar Hopfensmoothies drauf, dann geht das klar«, erklärte der Schlanke. Dass er dabei seine Bierdose anhob, ersparte Max die Nachfrage, was er damit gemeint hatte.

»Okay, wenn ihr mir die Karte bringt, gibt's noch einen Zehner für ein Sixpack obendrauf.«

Max begleitete die beiden zu dem Laden, in dem er auch das Telefon gekauft hatte, und gab ihnen zwei Fünfzigeuroscheine für eine Prepaidkarte. Er wollte auf jeden Fall genügend Guthaben zur Verfügung haben.

Als die beiden das Geschäft betraten und Max ihnen nachsah, dachte er einen Moment darüber nach, ob sie sich vielleicht in der nächsten Sekunde mit dem Geld aus dem Staub machten. Aber das Risiko musste er eingehen.

Die Prozedur dauerte rund zehn Minuten, dann wechselten die noch verpackte Karte und sechzig Euro die Besitzer, und die Wege von Max und den beiden jungen Männern trennten sich.

Das war einfacher gewesen, als er es gedacht hatte. Er

entfernte die Verpackung der Karte und legte sie in das neue Handy ein. Eine Minute später war das Gerät im Netz und zum Telefonieren bereit.

Mittlerweile war es kurz vor elf, er hatte also noch ein wenig Zeit, bis Neumann sich wieder melden würde. Die wollte er nutzen, um eine S-Bahn-Verbindung in Richtung Walter-Pauli-Ring herauszusuchen, wo sich das Polizeipräsidium und ganz in der Nähe auch die Pizzeria befanden, die Neumann ihm genannt hatte.

Er kam allerdings nicht sehr weit, da klingelte sein Telefon. Der Anrufer war Polizeirat Gorges.

»Bischoff«, begann sein Chef gewohnt energisch. Max sah ihn bildlich vor sich, wie er sich mit der flachen Hand über die kurzen eisgrauen Haare strich. »Wir arbeiten mit Hochdruck an der Entführung Ihrer Schwester. Allerdings muss ich gestehen, dass wir noch nicht viel weiter sind. Die Fahndung nach Neumann läuft. Bisher haben wir noch keinen Hinweis darauf, wo er sich seit seiner Entlassung aufhält. Aber jetzt zu Ihnen. Hören Sie sofort auf mit dem Blödsinn. Ich ersuche Sie dringend, zum Präsidium zu kommen, damit wir diese Sache klären können. Wenn Sie wirklich nichts mit dem Tod der Kollegin Hilger zu tun haben, brauchen Sie keine Konsequenzen zu befürchten.«

»Tut mir leid, aber das kann ich nicht«, entgegnete Max und verließ die laute Passage. »Der Mistkerl hat meine Schwester und wird sie zu Tode quälen, wenn ich ins Präsidium komme.«

»Ich verstehe Sie ja, aber, mein Gott, versuchen Sie, die Situation doch mal aus meiner Perspektive zu betrachten. Ich glaube nicht, dass Sie Hilger wirklich erschossen haben. Niemand hier glaubt das, aber es spricht im Moment einfach alles gegen Sie. Dieser Brief, die Tatwaffe mit ihren Fingerabdrücken, die Tatsache, dass sie am Tatort waren … Ich kann nicht einfach so tun, als gäbe es diese Fakten nicht.«

»Es liegt doch auf der Hand, dass mir der Mord angehängt werden soll. Glauben Sie denn wirklich, ich wäre so dämlich, derart offensichtliche Beweise zurückzulassen, wenn ich tatsächlich einen Mord begangen hätte?«

»Gut, lassen Sie mich mal aus Sicht des Staatsanwaltes argumentieren. Der wird nämlich glauben, dass Sie – verständlicherweise – große Angst um Ihre Schwester haben. Berechtigte Angst, wie der Entführer ja eindrucksvoll bewiesen hat. Derart überwältigende Angst, dass sie rationale Überlegungen wie die Beseitigung von Beweisen gar nicht angestellt haben, weil sich ihre ganze Welt gerade ausschließlich um die Rettung Ihrer Schwester dreht. Dazu die eben schon aufgeführten Fakten … Bischoff, kommen Sie aufs Präsidium und geben Sie uns die Chance, nicht nur zu glauben, dass Sie nicht der Täter sind, sondern es auch zu beweisen.«

»Tut mir leid.«

Gorges stieß hörbar den Atem aus. »Dann lassen Sie mir keine Wahl. Der Staatsanwalt sitzt mir im Nacken, ich muss aktiv werden.«

»Ich verstehe.«

»Ich werde die Fahndung nach Ihnen jetzt offiziell herausgeben. Denken Sie bitte noch einmal darüber nach. Sie können sich jederzeit stellen. Übrigens läuft parallel dazu auch eine Fahndung nach Alexander Neumann.«

Max hätte Gorges am liebsten entgegengeschrien, dass er keinen Grund hatte, sich zu stellen, aber viele Gründe, es nicht zu tun. Dass er nicht glauben wollte, dass seine Kollegen, die ihn alle gut kannten, die ohnehin schon furchtbare Situation für ihn noch schlimmer machten, indem sie offiziell nach ihm fahndeten. Die Zeitungen würden sofort Wind davon bekommen und es entsprechend ausschlachten. Ein Ermittler der Mordkommission, der selbst zum Mörder wurde. Das musste doch die Herzen der Boulevard-Schreiberlinge höherschlagen lassen. Selbst wenn sich alles aufklärte, würde ihm dieser Makel anhaften. Er würde von nun an immer der Polizist sein, nach dem wegen des Mordes an einer Kollegin gefahndet worden war. Das alles hätte er seinem Chef gerne gesagt, aber er wusste, es wäre sinnlos. Zudem würde Neumann jeden Moment anrufen.

Daher sagte er nichts und legte stattdessen auf.

Eine Weile stand er noch wie benommen da, unschlüssig, wohin er sich wenden und was er tun sollte, wütend auf seinen Chef und seine Kollegen. Schließlich ging er los, um sich eine Fahrkarte für die S-Bahn zu besorgen.

10

Sie hört die Schritte des Mannes hinter sich. Gleichmäßig, schnell. Unaufhaltsam. Er ist schon so nah, dass sein keuchender Atem ihren Nacken streift und als eiskalter Schauer über ihren Rücken läuft. Sie wagt nicht, sich umzudrehen, und ahnt doch, wer ihr Verfolger ist.

Laufen, sie muss laufen. Mühsam hebt sie ein Bein, setzt es unter Aufbietung all ihrer Kraft vor sich ab. Eine Bewegung in Zeitlupe. Irreal, bizarr. Es ist, als stecke sie in einer unsichtbaren, geleeartigen Masse, die ihr allmählich auch die Luft nimmt. Sie kämpft, sie weint. In der nächsten Sekunde wird er sie packen. Sie schreit vor Angst. Weiter, nur weiter. Das andere Bein. Sie wirft ihren Körper mit der ganzen Macht ihrer Verzweiflung gegen den unsichtbaren Widerstand. Und spürt dennoch, dass sie dem Mann nicht entkommen kann, egal, wie sehr sie sich bemüht. Aber schlimmer noch als das Gefühl, jeden Moment seine Hand auf ihrer Schulter zu spüren, sind diese Rufe. Sie kommen von überallher und treffen sie wie glühende Pfeile mitten ins Herz. Wieder und wieder.

»Hilf mir! Warum hilfst du mir nicht? Habe ich es verdient, dass du mich so im Stich lässt? Kirsten! Warum lässt du mich durch die Hölle gehen?«

Die Stimme ist ihr vertraut, auch wenn die Angst sie heiser macht. Vertrauter als jede andere Stimme. Max …

Ein harter Schlag in den Rücken lässt sie straucheln, sie kippt vornüber und stürzt in einer unendlich langsamen Bewegung zu Boden. Noch während sie sich auf den Rücken dreht, schiebt sich ein gewaltiger Schatten über sie. Ein Gesicht kommt näher, wird zu einer übernatürlich großen, hässlichen Fratze, die sie gemein angrinst.

Sie kennt den Mann. Er hat keinen Namen.

Sie starrt in die kalten Augen, kämpft dagegen an, von ihnen hypnotisiert zu werden, und schafft es schließlich, ihren Blick loszureißen. Heftet ihn stattdessen auf den Speichelfaden, der sich an seiner hängenden Unterlippe gebildet hat und sich pendelnd ihrem Gesicht nähert.

Der Ekel droht, ihr den Hals zuzuschnüren, ihr Puls hämmert wild gegen die Schläfen. Aber es ist nicht nur die Angst, die in diesem Moment ihren Körper beherrscht, sondern auch unbändiger Hass. Als das Gesicht sich noch näher an sie heranschiebt, als der von kaltem Zigarettenrauch geschwängerte Atem sie trifft, öffnet sie den Mund und stößt einen nicht enden wollenden Schrei aus. Dieser Schrei wird plötzlich sichtbar, formt sich zu einem Band, das sich schlangengleich aus ihrem Mund windet, sich um ihren Körper legt und sie schließlich mit einem Ruck fortzieht von dieser grinsenden, sabbernden Fratze und den furchtbaren Hilferufen.

Sie reißt die Augen auf und schnellt gleichzeitig hoch, ringt aufrecht sitzend nach Luft.

Sekundenlang starrt sie in eine Finsternis, so undurchdringlich wie eine schwarze Wand, dann schälen sich endlich Konturen aus ihrer Umgebung. Schattenhafte Gebilde, die langsam zu erkennbaren Gegenständen werden. Der dumpfe Lichtschein der Straßenbeleuchtung, der sich durch die Ritzen des heruntergelassenen Rollladens drückt, liegt wie eine grau in grau gestreifte Decke über allem. Ihr Schrank, ihre Kommode … Sie sitzt in ihrem Bett, in ihrem Zimmer.

Ein Traum. Nur ein schrecklicher Traum. Aber er war so real, so … lebendig. Sie kann sich an jedes einzelne scheußliche Detail erinnern. Und auch das Herzrasen war real, die Tränen, die Angst. Sie spürt sie immer noch.

Angestrengt lauscht sie in die Dunkelheit, hört ihren eigenen Atem, das Pochen ihres Herzschlags, der sich langsam wieder beruhigt. Sonst nichts. Kein vorwurfsvoller Hilferuf ihres Bruders. Keine anderen Geräusche. Stille.

Mit einem Seufzer lässt sie sich zurück ins Kissen fallen, dreht sich zur Seite und zieht die Knie an. So liegt sie eine Weile da, versucht, wieder einzuschlafen, und hat gleichzeitig panische Angst davor, der fürchterliche Albtraum könnte weitergehen. Dieser Mann … Sie glaubt, sie hat sein Gesicht nie zuvor gesehen, und ist trotzdem sicher, ihn zu kennen.

Wenn er sich gleich wieder in ihren Schlaf drängt …

»Nein!«, stößt sie aus, schlägt mit Schwung die Decke zurück und wirft einen Blick auf den Radiowecker. Gleich halb fünf. Viel zu früh. Aber sie kann nicht mehr liegen bleiben, obwohl sie noch todmüde ist. Sie sieht glasklar vor sich, was geschehen wird, wenn sie jetzt nicht aufsteht, und die Angst davor ist größer als die schlimmste Müdigkeit.

Erst wird sie sich im Bett herumwälzen, hin- und hergerissen zwischen dem Gefühl dieser bleiernen Müdigkeit und der panischen Angst davor, der Traum könne wiederkommen. Irgendwann wird sie einschlafen, und dann wird diese Bestie in Menschengestalt wieder hinter ihr her sein. Und sie wird erneut feststecken in diesem Brei, der ihre Fußgelenke umklammert wie gnadenlose, teigige Hände.

Sie schwingt die Beine aus dem Bett und knipst die Nachttischlampe an. Eine Weile sitzt sie auf dem Bettrand, unschlüssig, was sie nun tun soll. Als ihr Blick auf ihre Beine fällt, bemerkt sie, dass etwas nicht stimmt. Ihre Beine … Ehe sie darüber nachdenken kann, beginnt die Nachttischlampe zu flackern wie eine Kerze im Wind. In dem schwachen, zuckenden Licht entwickeln die Schatten der Möbel auf den Wänden ein Eigenleben. Sie bewegen sich …

Fasziniert möchte sie dem Schauspiel weiter zusehen, doch ihr Blick löst sich von der Wand, als folge er einem fremden Befehl. Ohne ihr Zutun richtet er sich auf ihre Knie, die unter dem Saum des Schlafshirts herausschauen, wandert weiter über ihre Unterschenkel. In dem Moment, in dem er auf ihre Füße fällt, schießt ein kräftiger Arm unter ihrem Bett hervor, eine stark behaarte Hand packt ihr Fußgelenk. Sie schreit. Ein zweiter Arm taucht auf. Die Hand hält eine Heckenschere von riesigen Ausmaßen. Sie brüllt sich die Seele aus dem Leib, strampelt mit aller Kraft und versucht, den umklammerten Fuß freizubekommen, doch der wird wie von einer eisernen Schelle gehalten. Dann taucht ein Kopf auf. Sein *Kopf. Sie riecht seinen schlechten Atem. Die beiden langen Klingen der Schere legen sich um ihren Fuß, sie spürt einen Druck, hört ein ratschendes Geräusch, dann fallen ihre Zehen wie winzige Kegel zu Boden und bleiben in einer schnell größer werdenden Blutlache liegen.*

Ihre Stimme überschlägt sich, ihre Kehle krampft sich in einem Hustenanfall zusammen. Sie sieht, wie die Schere sich ihrem zweiten Fuß nähert. Sie schreit und schreit …

Sie reißt die Augen auf, schaut sich hektisch um, versucht, sich zu orientieren.

Über allem liegt ein schummriger Schein. Der Boden ist übersät mit Müll und Unrat. Es ist kalt und riecht muffig.

Sie sieht auf ihre nackten Füße, die auf dem Fußteil ihres Rollstuhls stehen. Gefühllos, nutzlos.

Die beiden kleinen Zehen fehlen.

11

Der Entführer rief an, als Max gerade vor dem Fahrkartenautomaten stand.

»Wie ich höre, bist du am Bahnhof.«

»Ich denke, du bist immer da, wo ich bin?«

»Gib mir die Nummer.«

Max zog den Zettel mit der Mobilfunknummer der neuen Karte aus der Tasche und las sie vor.

»Gut, und jetzt entsorgst du dein altes Handy. Wir wollen doch nicht, dass deine Kollegen dich orten, nicht wahr? Nimm die Karte heraus und wirf sie in einen Mülleimer. Das Telefon nimmst du erst einmal mit und entsorgst es nachher woanders.«

»Aber warum das Handy? Es reicht doch, wenn ich …«

»Halt den Mund«, fuhr Neumann Max an. Es war das erste Mal, dass er laut wurde. »Ich habe genug von deinen Widerworten und Forderungen. Du scheinst zu vergessen, wie hier die Rollen verteilt sind und was deine liebe Schwester erwartet, wenn du nicht tust, was ich dir sage. Noch eine überflüssige Bemerkung von dir, und sie kann ihre linke Hand bestenfalls noch als Pingpongschläger benutzen, ist das klar?«

Es kostete Max alle Kraft, halbwegs ruhig zu bleiben und dem Mistkerl nicht entgegenzuschmettern, was er mit ihm tun würde, sobald er ihn in die Finger bekäme. Aber er schaffte es, ein einsilbiges »Ja« herauszupressen.

»Also. Du entsorgst nachher dein Handy an einer anderen Stelle, und dann siehst du zu, dass du rechtzeitig zur Mittagszeit in der Pizzeria bist und mit Palzer ins Gespräch kommst, wenn er dort ist.«

»Woran erkenne ich ihn?«

»Er ist Anfang vierzig, groß und durchtrainiert und hat eine Glatze. Du wirst ihn erkennen, wenn du ihn siehst.«

»Und warum das alles?«

»Was?«

»Warum soll ich ihn erst kennenlernen, wenn ich ihn sowieso anschließend töten soll? Was macht das für einen Sinn?«

»Das wirst du früh genug erfahren. Los jetzt.«

Das Gespräch war beendet.

Max entfernte die SIM-Karte aus seinem Smartphone und rieb die Seite mit den winzigen, goldenen Kontaktstreifen mehrmals über das Metall des nächsten Mülleimers, bevor er sie hineinwarf. Er hoffte, sie damit unbrauchbar gemacht zu haben. Das Handy steckte er wieder ein, um es unsinnigerweise später an anderer Stelle wegzuwerfen. Dann machte er sich auf den Weg zum Gleis zehn, wo im Abstand von wenigen Minuten S-Bahnen losfuhren, die an der Trimbornstraße hielten. Laut dem Plan, den er sich im Bahnhofsgebäude angeschaut hatte, waren es von dort maximal fünf Minuten zu Fuß bis zu der Pizzeria.

Er kam gerade an dem Gleis an, als die S19 einfuhr.

Nur fünf Minuten später hielt sie an der Trimbornstraße.

Bevor Max die S-Bahn verließ, stopfte er sein Smartphone in einem unbeobachteten Moment in den Müllbehälter, der unter dem Fenster angebracht war. Ihm fiel zwar keine Möglichkeit ein, mit der Neumann hätte feststellen können, ob er es wirklich entsorgt hatte, aber er durfte nichts riskieren.

Der Weg führte ihn über den Walter-Pauli-Ring am Polizeipräsidium vorbei. Als er das große Gebäude mit dem türkisfarbenen Turm auf der gegenüberliegenden Straße betrachtete, überkam ihn ein fremdartiges Gefühl.

Hatte zuvor der Anblick einer Polizeidienststelle für Max stets so etwas wie *nach Hause kommen* bedeutet, strahlte das Kölner Präsidium nun für ihn eine abweisende Kälte aus und etwas, das in ihm den Wunsch weckte, das Gebäude möglichst schnell hinter sich zu lassen.

Er beschleunigte seine Schritte und erreichte die Pizzeria um kurz vor zwölf.

Es waren erst wenige der Tische besetzt. Er suchte sich einen Platz gleich neben dem Eingang, so dass er jeden sehen würde, der das Lokal betrat, und bestellte sich ein Wasser. Die Speisekarte ließ er unberührt liegen, was ihm einen fragenden Blick des schwarzgelockten Kellners einbrachte. »Ich warte noch mit dem Essen«, erklärte Max und blickte demonstrativ an dem jungen Mann vorbei.

Offensichtlich hatte der Eigentümer sich sehr bemüht, italienisches Flair in den mittelgroßen Laden zu zaubern, war nach Max' Auffassung dabei aber etwas über das Ziel hinausgeschossen. Die rotweiß karierten Tischdecken waren ja gerade noch so vertretbar wie auch die bauchigen Lambrusco-Flaschen in Korbgeflecht, die als Kerzenhalter auf den Tischen standen. Aber das in knalligen Farben gemalte und mit unzähligen kleinen Strasssteinen verzierte, riesige Wandbild eines venezianischen Gondoliere ihm gegenüber war an Kitsch kaum noch zu überbieten.

Ein ähnliches, allerdings kleineres und bedeutend dezenteres Wandgemälde gab es auch in einer Pizzeria in Düsseldorf, die er öfter mit Kirsten besucht hatte. Dort servierten sie einen hervorragenden Luganer und die mit Abstand beste Lasagne, die Max je in einem italienischen Restaurant bekommen hatte. Sogar Kirsten hatte ihre Portion immer restlos aufgegessen, was für sie eine Glanzleistung war.

Während er eine Gruppe von vier Leuten beobachtete, die das Restaurant betraten und an einem Sechsertisch am anderen Ende des Lokals Platz nahmen, stellte er erschrocken fest, dass er gerade von seiner Schwester in der Vergangenheitsform gedacht hatte. Waren Neumanns Drohungen schon so allgegenwärtig, dass Max in seinem tiefsten Inneren bereits begonnen hatte, sich mit der Möglichkeit zu arrangieren, dass seine Schwester diese Geschichte nicht überleben würde?

Er sagte sich selbst, dass das ausgemachter Blödsinn war und diese idiotischen Gedanken nur auf die Sorgen zurückzuführen waren, die er sich um Kirsten machte, und darauf, dass diese Situation ihm alles abverlangte und ihn an seine psychischen Grenzen brachte. Ob Neumann gerade in Kirstens Nähe war? Oder eher in seiner, um sicherzugehen, dass Max auch tat, was er ihm aufgetragen hatte?

Erneut blickte er sich in dem Lokal um, bemühte sich, in den Gesichtern der männlichen Gäste etwas zu entdecken, das ihn an Neumann erinnerte. Wer konnte wissen, wie sehr all die Jahre im Gefängnis ihn verändert hatten? Würde er ihn überhaupt wiedererkennen? Max senkte den Blick, schloss für einen Moment die Augen und versuchte, sich Neumanns Gesicht vorzustellen, aber sosehr er sich auch anstrengte, es wollte ihm nicht gelingen.

Er würde Neumann erkennen, falls dieser auftauchen sollte, dessen war er sicher, vor allem seine Augen.

Keiner der anwesenden Männer kam in Frage. Sie waren zu jung, zu alt oder einfach vollkommen anders als Neumann.

Die Tür wurde erneut geöffnet, und zwei Polizisten in Uniform betraten das Lokal, gleich darauf folgten zwei weitere. Sogleich beschlich Max wieder dieses Gefühl, das er gespürt hatte, als er am Präsidium vorbeigegangen war. Er gehörte plötzlich nicht mehr dazu. Der Anblick der Uniformen wirkte mit einem Mal bedrohlich statt vertraut. Die vier jungen Männer waren nicht mehr seine Kollegen, sie gehörten zu denjenigen, die bald nach ihm suchen würden. Ob Gorges die Fahndung nach ihm schon eingeleitet hatte? Oder konnte Böhmer ihren Chef vielleicht noch ein wenig hinhalten?

Die Uniformierten setzten sich an einen Tisch, der etwa in der Mitte des Lokals an der Wand stand. Sie beachteten ihn nicht. Gut so.

Max dachte an die Informationen, die Neumann aus

dem Präsidium erhalten hatte. Böhmers sich anbahnende Liaison mit Hilger, die bevorstehende Fahndung nach ihm … Interna, die er nur von jemandem erfahren haben konnte, der nicht nur im Präsidium, sondern in ihrer Abteilung ein und aus ging. Aber wer käme dafür in Frage? Wer würde einen Psychopathen wie Neumann mit derartigen Informationen versorgen? Vielleicht konnte er an dieser Stelle ansetzen. Er würde mit Böhmer darüber reden, am liebsten sofort, aber das musste jetzt warten.

Als sich die Tür erneut öffnete und ein weiterer Polizist in Uniform eintrat, wusste Max sofort, dass er Burghard Palzer vor sich hatte. Groß, sportlich, mit kahlgeschorenem Kopf … die Beschreibung, die Neumann ihm gegeben hatte, konnte nicht treffender sein.

Als der Mann an Max' Tisch vorbeiging, sah er kurz zu ihm herüber und nickte ihm freundlich zu. Max erwiderte den Gruß. Jetzt keinen Fehler machen.

Er glaubte nicht, dass Neumann ihn beobachtete, aber dennoch …

Palzer setzte sich an einen Zweiertisch in Max' Nähe und sah sich um. Als er seine Kollegen entdeckte, hob er grüßend eine Hand und lächelte ihnen zu. Sein Blick wanderte weiter und blieb an Max hängen, als er bemerkte, dass der zu ihm herübersah.

Das war dumm. Nun musste er reagieren, wenn er sich die Chance nicht verbauen wollte, Palzer kennenzulernen.

Er kam zu dem Schluss, dass Angriff die beste Verteidigung war, erhob sich und ging lächelnd zu Palzers Tisch.

»Bitte entschuldigen Sie, wenn ich Sie angestarrt habe, das war keine Absicht. Ich bin ein Kollege aus Düsseldorf und habe mich gewundert, dass so viele Polizisten hierherkommen, aber gerade ist mir eingefallen, dass das Präsidium ja ganz in der Nähe ist.«

»Ja, stimmt, das bietet sich an.« Palzers Lächeln war sympathisch. »Düsseldorf, sagten Sie?«

»Ja, KK11.«

»Kripo … lassen Sie mich raten. Mordkommission?«

»Ja, richtig. Ich dachte nicht, dass man mir das so deutlich ansieht.«

»Nein, ich habe einfach ins Blaue geraten. In die Richtung sollte mein Weg eigentlich auch mal führen.«

»Und warum nur *eigentlich*?«

Palzer winkte ab. »Ach, das ist eine lange Geschichte. Aber bitte …« Er deutete auf den freien Platz ihm gegenüber. »Wenn Sie möchten, können Sie sich zu mir setzen.«

Max sah zu seinem Platz, als sei er noch unschlüssig, nickte dann aber. »Ja, gerne. Moment, ich hole noch schnell mein Getränk.«

Das ging ja leichter, als er gedacht hatte. Dieser Palzer schien ein kommunikativer Mensch zu sein.

Als er kurz darauf sein Wasserglas auf dem Tisch abgestellt hatte, streckte er Palzer die Hand entgegen. »Max ist mein Name, Max Bischoff.«

»Freut mich, Max.« Palzer schlug ein. »Burghard Palzer.« Er wartete, bis Max saß, bevor er mit einem breiten Lächeln verkündete: »Dann tun wir mal was für die Völkerverständigung unter Kollegen zwischen Köln und Düsseldorf. Was führt dich her? Dienstlich?«

»Nein. Ich musste einfach mal für ein paar Tage weg aus meiner gewohnten Umgebung. Wir hatten gerade einen ziemlich harten Fall.« Das war noch nicht einmal gelogen.

»Moment mal … diese Mordserie mit der Fliegenmaske?«

»Ja, genau. Ging ziemlich an die Nieren.«

»Stimmt, jetzt erinnere ich mich auch an deinen Namen in Verbindung mit der Sache. Puh, das kann ich mir gut vorstellen. Wir haben das alle verfolgt. Niemand hat euch beneidet. Ihr habt das doch gerade erst aufgeklärt, nicht wahr? Das kam gestern Nachmittag bei uns rein. Wer hätte gedacht, dass sich unter der Maske …«

Max hob eine Hand. »Bitte, könnten wir über was anderes reden? Ich versuche gerade, die Sache aus dem Kopf zu bekommen.«

»Oh, natürlich. Entschuldige.«

Max nickte und nippte an seinem Wasser. »Schon gut. Und was machst du?«

Palzer stieß ein humorloses Lachen aus. »Verkehrspolizei. Unfallbearbeitung.« Es klang verächtlich.

»Das klingt nicht so, als wäre es dein Traumjob.«

»Kann man so sagen.«

»Woran hängt's?«

»Ach, du weißt doch sicher selbst, wie es ist, wenn man mit seinen Vorgesetzten nicht so gut klarkommt. Ich war mal in einem SEK.«

Max schürzte bewundernd die Lippen. »Wow. Wie kommt man vom SEK zur Verkehrspolizei? Ich hoffe, ich bin nicht zu neugierig.«

»Sagen wir es mal so: Ich war nicht immer der gleichen Meinung wie mein Vorgesetzter. Da hat ihm nicht gefallen.«

Max nickte. »Verstehe. Und da hat er dich *überredet*, dich versetzen zu lassen?«

»So kann man es ausdrücken.« Palzer lehnte sich zurück und machte Platz für den Kellner, der ein halb mit Eiswürfeln gefülltes Glas und eine Flasche Ginger Ale vor ihm abstellte und ihn dann ansah. »Das Gleiche wie immer?«

Palzer nickte. »Ja, bitte.«

Als der junge Mann sich an Max wandte, sah er Burghard fragend an. »Was kannst du empfehlen?«

»*Saltimbocca alla romana.* Kalbsschnitzel mit Schinken und Salbei. Schmeckt nirgendwo besser als hier.«

»Okay, dann nehme ich das auch.«

Nachdem der junge Mann verschwunden war, schenkte Palzer sich sein Glas voll. Dabei stellte Max fest, dass er keinen Ehering trug. Wahrscheinlich also keine Frau und vielleicht auch keine Kinder, überlegte Max und erschrak im gleichen Moment vor seinen eigenen Gedanken. Warum interessierte es ihn, ob Palzer Frau und Kinder hatte?

Und warum war er erleichtert, dass es wahrscheinlich nicht so war?

12

Sie tauschten einige Belanglosigkeiten über ihren Dienstalltag aus, nachdem Palzer erklärt hatte, dass er das Thema über den Mörder mit der Fliegenmaske nicht mehr ansprechen würde, sich aber wunderte, dass Max sich nach seiner *Flucht* aus Düsseldorf zu einem Kollegen an den Tisch setzte.

Max deutete auf Palzers Uniformhemd. »Zu einem uniformierten Kollegen der Verkehrspolizei. Andere Welt.«

Beide lächelten.

»Bleibst du über Nacht?«, erkundigte sich Palzer, nachdem sie ihr wirklich hervorragendes Essen bekommen hatten, und steckte sich einen Bissen in den Mund.

»Ja, ich muss mir noch ein Zimmer suchen.«

»Okay. Hotel?«

»Ja, mal sehen.«

»Und? Was hast du heute noch vor?«

Max legte sein Besteck auf den leeren Teller und tupfte sich den Mund ab. »Ach, ich gehe wohl mal runter zum Rhein, ein bisschen spazieren. Das macht den Kopf frei.«

Palzer nickte zustimmend. »Gute Idee. Und später? Kennst du dich in Köln aus?«

»Geht so.« Er riss die Augen auf, als wäre ihm gerade

eine Idee gekommen, und hoffte, dass er dabei nicht übertrieb. »Sag mal … wenn es nicht zu aufdringlich ist … hast du vielleicht Zeit und Lust auf ein paar Gläschen heute Abend?«

Palzer grinste. »Das wollte ich dir gerade vorschlagen. Ich habe nichts geplant, also gerne. Ich kann einen Düsseldorfer Kollegen doch nicht allein in der großen Stadt herumirren lassen. Ich kenne da ein paar ganz nette Läden.«

Er griff in seine Hemdtasche, zog eine Visitenkarte hervor und legte sie vor Max auf den Tisch. »Hier, ruf mich einfach an, wenn du startklar bist. Vielleicht so ab sieben, halb acht. Je nachdem, wo du untergekommen bist, hole ich dich am Hotel ab.« Er hob den Arm und sah auf seine Uhr. »Jetzt muss ich aber wieder los. Die Unfälle rufen.«

Als Palzer kurz danach seinen Teil der Rechnung bezahlt und das Restaurant verlassen hatte, zog Max das neue Handy hervor und warf einen Blick auf das Display. Kein verpasster Anruf. Das war gut. Hoffte er.

Er trank sein Wasser aus, zahlte ebenfalls und verließ das Lokal. Er würde sich nun um ein Hotelzimmer kümmern und hoffte, das würde so problemlos vonstattengehen wie am Vorabend. Zuerst aber musste er mit Böhmer sprechen.

»Kripo Düsseldorf, Böhmer«, meldete sein Partner sich knapp und unpersönlich, was Max erst irritierte, bis ihm einfiel, dass er eine neue Nummer hatte.

»Ich bin's, Max. Ich habe ein anderes Telefon.«

Böhmer senkte die Stimme. »Das war wahrscheinlich eine gute Idee. Die Fahndung nach dir ist raus. Nach

Neumann zwar auch, aber wir sollen uns hauptsächlich auf dich konzentrieren. Der Staatsanwalt läuft gerade heiß. Er will deinen Arsch, Max, und wenn es nur für die Presse ist. Die Chance lässt der sich nicht entgehen, aller Welt zu zeigen, dass er auch rigoros gegen die eigenen Leute vorgeht, wenn sie sich was zuschulden kommen lassen.«

»Ich habe mir nichts zuschulden kommen lassen.«

»Doch. Du entziehst dich der Vernehmung, oder, um es anders auszudrücken: Du bist ein Mordverdächtiger auf der Flucht.«

»Ja, ja, lassen wir das. Gibt es was Interessantes über Neumann?«

»Nein, seit er gleich nach seiner Entlassung abgetaucht ist, gibt es keine Spur von ihm. Das muss man ihm lassen, er weiß, wie man sich unsichtbar macht.«

»Dabei muss ihm aber irgendwer helfen. Er kann doch nicht nach so vielen Jahren aus dem Knast kommen, ohne Unterstützung einfach so untertauchen und ganz nebenbei meine Schwester entführen, mich erpressen und … einen Mord begehen.«

»Das sehe ich auch so. Wir sind dran.«

»Gut. Mir ist noch etwas eingefallen: Er hat verdammt gute Informationen aus dem Präsidium. Ich frage mich, wie er da rankommt?«

»Wie gesagt – wir sind dran. Wie sieht es bei dir aus?«

»Ich habe gerade Palzer kennengelernt. Scheint ganz okay zu sein.«

»Das denke ich mir, sonst würde ein Arschloch wie Neumann ihn nicht umbringen lassen wollen.«

»Stimmt.«

»Max?«

»Ja?«

»Sieh zu, dass dem Mann nichts passiert.«

»Was soll das denn heißen?«

»Du hast mich schon verstanden. Bis später.«

Auf dem Weg zurück zur S-Bahn-Station dachte Max darüber nach, dass Palzer allein zum Essen gegangen war und auch am Abend offenbar nichts vorhatte. Konnte Zufall sein, aber es war ebenso gut möglich, dass er wenige Freunde hatte und allein lebte. Das allerdings passte nicht zu Max' Einschätzung, dass Burghard Palzer ein sympathischer und aufgeschlossener Mensch war.

Aber am Abend würde er sicher mehr über ihn erfahren. Die andere wichtigere Frage war, was Neumann sich vorstellte, wie es weitergehen sollte. Max ahnte, dass er bald eine Entscheidung treffen musste, die so oder so darauf hinauslief, dass ein Mensch sterben würde. Wie Neumann es vorausgesagt hatte. Es sei denn, er würde eine Möglichkeit finden, das abzuwenden.

Er erreichte die Station, lehnte sich gegen einen stählernen Pfosten und musterte die beiden Männer, die sich wenige Meter von ihm entfernt angeregt unterhielten. Keiner von ihnen hatte Ähnlichkeit mit Neumann.

Max fragte sich, wie es nun weitergehen sollte. Wie es Kirsten gerade ging. Sie musste fürchterliche Angst haben. *Sie ist an einem Ort, von dem sie nicht fliehen kann und wo sie niemand finden wird, den ich nicht selbst hinführe*, hatte Neumann gesagt. Nach den Erfahrungen, die Max bisher mit dem Kerl gemacht hatte, musste er davon ausgehen, dass das nicht übertrieben war.

Bisher hatte er nur reagiert, hatte Neumanns Befehle

befolgt, um Kirsten weitere Qualen zu ersparen. Wie lange wollte er noch so weitermachen? Wie lange *konnte* er noch so weitermachen? Es wurde allmählich Zeit, dass er etwas unternahm, um diesem Spuk ein Ende zu bereiten.

Aber was?

Professor Bormann fiel ihm ein, Dozent an der medizinischen Fakultät der Heinrich-Heine-Universität und mittlerweile so etwas wie ein väterlicher Freund. Nach dem obligatorischen Verwaltungsstudium für den gehobenen Dienst der Polizei hatte Max sich bei ihm als Gasthörer eingeschrieben und seine Lesungen mit dem Schwerpunkt »Forensische Psychiatrie« besucht.

Schon mehr als einmal hatte er Bormann um Rat gefragt, wenn es um die Psyche und die Motive von Tätern ging. Darum zu verstehen, wie sie die Dinge sahen und wie sie dachten.

Max' letzter Besuch war noch nicht lange her. Dabei war es um den Fall mit der Fliegenmaske gegangen.

Er würde sich mit Palzer gegen halb acht treffen. Nun war es zehn vor eins, er hatte also noch genügend Zeit, nach Düsseldorf zu fahren und sich mit Bormann zu treffen, bevor er zurückkehrte und sich ein Hotelzimmer suchte. Vorausgesetzt, Neumann machte ihm keinen Strich durch die Rechnung. Max wunderte sich sowieso, dass der Mistkerl sich noch nicht gemeldet hatte. Er hoffte inständig, dass er nicht wieder irgendeinen Grund gefunden hatte, Kirsten zu quälen. Allein bei dem Gedanken ballte Max die Fäuste. Er stellte fest, dass er den Wunsch verspürte, Neumann eine Waffe an die Schläfe zu setzen und abzudrücken, und erschrak darüber.

Der Anruf kam, als Max schon wieder am Hauptbahnhof war und sich die Zugverbindungen nach Düsseldorf anschaute. Etwas, das er normalerweise mit dem Handy erledigt hätte.

»Wie ist es gelaufen?«, fragte die gewohnt dumpfe Stimme.

Warum fragt er nicht, ob Palzer überhaupt da war?, überlegte Max.

»Gut«, antwortete er. »Wir haben uns unterhalten und treffen uns heute Abend wieder.«

»Dann wirst du heute Abend in Erfahrung bringen, was er über mich denkt und warum er damals mitgeholfen hat, mir anzutun, was ihr mir angetan habt, statt mir wie ein Freund zu helfen.«

»Das kann ich dir auch so sagen«, presste Max zwischen den Zähnen hervor. Die verdrehte Sichtweise dieses Irren machte ihn rasend. »Weil er Polizist ist und du ein Mörder bist. Und du hast recht. Es war ein Fehler, dich davon abzuhalten, dir dein Hirn selbst wegzublasen. Wenn ich wieder die Wahl hätte, würde ich dir applaudieren und dich anfeuern, endlich abzudrücken.«

»Du hast ja keine Ahnung, wovon du redest. Die Schlampe hatte den Tod verdient. Davon abgesehen bist du ganz schön unverschämt für einen Verräter in deiner Situation. Ich denke, ich werde deiner Schwester gleich einen Besuch abstatten und …«

»Nein!«, rief Max laut und sah sich schnell um, ob er Aufmerksamkeit erregte, aber niemand kümmerte sich um ihn.

»Es tut mir leid, hörst du? Tu meiner Schwester nichts, okay? Ich habe alles gemacht, was du wolltest. Es gibt also keinen Grund, sie wieder zu quälen.«

»Ich sage dir jetzt was, Bischoff. Ich habe mir gerade etwas überlegt. Wenn du mir noch einmal einen Grund gibst, werde ich dir nicht nur die verbliebenen vier Finger ihrer linken Hand schicken, sondern noch ein kleines Extra dazulegen. Ein Auge.«

Max spürte, wie ihm schwindlig wurde. Er ging zwei Schritte zur Seite und stützte sich an der Wand ab. »Du …«, presste er hervor und schaffte es unter Aufbietung aller Willenskraft, das Wort »Schwein« nicht auszusprechen.

»Du weißt, dass ich tue, was ich verspreche. Ich denke, wir haben uns verstanden. Ich werde dich heute um Mitternacht anrufen und erwarte deinen Bericht. Sieh zu, dass du dann allein bist.«

Es verging eine Weile, bis Max sich in der Lage fühlte, mit Professor Bormann zu telefonieren. Fünfzehn Minuten, in denen in ihm ein wilder Kampf tobte, in denen unbändige Wut auf Neumann gegen die tiefe Angst um Kirsten kämpfte und der Trotz, sich von diesem Schwein nicht unterkriegen zu lassen, gegen die Verzweiflung der Erkenntnis, dass Neumann alle Trümpfe in der Hand hatte. Eine Unterhaltung mit seinem ehemaligen Dozenten würde ihm sicher guttun. Erst als er das Telefon in der Hand hielt, fiel ihm auf, dass er die Nummer auf dem neuen Gerät nicht gespeichert hatte. Also rief er die Auskunft an und ließ sich gleich weiterverbinden.

Professor Bormann freute sich hörbar, als Max sich bei ihm meldete, obwohl Max' letzter Besuch bei ihm erst wenige Tage zurücklag. Er versicherte, den ganzen Nachmittag in seinem Büro in der Universität zu sein, da er noch Klausuren zu korrigieren hätte.

Eine knappe Stunde später stieg Max am Bahnhof Düsseldorf-Bilk in die U73, in der er bis zur Haltestelle Uni Ost/Botanischer Garten sitzen blieb. Den restlichen Weg bis zur medizinischen Fakultät ging er zu Fuß.

Bormann erhob sich hinter seinem Schreibtisch, als Max das kleine Büro betrat, und reichte ihm die Hand. »Ich gehe davon aus, es gibt einen nicht sehr erfreulichen Grund dafür, dass Sie mich besuchen, aber ich freue mich dennoch, Sie zu sehen, Bischoff. Sie wissen, dass Sie einer meiner Lieblingsstudenten waren. Oh, entschuldigen Sie, ich meinte natürlich, einer meiner Lieblings-*Studierenden*.«

Max wusste, dass Bormann vom Ausmaß, das die Gender-Diskussion in Deutschland angenommen hatte, recht genervt war, weil sie seiner Meinung nach sowohl das gesprochene, besonders aber das geschriebene Wort unnötig verkomplizierte.

»Sie waren immer mit so großem Interesse bei der Sache, dass es für mich als Dozenten eine wahre Freude war. Und das, obwohl Sie nur Gasthörerstatus hatten. Da hätten sich einige meiner regulär *Studierenden* eine dicke Scheibe abschneiden können. Aber bitte, nehmen Sie Platz und sagen Sie mir, was ich für Sie tun kann.«

Max setzte sich und wartete, bis auch der Professor sich wieder auf seinem Stuhl niedergelassen hatte, dann kam er ohne Umschweife zur Sache. »Seit heute Mittag bin ich zur Fahndung ausgeschrieben. Wegen Mordes an meiner Kollegin.«

Es war das erste Mal, dass Max den Professor sprachlos erlebte. Langsam, wie in Zeitlupe, zeigten sich tiefe Falten auf Bormanns Stirn, während er Max fassungslos ansah.

»Was ist geschehen?«

Max atmete tief durch und erzählte Bormann alles, beginnend mit einer kurzen Zusammenfassung von Neumanns damaliger Tat und seiner Verhaftung, über die seltsamen Facebook-Nachrichten und den Brief, den er am Vortag in Kirstens Wohnung gefunden hatte, bis zu dem Mittagessen, bei dem er kurz zuvor Burghard Palzer kennengelernt hatte. Bormann stellte keine Zwischenfragen und hielt sich auch mit Bemerkungen zurück. Lediglich ganz am Anfang, als er von Kirstens Entführung hörte, sagte er leise: »Allmächtiger, das ist ja furchtbar.«

Als er geendet hatte, richtete Max den Blick auf seine Hände, die er im Schoß verschränkt hatte. »Ich kann kaum glauben, dass dieser Wahnsinn erst gestern Morgen begonnen hat. Es kommt mir so vor, als befehle mir dieser Irre schon seit einer Woche, was ich tun und lassen soll.«

»Eine sehr vertrackte Situation«, erklärte Bormann. »Einerseits wäre es wichtig, dass Sie sich stellen, um diesen schlimmen Verdacht von sich abzuwenden. Wenn Sie das aber tun, kann man nicht wissen, wie dieser … Neumann darauf reagiert und was er Ihrer Schwester antut.«

»Doch, ich kann es wissen. Er hat mir eindrucksvoll gezeigt, wozu er fähig ist.«

Bormann griff nach einem Stift, der vor ihm auf dem Schreibtisch lag, und betrachtete ihn, als gäbe es etwas Interessantes darauf zu entdecken.

»Sein Verhalten ist … in sich nicht ganz schlüssig«, sagte Max vorsichtig. »Finden Sie nicht auch?«

»Was genau meinen Sie damit? Ich finde es absolut

schlüssig. Er erschießt Ihre Kollegin und lässt es so aussehen, als seien Sie der Mörder. Das isoliert Sie von Ihren Kollegen und macht Sie, zu der Tatsache, dass er Ihre Schwester in seiner Gewalt hat, noch handlungsunfähiger.«

»Aber warum möchte er, dass ich Palzer über ihn ausfrage, wenn ich ihn anschließend umbringen soll?«

»Vielleicht gibt es etwas, das dieser Palzer weiß und das der Entführer Ihrer Schwester gerne wissen möchte, bevor der Mann stirbt. Etwas, von dem er denkt, dass Palzer es ihm nicht sagen würde.«

Max kannte diesen Gesichtsausdruck seines ehemaligen Dozenten. Da war noch mehr.

»Hm … was könnte es Wichtiges geben, das der Mann einem fast Fremden erzählen würde? Aber ich denke, Sie haben noch eine andere Idee parat, oder?«

Bormann nickte, als hätte er die Frage erwartet. »Sie sagten, er möchte, dass Sie den Mann umbringen.«

»Ich weiß nicht, wann, aber ja, das soll ich tun.«

»Und wenn sie sich weigern, wird er Ihre Schwester zu Tode quälen.«

Diese Drohung lastete so sehr auf Max, dass er es kaum noch ertragen konnte, aber wenn sie wie jetzt ausgesprochen wurde, versetzte ihm das einen zusätzlichen Stich ins Herz.

»Ja, und ich bin überzeugt, dass er es wirklich tut.«

Bormann beugte sich nach vorn und legte die Unterarme auf dem Schreibtisch ab. »Jetzt kommt die wichtigste Frage, und ich bitte Sie, absolut ehrlich zu sein: Werden Sie es tun?«

13

Bormanns Blick war starr auf Max gerichtet. »Werden Sie diesen Mann töten in dem Bewusstsein, was geschieht, wenn Sie sich weigern?«

Diese Frage hatte Max sich seit dem Vortag selbst immer und immer wieder gestellt, und er war ziemlich sicher, die Antwort darauf zu kennen.

»Ich kann nicht zu einhundert Prozent sagen, was ich tun werde, wenn es so weit ist und ich vor der Wahl stehe, zum direkten Mörder an einem Polizisten oder indirekt zu dem an meiner Schwester zu werden, aber … zu neunundneunzig Prozent sage ich nein. Ich werde das nicht tun. Ich weiß noch nicht, wie ich damit leben soll, wenn Neumann seine Drohung wahrmacht, aber …«

Erneut nickte Bormann. »Das dachte ich mir. Und ich glaube, dieser Neumann hat sich gut genug über Sie informiert, dass er das auch weiß oder zumindest damit rechnet. Er möchte aber, dass sie wie er wegen Mordes verurteilt werden und ins Gefängnis müssen. Sie haben mir geschildert, wie er es bei Oberkommissarin Hilger hinbekommen hat, dass sogar Ihre Kollegen Sie des Mordes verdächtigen. Und nun sagen *Sie* mir, was im Kopf dieses Menschen vor sich geht.«

Mit einem Mal lag glasklar vor ihm, worauf Bormann hinauswollte.

»Sie musste mich dazu in Ihre Wohnung lassen. Das ging nur, weil wir uns kennen. Wenn er davon ausgeht, dass ich mich trotz allem weigere, einen Mord zu begehen, muss er es wieder selbst tun und so aussehen lassen, als sei ich es gewesen. Das ist aber leichter für ihn, wenn Palzer mich kennt und mich vielleicht in seine Wohnung lässt.«

Bormann drehte die Handflächen nach oben, während er gleichzeitig die Schultern hochzog. Eine Geste, die sagte:

Na bitte!

»Dann ist es nur ein Vorwand, Palzer über Neumann auszuhorchen?«

»Vorausgesetzt, unsere Theorie trifft zu, was wir natürlich nicht sicher wissen können.«

»Denn wenn man sicher weiß, dass eine Theorie zutrifft, ist es keine Theorie mehr, sondern Fakt«, rezitierte Max einen von Bormanns Lieblingssätzen.

»Max, Sie können mich jederzeit kontaktieren, wenn Sie Hilfe brauchen. Aber ich denke, Sie sollten sich jetzt auf den Weg zurück nach Köln machen. Wenn ich diesen kranken Menschen richtig einschätze, würde er sehr wütend werden, wenn er wüsste, dass wir uns getroffen haben. Wie gesagt, ich halte ihn für krank, aber auch für recht intelligent.«

Max wusste, dass Bormann recht hatte, und erhob sich. »Ich danke Ihnen, Herr Professor. Ich weiß noch nicht, was ich gegen den Kerl unternehmen kann, aber zumindest haben sich ein paar der Fragen beantwortet, die ich mir seit gestern stelle.«

»Wenn Sie möchten, lassen Sie mir Ihre neue Nummer hier. Falls mir noch etwas einfällt, rufe ich Sie an.«

Max notierte die Nummer auf einem der vielen Zettel, die Bormanns Schreibtisch bedeckten, und verabschiedete sich mit einem Händedruck.

Max saß seit etwa zehn Minuten in einem Großraumabteil des Zugs Richtung Köln, als die Abteiltür sich öffnete und zwei mit schusssicheren Westen und Maschinenpistolen ausgestattete Polizisten den Wagen betraten. Sie betrachteten eingehend die Fahrgäste zu beiden Seiten, während sie langsam das Abteil durchquerten. Max' Puls begann zu rasen. Sie waren auf der Suche nach jemandem. Nach ihm.

Max schimpfte sich einen Idioten, dass er so naiv gewesen war, in einen öffentlichen Zug zu steigen, nachdem er erfahren hatte, dass die Fahndung nach ihm bereits angelaufen war. Natürlich kontrollierten die Kollegen die Züge, die von Düsseldorf abfuhren.

Die beiden waren noch mindestens acht Sitzreihen von Max entfernt. Noch hatten sie ihn nicht gesehen, aber wenn er nun aufstand und das Abteil verließ, würden sie das bemerken. Noch sieben Reihen.

Eine Frau mit einem etwa fünfjährigen Mädchen auf dem Schoß stellte den Polizisten lächelnd eine Frage und deutete dabei auf das Kind. Als die beiden daraufhin die Kleine ansahen und einer von ihnen ebenfalls lächelnd etwas zu ihr sagte, war das die Chance für Max. Er stand auf und verließ das Abteil, ohne sich noch einmal umzudrehen.

Erst als er schon den nächsten Wagen durchquert hatte, wagte er einen kurzen Blick über die Schulter. Nichts zu sehen. Er musste unbedingt einen möglichst großen Abstand zwischen sich und die Polizisten bekommen und beim nächsten Halt den Zug verlassen.

Zum Glück stoppte der Zug bereits zwei Minuten später in Neuss.

Max stand als Erster an der Tür und öffnete sie, sobald sie freigegeben war. Beim Aussteigen achtete er darauf, sich nicht zu hastig zu bewegen, um keine Aufmerksamkeit auf sich zu lenken. Ein schwieriges Unterfangen, wenn der ganze Körper auf Flucht eingestellt war. Er entdeckte die Uniformierten drei Wagen weiter, wo sie ebenfalls ausstiegen, wendete sich sofort ab und ging in die entgegengesetzte Richtung. Sein Herz hämmerte gegen die Rippen, sein Nacken prickelte, als könne er die Blicke der Männer auf seiner Haut spüren.

Noch zwanzig Meter bis zur Treppe, dann durch die Unterführung und raus aus dem Gebäude. Mit gesenktem Kopf erreichte Max die oberste Stufe, ohne von Stimmen aufgehalten zu werden, die ihn mit antrainierter Autorität dazu aufforderten, stehen zu bleiben.

Er erreichte die Bahnhofshalle, ohne weiteren Polizisten zu begegnen. Er musste schnellstmöglich nach Köln zurück und konnte dabei keine Züge mehr benutzen. Blieb nur noch eine Möglichkeit.

Er verließ den Bahnhof und stieg in das vorderste von fünf Taxis, die auf Fahrgäste warteten.

»Nach Köln bitte, zum Hauptbahnhof.«

Der Fahrer warf ihm über die Schulter einen fragenden Blick zu. »Sie kommen in Neuss aus dem Bahnhof und fahren mit dem Taxi zum Hauptbahnhof nach Köln?«

»Ja«, entgegnete Max knapp, »der Zug war mir zu voll.«

Der Fahrer verstand, dass Max nicht an Konversation interessiert war, schaltete die Uhr ein und fuhr los.

Während sie über die A57 in Richtung Köln fuhren, arbeitete Max' Verstand auf Hochtouren. Ja, er hatte gewusst, dass Gorges die Fahndung nach ihm rausgegeben hatte, aber dass auf der Suche nach ihm sogar die Züge kontrolliert wurden, die Köln verließen, machte ihm in letzter Konsequenz bewusst, dass er in ernsthaften Schwierigkeiten steckte, solange er nicht beweisen konnte, dass Hilger von diesem Wahnsinnigen umgebracht worden war. Das wiederum wurde durch die Fahndung noch schwieriger.

Daran, dass die beiden Polizisten im Zug auf der Suche nach ihm gewesen waren, zweifelte er keine Sekunde.

Er dachte über seine nächsten Schritte nach. Er würde sich ein Hotel in der Nähe des Kölner Bahnhofs suchen und am Abend Palzer anrufen … Palzer!

Natürlich war die Fahndung nach ihm auch ans Kölner Präsidium rausgegangen. Palzer war zwar bei der Verkehrspolizei, würde aber dennoch mitbekommen, dass nach einem Kollegen aus Düsseldorf wegen Mordes an einer Polizistin gefahndet wurde. Einem Kollegen, den er gerade beim Mittagessen kennengelernt hatte. Max kramte in der Innentasche seiner Jacke nach Palzers Visitenkarte. Dort war zwar auch seine Mobilnummer angegeben, aber auf dem Handy konnte Max ihn nicht erreichen. Also versuchte er es mit der Büronummer in der Hoffnung, dass Palzer selbst abhob.

Das tat er nicht, dafür eine Kommissarin mit Namen Gerling. Max gab sich als Nils Baumann aus und fragte, ob Oberkommissar Palzer zu sprechen sei. »Tut mir leid, der ist gerade in einer Teamsitzung«, erklärte die offenbar noch recht junge Frau freundlich. »Worum geht es denn? Vielleicht kann ich Ihnen weiterhelfen?«

»Nein danke, ich melde mich einfach später noch mal.«

»Soll er Sie zurückrufen? Dann brauche ich Ihre Nummer, die ich leider nicht sehen kann, weil sie unterdrückt ist.«

»Danke, ich rufe wieder an«, erwiderte Max knapp und legte auf.

»Sind Sie Polizist?«, fragte der Fahrer, ohne sich zu Max umzudrehen. »Nein, ein Freund von mir ist Polizist.«

Max hoffte, dass die Fahrt bald vorüber war. Er würde es noch mal bei Palzer versuchen, wenn er das Taxi verlassen hatte. Insgeheim war er froh, dass er gerade nicht mit ihm hatte reden können. Wenn der Taxifahrer mitgehört hätte, was er Palzer sagen wollte – was er Palzer sagen *musste* –, wären neugierige Fragen wahrscheinlich das geringste Problem gewesen.

Die restliche halbe Stunde der Fahrt verging schweigend und für Max mit der vergeblichen Suche nach einer Idee, wie er Neumann überlisten und seine Schwester befreien konnte.

Der Fahrpreis war mit sechsundachtzig Euro zehn für die rund vierzig Kilometer lange Strecke erwartungsgemäß. Er gab dem Mann einen Fünfziger und zwei Zwanziger-Scheine, bedankte sich und ignorierte den seltsamen Blick, mit dem der Fahrer ihn bedachte.

Max verließ den Bahnhofsvorplatz, blieb an einer etwas ruhigeren Ecke stehen und versuchte erneut, Burghard Palzer im Präsidium zu erreichen. Dieses Mal war ein Kollege am Telefon, der ihm die gleiche Auskunft gab wie die junge Kommissarin zuvor.

Nachdem Max auch ihm versichert hatte, dass er mit Oberkommissar Palzer persönlich reden musste, steckte er das Handy ein und ging los. Er schlug die Richtung zum Heumarkt ein, den er von vorherigen Besuchen in der Domstadt kannte.

Er fand ein Hotel in der Nähe des Alten Marktes, wo eine schon etwas ältere Dame – vermutlich die Eigentümerin – ihn freundlich begrüßte und ihn weder nach einem Ausweis noch nach einer Kreditkarte fragte. Sein Zimmer lag im dritten Stock. Max warf einen kurzen Blick durch das Fenster in einen wenig ansehnlichen Innenhof und ließ sich erschöpft auf das breite Bett fallen.

Er musste Palzer unbedingt erreichen, bevor der auf die Idee kam, seinen Kollegen zu erzählen, dass er genau den Max Bischoff, nach dem wegen Mordes gefahndet wurde, gerade kennengelernt hatte und am Abend wiedertreffen würde. Eine einfachere Möglichkeit konnte es nicht geben, Max festzunehmen.

Seine Gedanken schweiften ab zu Kirsten und wollten sogleich wieder diese Bilder erzeugen, die ihm zeigten, was Neumann alles mit ihr anstellte, aber Max schaffte es, sie in eine andere Richtung zu zwingen. Zu Böhmer.

Er fragte sich, ob sein Partner nach wie vor daran glaubte, dass er unschuldig war, und ob er ihm nach wie vor helfen wollte.

Er war schon versucht, Böhmer anzurufen, überlegte sich dann aber, dass das nun, wo offiziell nach ihm gefahndet wurde, wahrscheinlich keine gute Idee war. Gorges hatte mit Sicherheit inzwischen eine Sonderkommission für den Mord an Hilger gebildet, und Max konnte nur hoffen, dass die Kollegen ihren Job gut machten. Vielleicht fand die Spurensicherung ja sogar DNA-Material von Neumann am Tatort. Es war mittlerweile fast unmöglich, sich an einem Ort aufzuhalten, ohne eine Spur zu hinterlassen, die von den Kollegen gefunden und zurückverfolgt werden konnte. Vorausgesetzt, es gab eine entsprechende Vergleichsprobe, was bei Neumann ja gottlob der Fall war.

Unvermittelt tauchte das Bild seiner Mutter vor ihm auf, mit geröteten Augen und blassem Gesicht. Die Sorge um ihre Tochter und um ihren Sohn musste sie fast umbringen.

Er überlegte, sie anzurufen, um zu hören, wie es ihr ging, aber … könnte er die Kraft aufbringen, sie davon zu überzeugen, dass seiner Schwester nichts Schlimmes geschehen würde? Und würde sie ihm das glauben? Glaubte er denn selbst noch daran?

Ja, verdammt! Wenn *er* nicht mehr daran glaubte, dass ihm das gelingen konnte, war alles vorbei. Sogar, wenn sich herausstellen sollte, dass Neumann tatsächlich am Tatort gewesen war und sich damit Max' Version des Hergangs bestätigte, wusste noch immer niemand, wo der Dreckskerl sich zurzeit aufhielt.

Max bemerkte, dass er sich in einem Zustand des Wegdämmerns befand, und riss die Augen auf. Es kostete ihn Mühe, aber er durfte nicht einschlafen, bevor er mit Palzer geredet hatte. Zu viel hing davon ab, dass der keinen Alarm schlug.

Er sah auf die Uhr. Kurz vor fünf. Einer Eingebung folgend, entschied er sich für die Mobilnummer und hatte dieses Mal Erfolg.

»Hi, ich bin's, Max Bischoff. Ich … muss dir etwas sagen und kann nur hoffen, dass du mir glaubst. Nach mir wird seit heute offiziell gefahndet.«

Palzer ließ drei, vier Sekunden verstreichen, bevor er antwortete: »Ich weiß.«

14

Max spannte sich an. Nun würde sich entscheiden, ob er überhaupt noch eine Chance hatte oder nicht. Je nachdem, wie Palzer reagierte.

»Ja, das habe ich befürchtet. Als Erstes: Ich habe Verena Hilger *nicht* erschossen. Und das wissen meine Kollegen auch, obwohl nach mir gefahndet wird. Ich würde es gerne erklären. Wir haben uns heute Mittag nicht zufällig kennengelernt.«

»Auch das weiß ich mittlerweile. Nach der Mittagspause habe ich ein wenig recherchiert, weil mir dein Name nicht nur von diesem Fliegenmaskenfall bekannt vorgekommen ist. Du warst damals hier in Köln und hast entscheidend dazu beigetragen, Alex zu fassen, richtig?«

»Das stimmt. Und genau das hat mich wieder eingeholt. Und dich auch. Hat Neumann sich bei dir gemeldet, seit er raus ist?«

»Ja, aber das sollten wir nicht am Telefon besprechen. In welchem Hotel bist du?«

Max zögerte. Das konnte ebenso gut eine Falle sein. Wenn er Palzer jetzt sagte, in welchem Hotel er sich eingemietet hatte, konnte es sein, dass zwanzig Minuten später ein SEK das Haus stürmte.

Palzer ahnte wohl, was in Max' Kopf vor sich ging.

»Wenn du möchtest, dass ich dir glaube, solltest du mir auch vertrauen. Ich sage niemandem, wo du steckst.«

Damit hatte er recht, und letztendlich blieb Max auch nichts anderes übrig. Er nannte ihm die Adresse des Hotels, und sie verabredeten, sich um halb acht im Foyer zu treffen und dann in ein Restaurant zu gehen.

Mittlerweile war es fast sechs. Max konnte also versuchen, noch ein wenig zu schlafen. Er fühlte sich vollkommen erschlagen.

Nachdem er den altmodischen Radiowecker, der auf dem Nachttischchen stand, auf sieben Uhr gestellt hatte, schloss er die Augen.

Kurz bevor sein Bewusstsein sich in dunkle Watte hüllte, sah er deutlich ein Gesicht vor sich. Es war eingerahmt von kurzen, dunklen Haaren, die Haut war leicht gebräunt. Die Nase hatte einen fast schon römischen Schwung und verlieh dem Mann in Verbindung mit den dunklen Augen ein südländisches Aussehen. Es war das Gesicht von Alexander Neumann.

Der Ton, mit dem der Wecker verkündete, dass es Zeit zum Aufstehen war, hatte eine Frequenz, die Max nicht nur als unangenehm, sondern fast schon als schmerzhaft empfand.

Er schaltete das Gerät ab und setzte sich auf den Bettrand.

Die Stunde Schlaf hatte nicht unbedingt dazu geführt, dass er sich frischer fühlte. Er zog sich aus, ging ins Badezimmer und stellte sich unter die Dusche. Nachdem er eine Weile mit geschlossenen Augen unter den dampfenden Wasserstrahlen ausgeharrt hatte, drehte er das warme Wasser ab. Der eiskalte Schauer brachte seine Lebensgeister zumindest ein wenig zurück.

Pünktlich um halb acht saß er auf einem der Lederhocker, die verteilt in der kleinen Lobby standen.

Seine Nerven waren angespannt. Auch wenn sein Gefühl ihm sagte, dass Palzer niemandem von ihrem geplanten Treffen erzählt hatte, musste er dennoch damit rechnen, dass plötzlich ein Polizeikommando auftauchte, um ihn festzunehmen.

Um drei Minuten nach acht betrat Burghard Palzer die Lobby, und wie es aussah, war er allein.

Max stand auf und reichte ihm die Hand. »Hi. Danke, dass du …«

»Schon gut«, unterbrach Palzer ihn und deutete mit einem Kopfnicken zur Rezeption, hinter der mittlerweile eine jüngere Frau stand und zu ihnen herüberlächelte. »Wollen wir?«

Vor dem Hotel blieb Palzer stehen und presste die Lippen zusammen, während er sich nach beiden Seiten umsah. »Ich würde vorschlagen, wir vermeiden Plätze wie den Heumarkt. Ich weiß zwar nicht, wo genau sie patrouillieren, aber es sind einige Fußstreifen unterwegs.«

»Wegen mir?«

»Nicht nur, aber ja, auch wegen dir. Besser, wir laufen den Kollegen nicht in die Arme. Für uns beide.«

»Ja, weil ich ja angeblich eine Kollegin erschossen habe«, sagte Max verärgert.

»Und ich mache mich gerade strafbar, weil ich dir helfe. Komm mit, ich kenne eine Kneipe, da tauchen bestimmt keine Kollegen auf.«

Max folgte Palzer durch einige Seitenstraßen, wobei

er das Gefühl hatte, dass sie einen Bogen um den Heumarkt schlugen. Nach etwa zehn Minuten betraten sie in einer Gasse eine Gaststätte, die Max unter normalen Umständen sofort wieder verlassen hätte. Der Raum war ein kurzer, schmaler Schlauch, der fast nur aus einer Theke bestand, vor der einige Hocker platziert waren. Den deutschen Schlager, der gerade lief, als sie das Lokal betraten, hatte Max zum letzten Mal gehört, als er noch sehnsüchtig auf die ersten Achselhaare wartete. Es roch nach einer Mischung aus kaltem Zigarettenrauch und säuerlichem abgestandenem Bier. Drei heruntergekommen aussehende Gestalten hingen mehr am Ende der Theke, als dass sie saßen, und glotzten stumpfsinnig auf die Biergläser vor sich.

»Nicht gerade das Ritz«, erklärte Palzer. »Aber ich denke, hier haben wir unsere Ruhe.«

»Ist schon okay.« Max zog einen Barhocker zu sich her und setzte sich darauf. Als er sich mit der Hand auf dem Tresen abstützte, befürchtete er fast, sie nicht mehr von der klebrigen Oberfläche lösen zu können.

Sie bestellten zwei Kölsch bei der Bedienung, einer jungen Frau mit zu schwarz gefärbten Haaren und zu dick aufgetragenem Lidstrich. Max stellte eine entfernte Ähnlichkeit mit Amy Winehouse fest.

»Okay«, sagte Palzer, nachdem sie sich zugeprostet und einen großen Schluck getrunken hatten. »Du wolltest mir etwas erzählen. Dann leg mal los.«

Max nahm noch einen weiteren Schluck, dann erzählte er Palzer in knappen Worten, wie er in die Situation geraten war, in der er sich befand. Am Ende nickte der Oberkommissar.

»Das ist echt eine heikle Situation. Vor allem, weil du nichts anderes tun kannst, als seinen Anweisungen zu folgen, wenn du nicht das Leben deiner Schwester riskieren willst. Aber was machst du in Köln? Hat er dich hierhergeschickt, oder bist du hier, weil Alex und ich damals befreundet waren, bevor er durchgedreht ist?«

»Ich dachte, du kannst mir vielleicht weiterhelfen. Du sagtest, du hattest nach seiner Entlassung aus der JVA Kontakt mit ihm?«

»Ja. Gesehen habe ich ihn nicht, aber er hat bei mir angerufen. Das ist allerdings schon gut ein Jahr her. Ich erinnere mich, dass er furchtbar klang.«

»Darf ich dir mal eine sehr private Frage stellen?«

Palzer zuckte mit den Schultern. »Klar.«

»Wie stehst du zu ihm? Ich meine, nach dem, was er getan hat.«

»Ganz ehrlich? Ich wollte sofort auflegen, als ich hörte, wer da am Telefon ist, aber … da war etwas in seiner Stimme, das mich davon abgehalten hat. Ich musste daran denken, dass er mir nach einer ganzen Menge Alkohol mal erzählt hat, was ihm als Kind angetan worden ist. *Unaussprechliche* Dinge, wie er sich damals ausdrückte. Das war wohl auch der Hauptgrund, warum er zur Polizei gegangen ist. Na ja … das hat ihn dann wohl wieder eingeholt.«

Palzer trank sein Glas leer und deutete der Bedienung an, noch zwei Kölsch zu zapfen. Dann richtete er seinen Blick auf eine Stelle hinter der Theke. Seinen Augen schimmerten gläsern.

»Tja, wie stehe ich zu ihm? Natürlich ist es furchtbar und nicht zu entschuldigen, was er getan hat, aber ich bin der Überzeugung, er hätte in eine Therapie gehört und nicht in den Knast.« Nun sah er Max direkt an. »Versteh mich nicht falsch, aber … irgendwie tat er mir leid.«

»Und du verstehst sicher, dass ich das anders sehe«, erklärte Max.

»Absolut. Wie schon gesagt, das war vor einem Jahr. Da konnte ich ja nicht ahnen, dass er … Er gehört definitiv für den Rest seines Lebens weggesperrt, und wenn ich dir irgendwie helfen kann, werde ich das tun.«

»Du weißt ja, dass Verena Hilger, die Kollegin, die er erschossen hat, damals auch an seiner Verhaftung beteiligt gewesen ist. Mir ist der Gedanke gekommen, dass er einen Rachefeldzug gegen alle führen könnte, die ihn – seiner Meinung nach – verraten haben. Und dass du auch dazugehören könntest.«

Palzer dachte kurz nach, dann verzog sich sein Gesicht zu einem humorlosen Grinsen. »Nein, ich denke, das wird er nicht tun. Hätte er mich sonst angerufen?«

»Ich weiß es nicht«, log Max.

»Er erzählte mir, dass er im Knast schreckliche Dinge durchgemacht hat. Was genau das war, sagte er allerdings nicht.«

»Hat er mich erwähnt? Oder Hilger?«

»Nein. Das heißt – nicht direkt. Er sagte, dass er noch etwas Dringendes erledigen müsse und dass es das Einzige gewesen sei, das ihn am Leben gehalten hätte. Wer weiß, vielleicht meinte er damit –«

Palzer beendete den Satz nicht, aber Max ahnte auch so, was er sagen wollte.

»Hm … aber wenn er mit dieser dringenden Sache

seine Rache gemeint hat, dann könnte er dich doch trotzdem miteinbeziehen.«

»Ich kann dir nicht einmal genau sagen, warum das so ist, aber ich bin überzeugt davon, er hasst mich nicht.«

Max verkniff es sich noch immer, Palzer davon zu erzählen, dass er ihn umbringen sollte, wenn es nach dem Willen dieses Wahnsinnigen ging.

Stattdessen wiegte er den Kopf hin und her. »Ich wäre an deiner Stelle trotzdem ein bisschen vorsichtig. Für alle Fälle.«

»Ja, das stimmt, ich kann mich auch täuschen. Immerhin haben wir nur telefoniert, und außerdem ist das, wie gesagt, schon ein Jahr her. Wer weiß, wie es Alex mittlerweile geht.«

»Wenn ich an *unsere* Telefonate denke, kann ich dir sagen, dass er ganz genau weiß, was er tut. Jedes seiner Worte trieft vor Hass, und was er meiner Schwester bisher schon angetan hat …«

»Hey.« Palzer legte Max eine Hand auf die Schulter. »Tut mir leid. Wenn sich das so angehört hat, als hätte ich Verständnis für sein Handeln, dann täuscht das. Alex muss gestoppt werden, bevor er noch Schlimmeres anstellt.«

»Schon gut. Und er hat nicht erwähnt, wo er wohnt oder was er tut? Er muss doch irgendwo schlafen und von irgendetwas leben. Und irgendwo hält er meine Schwester gefangen.«

»Nein. Er hat mich gefragt, ob ich ihm Geld geben könne, was ich natürlich abgelehnt habe. Daraufhin hat er aufgelegt. Seitdem habe ich nichts mehr von ihm gehört.«

Eine Weile saßen sie schweigend nebeneinander. Im Hintergrund lief ein uralter Song von Peter Maffay.

Spuren einer Nacht, wie nie zuvor.
Vor ihm lag das Nichts, weil er alles verlor.
Tränen liefen ihm übers Gesicht.
Und den Weg nach Haus fand er nicht.

»Weißt du, wann er dich wieder anrufen wird?«, fragte Palzer nach einer Weile.

»Ja, um Mitternacht. Dann muss ich spätestens zurück im Hotel sein.«

»Okay. Hast du eine Ahnung, was er als Nächstes von dir will?«

»Er möchte, dass ich das Gleiche durchmache, was er durchgemacht hat. Dazu soll ich als Mörder verurteilt werden. In seinem ersten Brief hat er erwähnt, dass ich einen Menschen töten werde. Ich weiß nicht, ob er damit die Falle gemeint hat, die er mir mit Hilger gestellt hat, oder ob er erwartet, dass ich wirklich jemanden umbringe.«

»Darf ich dir eine sehr persönliche Frage stellen?«

»Ja.«

»Würdest du es tun? Ich meine, jemanden töten.«

»Nein«, antwortete Max, ohne eine Sekunde zu überlegen, woraufhin Palzer wieder den Punkt hinter der Theke fixierte. »Hm … du scheinst dir sehr sicher zu sein, das finde ich bewundernswert. Ich könnte das, glaube ich, nicht so schnell beantworten. Immerhin geht es um das Leben deiner Schwester.«

»Ja. Aber es geht auch um mehr. Um die Überzeugung, dass niemand das Recht hat, einen anderen Menschen zu töten, und dass es keine Situation und keine

Argumente geben darf, sich das Recht trotzdem herauszunehmen. Wenn ich einen unschuldigen Menschen umbringen würde, um das Leben meiner Schwester zu retten, wäre ich ein Mörder. Auch wenn der Grund dafür in der Gesellschaft eher akzeptiert werden würde, als wenn es aus Habgier geschehen wäre, würde das nichts an der Tatsache ändern, dass ich einen Unschuldigen getötet hätte und somit ein Mörder wäre.«

Palzer schürzte die Lippen und nickte nachdenklich. »Da hast du natürlich recht. Und du würdest wahrscheinlich als Mörder verurteilt werden. Aber trotzdem ist das in deiner Situation eine bewundernswerte Haltung. Lass mich raten: Du bist Polizist geworden aus Überzeugung, oder?«

»Ja, das kann man so sagen.«

Palzer hob sein Glas und prostete Max zu. »Das merkt man.«

Max spürte Hunger, woraufhin Palzer bei der Bedienung zwei Schnitzel bestellte, die sie ihnen fünf Minuten später auf der Theke servierte. Es waren tischtennisschlägergroße Lappen, die zu drei Vierteln aus Panade bestanden und in der Mikrowelle heiß gemacht worden waren. Dazu gab es je eine Scheibe pappiges Brot. Max versuchte, den Gedanken daran zu verdrängen, wie es in dem Nebenraum wohl aussehen mochte, aus dem die Schnitzel gekommen waren, und schaufelte das Zeug in sich hinein.

Sie unterhielten sich noch eine Weile über Neumann und über die Zeit, bevor er durchgedreht war, wie Palzer es nannte, und tranken dabei noch einige Gläser Kölsch.

Max erfuhr, dass Neumann, Palzers Ansicht nach, voller Komplexe gesteckt hatte und dass die laute, polternde Art, mit der er damals anderen Menschen begegnete, nichts als ein Schutzschild für seine in der Kindheit zutiefst verletzte Seele gewesen war.

Für Max ging das Mitgefühl des Oberkommissars für Neumann ein wenig zu weit, aber er war auch in einer anderen Situation.

Gegen elf Uhr verließen sie die Kneipe, nachdem Palzer die komplette Rechnung bezahlt hatte. »Behalt dein Geld«, hatte er gesagt, als Max sich beteiligen wollte. »Du wirst es bestimmt noch brauchen.«

Um zwanzig nach elf verabschiedeten sie sich vor dem Hotel und verabredeten, am nächsten Morgen zu telefonieren, damit Max Palzer von seinem Gespräch mit Neumann berichten konnte.

Während er die Treppe zu seinem Zimmer hinaufstieg, überlegte Max, dass Palzer ein guter Verbündeter war. Vielleicht der Einzige, der ihm helfen konnte, Kirsten aus den Händen von Neumann zu befreien.

Wäre da nicht die Tatsache gewesen, dass Max ihn töten sollte.

15

Max lag auf seinem Bett und überlegte, was und wie viel er Neumann von seinem Gespräch mit Palzer erzählen sollte. Vielleicht wäre es gar nicht schlecht, ihm die Wahrheit zu sagen. Wenn Neumann hören würde, dass sein alter Kumpel so etwas wie Mitleid für ihn empfand und teilweise sogar versucht hatte, seine furchtbare Tat von damals mit den schlimmen Erlebnissen aus seiner Kindheit zu erklären, würde er womöglich von seinem Plan abrücken, ihn durch Max töten zu lassen.

Andererseits … Neumann hatte ein klares Ziel, und wenn nicht Burghard Palzer das Opfer sein sollte, würde er ein anderes finden. Für Max wurde dadurch nichts besser.

Genau um Mitternacht rief Neumann an.

»Bist du in deinem Hotelzimmer?«, begann er das Gespräch.

»Ja. Wie geht es meiner Schwester?«

»Noch gut. Wir werden sehen, ob das nach unserem Gespräch so bleibt oder ob du wieder ein Päckchen suchen gehen kannst. Also, ich höre. Wie hast du Palzer erklärt, dass du in Köln bist?«

Max entschied sich, Neumann die Wahrheit zu sagen.

»Ich habe ihm gesagt, dass ich wegen des Mordes

an Verena Hilger, den du begangen hast, gesucht werde.«

Neumann lachte meckernd. »Glück gehabt, Bischoff. Das glaube ich dir. Wenn du mir was anderes erzählt hättest, wäre ich jetzt auf dem Weg zu deiner Schwester.«

»Ich musste es ihm sagen, er wusste schon von der Fahndung nach mir.«

»Weiter.«

»Ich habe ihm erklärt, dass ich in Köln bin, weil er damals ebenfalls bei deiner Verhaftung dabei war und ich hoffe, dass er mir helfen kann.«

»Ja, ja, ja. Weiter. Was denkt Burghard Palzer über mich?«

Neumann konnte es offenbar nicht erwarten, Palzers Gedanken über ihn zu erfahren. Sie schienen wichtig für ihn zu sein.

»Er hat Mitleid mit dir«, sagte Max aus einem Gefühl heraus.

»So, Mitleid. Wie kommst du darauf?«

»Er hat es mir gesagt. Er hat auch erzählt, dass du ihn vor einem Jahr angerufen hast. Dabei …«

»Das ist eine Lüge.«

»Was?«

»Ich habe ihn nicht angerufen. Ich habe seit dreizehn Jahren nicht mit ihm gesprochen. Das Schwein hat mich verraten.«

Max war verwirrt. War es möglich, dass Palzer ihn angelogen hatte?

»Es klang recht glaubhaft.«

»Es klingt nach Scheiße, weil es eine dreckige Lüge ist. Jetzt sag mir endlich, was er über mich denkt.«

Es fiel Max schwer, einen klaren Gedanken zu fassen, zu sehr beschäftigte ihn die Frage, ob Palzer ihn belogen hatte.

»Er … er sagte, du hast ihn angerufen, und er hatte Mitleid mit dir, findet aber das, was du jetzt tust, inakzeptabel und furchtbar. Er denkt, du gehörst für den Rest deines Lebens weggesperrt.«

»Das Dreckschwein verrät mich also zum zweiten Mal. Er lügt. Der Anruf ist eine Lüge.« Die Stimme klang immer noch sehr dumpf, wurde aber deutlich lauter. »Und auch, dass er Mitleid mit mir hat, ist gelogen. Das sagt er nur, um als edler Ritter dazustehen, dabei ist er ein hinterhältiges Schwein.«

»Er ist der Meinung, du hättest nicht ins Gefängnis gehört, sondern in eine Therapie.«

»Lüge! Er hat bei meiner Verhandlung ausgesagt. Genau wie du. Und er hat mich durch seine Aussage in die Hölle geschickt, genau wie du. Das kann man in den Protokollen nachlesen.«

Max' Verwirrung wuchs. Er wusste nicht mehr, was er glauben konnte. Erneut fragte er sich, welchen Grund Palzer haben sollte, ihn anzulügen. Und stellte sich gleich darauf die Frage, warum Neumann es tun sollte.

»Du wirst ihn morgen wiedertreffen. Ich möchte wissen, welche Lügen er noch verbreitet. Er ist ein hinterlistiges Dreckschwein. Ich werde dich morgen Mittag um eins und morgen Abend um zehn anrufen. Sieh zu, dass du allein bist. Dann möchte ich mehr über die Lügenmärchen von Burghard Palzer hören. Oh, er wird leiden. Wenn es so weit ist, wirst du ihn auf eine Art töten, dass er leiden wird.«

Max entgegnete nichts.

»Bist du stumm geworden oder was?«

»Ich möchte noch einmal mit Kirsten reden.«

»Vergiss es.«

»Nein, ich vergesse es nicht. Ich möchte …«

»Die Fresse möchtest du halten, verstanden? Noch ein Wort …« Max sagte nichts mehr. So aufgeregt hatte er Neumann noch nicht erlebt. Wenn er nur nicht auf die Idee kam, seine Wut an Kirsten auszulassen.

»Okay, ich mache alles, was du sagst. Versprich mir wenigstens, Kirsten in Ruhe zu lassen.«

»Tu, was ich dir gesagt habe«, kam es dumpf aus dem Telefon, dann wurde aufgelegt.

Max brauchte lange, bis er einschlief. Seine Gedanken kamen einfach nicht zur Ruhe. Sein Verstand produzierte Frage um Frage, auf die er keine Antwort fand.

Würde Neumann Kirsten wirklich in Ruhe lassen? Ging es ihr noch halbwegs gut? Würde er es schaffen, erneut mit ihr zu reden? Konnte er es riskieren, es noch einmal von Neumann zu verlangen? Und was war mit Burghard Palzer? Er hatte für seinen Geschmack etwas zu viel Mitgefühl mit Neumann, wenn das stimmte, was er sagte. Was aber, wenn er Max tatsächlich angelogen hatte? Aber warum sollte er das tun? Warum?

Er würde ihm am nächsten Morgen irgendwie auf den Zahn fühlen müssen. Vielleicht konnte Böhmer ihm ja dabei helfen. Überhaupt, Böhmer … Ungeachtet der Uhrzeit wählte er die Handynummer seines Partners. Es dauerte eine Weile, bis Böhmer das Gespräch annahm.

»Gibt es schon irgendetwas Neues?«, begann Max, ohne sich lange mit Floskeln aufzuhalten.

»Nein … außer, dass du deutschlandweit gesucht wirst.« Es klang wie *auser-dassu-deuschlanweit-gesucht-wisst.* Böhmer lallte.

»Horst? Hast du was getrunken?«

»Ja, na und?«

»Ist okay. Warum auch nicht. Von Neumann auch noch nichts? Wo er sich aufhalten könnte? Wo Kirsten eingesperrt ist? Habt ihr mit ihren Nachbarn geredet? Vielleicht haben die ja was gesehen.«

»Du wirst es nicht glauben, wir machen immer noch Polizeiarbeit, auch wenn du nicht da bist.«

»Ja, entschuldige. Ich wollte doch nur … kannst du morgen früh bitte versuchen, mehr über diesen Burghard Palzer herauszufinden? Irgendwas stimmt da nicht. Er hat mir erzählt, Neumann hätte ihn angerufen, nachdem er entlassen worden ist. Neumann behauptet aber, das würde nicht stimmen.«

»Und? Wem glaubst du mehr? Einem gestandenen Polizisten oder einem psychopathischen Mörder?«

»So einfach ist es leider nicht.«

»Doch, so einfach ist es, Max. Denn genau das erwartest du auch von mir, oder etwa nicht? Du sagst, du hast Verena nicht umgebracht, und ich soll dir glauben und nicht der Version, die Neumann für uns inszeniert hat. Wo ist der Unterschied?« Max musste sich konzentrieren, um Böhmer zu verstehen.

»Der Unterschied ist, dass du mich schon eine ganze Weile kennst.«

»Ist das so? Kenne ich dich wirklich, Max?«

Da war es wieder, das ziehende Gefühl im Magen.

»Ja, verdammt, du kennst mich. Und ich kann nicht

glauben, dass du dir offenbar immer noch nicht sicher bist, dass ich Verena *nicht* getötet habe.«

»Ich glaube dir ja. Das sollte dir nur verdeutlichen, dass du dem, was Palzer sagt … ach, zum Teufel damit.«

»Ist ja schon gut. Lass uns das Thema wechseln. Es wird langsam schwierig, mich in der Öffentlichkeit zu bewegen. Heute haben mich fast zwei Kollegen in einem Zug erwischt.«

»Dem könntest du ganz schnell ein Ende setzen, indem du hierherkommst und dich vernehmen lässt.«

Ging das schon wieder los.

»Horst, kannst du mir garantieren, dass ich nach der Vernehmung das Präsidium wieder verlassen kann?«

»Das kann ich natürlich nicht, das hängt von deinen Antworten ab.«

»Gibt es neue Erkenntnisse vom Tatort oder zu Neumann?«

»Nein, das sagte ich doch eben schon.«

»Was könnte ich also anderes aussagen als das, was ich dir schon zehnmal erzählt habe. Ich frage dich noch einmal: Kannst du mir beim jetzigen Stand garantieren, dass ich das Präsidium nach der Vernehmung wieder verlassen kann?«

Die Antwort kam verzögert. »Nein.«

»Und das würde für Kirsten den sicheren, qualvollen Tod bedeuten. Lassen wir das Thema also.«

»Okay.«

»Also: Tust du mir bitte den Gefallen und überprüfst Palzer mal auf Herz und Nieren? Ach, und bitte überprüfe doch auch die Gerichtsakten zu dem Fall von damals. Ich wüsste gerne, was Palzer zu Protokoll gegeben hat.«

»Ja, mache ich gleich morgen früh.«

»Danke. Was ist mit Gorges? Glaubst du, er hält es wirklich für möglich, dass ich … du weißt schon.«

»Ich weiß es nicht. Was ich aber sicher weiß, ist dass der Staatsanwalt dich am liebsten zum Staatsfeind Nummer eins erklären lassen würde. Er taucht jede Stunde hier auf und möchte wissen, wie der Stand der Dinge ist.«

»Ich kapiere das nicht, ich hatte noch nie Probleme mit ihm.«

»Darum geht es nicht, Max. Du magst dich ja vielleicht ganz gut in die Köpfe von Killern hineinversetzen können, aber von Politik hast du keine Ahnung. Lass dir von einem alten Schnüffler was sagen. Den interessiert es nicht die Bohne, wer du bist oder was du bisher geleistet hast. Was ihn interessiert, ist dass dieser Fall vielleicht noch mehr Schlagzeilen machen wird als die Fliegenmaske. Und dass ausgerechnet einer der Ermittler, die den Fliegenmaskenfall gelöst haben, jetzt selbst unter Mordverdacht steht, das ist so medienwirksam, wie es die teuerste Kampagne der Welt nicht sein könnte. Und dabei spielt es überhaupt keine Rolle, ob sich anschließend herausstellt, dass du schuldig oder unschuldig bist. Wichtig ist, das sein Gesicht in den Zeitungen auftaucht mit der Message, dass er gnadenlos jeden Mordverdächtigen jagt, selbst wenn er aus den eigenen Reihen kommt.«

»Ich verstehe.«

»Gut.«

»Ich denke, ich versuche mal zu schlafen. Ich bin todmüde.«

»Okay … Max?«

»Ja?«

»Sie fehlt mir unbeschreiblich.«

»Ich weiß. Ich weiß ganz genau, was du fühlst. Es tut mir so leid.«

»Nacht.«

»Gute Nacht.«

Max lehnte sich zurück und schloss die Augen. Sofort begannen seine Gedanken eine Zeitreise. Zu einer wunderschönen Frau, die er geliebt hatte …

Mit einem Ruck richtete er sich auf. Nicht das auch noch. Wenn diese Bilder zurückkamen, würde er zusammenbrechen, dessen war er sicher.

Er zog sich bis auf die Unterhose aus, ging ins Bad und wusch sich das Gesicht mit kaltem Wasser. Er dachte darüber nach, dass er sich am nächsten Morgen eine Zahnbürste kaufen sollte, und schüttelte gleich darauf über sich selbst den Kopf.

Wie konnte er in seiner Situation, in der es nicht nur um Kirstens Leben ging, über den Kauf einer Zahnbürste nachdenken? War das noch normal? Wer *er* noch normal?

Er trocknete sich ab, ging ins Bett zurück und löschte das Licht. Er war so müde, dass er überzeugt war, binnen einer Minute einzuschlafen.

Er lag noch lange wach.

16

Er ist vor ein paar Minuten wieder zu ihr gekommen. Wortlos hat er den Raum betreten, ist vor ihr stehen geblieben und hat sie stumm angesehen. So lange, bis sie wieder angefangen hat, ihn anzuflehen.

»Bitte, lassen Sie mich doch gehen. Und lassen Sie Max in Ruhe. Haben wir nicht beide schon genug gelitten?«

»Genug? Es fängt gerade erst an.«

»Werden Sie mir wieder weh tun?« Sie hört selbst, wie dünn ihre Stimme klingt.

Er greift hinter seinen Rücken, nestelt an seinem Gürtel herum. Als seine Hand wieder auftaucht, liegt die Rosenschere darin. Sie kann nichts dagegen tun, dass sie sofort wieder anfängt zu jammern. »Nein, bitte … bitte tun Sie das nicht mehr. Es tut so schrecklich weh. Ich bitte Sie.« Ihr ist übel vor Angst.

Seine Braue hebt sich. »Es tut weh? Du hast keine Vorstellung davon, was wirkliche Schmerzen sind. Noch nicht.«

Er hält die Rosenschere dicht vor ihr Gesicht und bewegt sie hin und her, als wolle er sie damit hypnotisieren. »Ich hab deinem Bruder gesagt, bei seiner nächsten Verfehlung bekommt er als kleines Zusatzpräsent ein Auge von dir.«

Sie reißt den Blick von der Schere los und kann gerade noch den Kopf ein Stück weit zur Seite drehen, bevor sie sich übergibt.

Er steht unbewegt vor ihr und betrachtet sie wie ein Versuchstier, während sie würgend die letzte Flüssigkeit aus ihrem Magen pumpt.

Als sie sich wieder beruhigt hat, geht er vor ihr in die Hocke, greift nach ihrem rechten Fuß und streicht mit der Spitze der Schere über den Fußrücken. Hin und her, hin und her. Sie beißt sich die Lippen blutig.

»Nicht. Bitte.« Es ist nur noch ein Krächzen.

Ein letztes Mal streicht die Zange über ihren Fuß, dann steht er wieder auf, macht einen Schritt zurück. Starrt sie an.

Sie schlägt die Augen nieder, spürt aber weiterhin seinen Blick.

Irgendwann wendet er sich ab, verlässt den Raum und knallt die Tür hinter sich zu. Sie hört es, aber es interessiert sie nicht. Etwas anderes hält ihren Blick und ihr ganzes Bewusstsein gefangen. Ein Gegenstand, der vor ihr auf dem Boden liegt.

Es ist ein Handy.

Sein *Handy.*

17

Max riss die Augen auf und schaffte es, binnen kürzester Zeit die Schneise zwischen Schlaf und Wachsein zu überspringen, weil sein Verstand ihn anbrüllte, er dürfe den Anruf auf keinen Fall verpassen, der ihn gerade geweckt hatte.

Er richtete sich auf, rieb sich die Augen und griff nach dem Telefon, das neben ihm auf dem Nachttisch lag.

Anonym. Also *er.*

»Ja?«, krächzte Max und räusperte sich.

»Max?«

Wenn auch nur noch ein Funke Schlaf in ihm gewesen war, verschwand er in dieser Sekunde vollkommen. »Kirsten?«

»Ja, ich bin's. O mein Gott, es tut so gut, deine Stimme zu hören.«

»Aber … Wo bist du? Wieso …«

»Ich hab sein Telefon. Es ist ihm runtergefallen, und ich hab es geschafft, es vom Boden aufzuheben. Dann hab ich einfach die letzte Nummer gewählt, die er angerufen hat. Eine andere gab es auch nicht. Ich … Gott, ich weiß gar nicht, was ich sagen soll. Wir müssen uns beeilen, bevor er es bemerkt und zurückkommt.«

»Wo bist du, Kirsten?«

»In einem schmutzigen Keller. Ich weiß nicht, wo.«

Max drückte sich Zeige- und Mittelfinger der freien Hand gegen die Schläfen, befahl sich selbst, Ruhe zu bewahren, analytisch vorzugehen, keine Zeit zu verschenken …

»Gibt es dort irgendetwas, das dir aufgefallen ist? Ein Geräusch, ein besonderer Gegenstand?«

»Nein, um meinen Rollstuhl herum gibt es nur Müll und Schmutz.«

»Ist das Haus in Düsseldorf? Hast du etwas von dem Weg gesehen, den er genommen hat?«

»Nein, er hat mich in meiner Wohnung betäubt. Aufgewacht bin ich hier in diesem Kellerloch. Das Haus kann überall sein. Max, ich hab solche Angst. Wenn er zurückkommt und diese Schere auspackt …«

»Ich weiß, Kirsten. Hat er dir wieder etwas angetan? Ich meine, nach … den Zehen.«

»Nein, aber er hat gesagt, wenn du nicht tust, was er sagt, wird er mir ein … Max, er hat gesagt, er schneidet mir ein Auge heraus.«

»Dazu wird es nicht kommen, das verspreche ich dir. Aber was ist mit ihm? Trägt er eine Maske?«

»Nein.«

Die Antwort bohrte sich wie ein Messer in sein Herz. Er war lange genug bei der Polizei, um zu wissen, was das normalerweise bedeutete.

»Das ist nicht gut, oder? Wenn er sein Gesicht nicht vor mir versteckt, dann …«

»Nein, Kirsten. Stopp. Wir wissen alle, wer er ist. Er hat also keinen Grund, sein Gesicht zu verbergen. Er möchte ja erkannt werden.« Max hoffte, dass es glaubwürdig klang. »Beschreib ihn mir. Wie sieht er aus?«

»Ich sehe ihn nie richtig, weil hier nur wenig Licht reinkommt. Aber er ist groß und schlank. Kurzgeschnittene schwarze Haare.«

»Was ist mit seinem Gesicht?«

»Ich sagte doch schon, ich sehe kaum was davon. Wenn er vor mir steht und mich anschaut, starre ich immer nur in seine Augen. Sie sind ganz dunkel, fast schwarz.«

Neumann. Es war Neumann. »Sonst noch etwas? Denk nach, Kirsten, jede Kleinigkeit kann wichtig sein. Schau dich um. Gibt es in dem Keller irgendetwas Ungewöhnliches?«

»Nein, ich … o Gott, er kommt zurück. Bitte hilf mir, Max.«

Ein Rascheln war zu hören, dann war das Gespräch beendet.

Max ließ sich zurück auf das Bett fallen, schlug die Hände vors Gesicht. Hatte Kirsten es geschafft, das Telefon wieder auf den Boden zu legen, bevor Neumann bemerkte, dass sie es benutzt hatte? Wenn ja, würde es ihm dann anhand der Anrufliste auffallen? Und wie würde er reagieren, wenn er es sofort oder auch erst später bemerkte? Würde er sie zur Strafe wieder quälen?

Max dachte an Neumanns Drohung, Kirsten beim nächsten Mal nicht nur vier Finger abzutrennen, sondern … Er schaffte es nicht einmal, den Gedanken zu Ende zu bringen. Er krümmte sich auf dem Bett zusammen, sein Bauch fühlte sich an, als hätte er einen Sack Glassplitter verschluckt.

Er weinte, und er fluchte. Er hasste sich selbst dafür, dass seine Schwester das durchmachen musste. Er hasste die Untätigkeit, zu der er verdammt war.

Irgendwann rappelte er sich wieder auf. Er hatte keine Ahnung, wie spät es war, und warf einen Blick auf den Wecker. Kurz nach halb acht. Für einen Anruf bei Palzer war es zu früh. Aber Böhmer würde um diese Uhrzeit auf jeden Fall schon wach sein. Vorausgesetzt, er war nicht völlig verkatert. Max konnte gut verstehen, dass sein Partner am Abend seine Trauer um Hilger in Alkohol ertränkt hatte. Das machte die Situation zwar nicht besser, für einen kurzen, trügerischen Moment aber etwas leichter zu ertragen. Max wusste das nur zu gut.

Tatsächlich war Böhmer bereits wach, hörte sich aber noch ein wenig verschlafen an.

»Ich bin's. Kirsten hat mich eben angerufen.«

»Wie? Hat er sie freigelassen?«

»Nein, er hat sein Telefon verloren. Sie sagt, sie ist in einem schmutzigen Kellerraum eingeschlossen. Wo, das weiß sie nicht. Sie war besinnungslos, als er sie dorthin transportiert hat.«

In diesem Moment fiel ihm noch etwas anderes ein, das er bei dem Telefonat mit Kirsten unbewusst wahrgenommen hatte. »Noch was. Ich glaube, er hat bei der Entführung ihren Rollstuhl mitgenommen.«

»Ja, die Kollegen haben bemerkt, dass er nicht in ihrer Wohnung ist.«

»Vielleicht hat er ihn mitgenommen, um sie nicht tragen zu müssen. Das heißt aber, er muss ein größeres Auto haben. Vielleicht einen Van.«

»Ja, mag sein. Hat sie den Mann gesehen? Konnte sie ihn beschreiben.«

»Ja. Er trägt keine Maske.«

»Scheiße. Das heißt aber, sie kann ihn beschreiben?«

»Ja, groß, schlank, kurze schwarze Haare, keine besonderen Merkmale. Es ist definitiv Neumann. Aber das hat er mir gegenüber auch schon zugegeben. Er möchte ja, dass ich weiß, wer mir das antut.«

»Sonst nichts?«

»Nein, leider nicht.«

»Also gut. Ich mache mich jetzt fertig und fahre ins Büro. Wenn es was Neues gibt, informiere ich dich.«

»Okay. Und denkst du bitte an die Zeugenaussage von Palzer bei Neumanns Gerichtsverhandlung? Davon ist abhängig, wie ich weiter vorgehe. Und ob ich ihm vertrauen kann.«

»Ja, das mache ich. Ach, das habe ich dir noch gar nicht gesagt: Die Kollegen haben Neumanns alte Umgebung in Neuss gecheckt. Sie waren auch bei seinen Eltern. Sein Vater ist schon seit ein paar Jahren tot. Gestorben, während sein Sohn im Knast saß. Seine Mutter … na ja, sie ist recht speziell. Hat ununterbrochen davon gefaselt, wie schlecht man sie behandele und wie ungerecht die Welt doch sei. Als die Kollegen sie auf ihren Sohn ansprachen, meinte sie, der solle von ihr aus im Knast verrecken. Sie wusste noch nicht einmal, dass Neumann schon seit über einem Jahr wieder raus ist. Geschwister hat er keine mehr. Es gab da eine Schwester, aber die hat sich laut dieser liebevollen Frau *mit irgendwelchem Scheißdreck erst den Verstand und dann das Leben aus dem Hirn gepustet*. Ich denke, von ihr werden wir nichts erfahren, das uns irgendwie weiterbringen könnte.«

»Danke … Und wie geht es dir?«

Böhmer blies seinen Atem gegen das Telefon, was sich anhörte wie eine kleine Sturmbö.

»Nicht so gut. Es ist schwer. Und es macht mich unglaublich wütend, weil es so unfair ist. Sie war so … positiv und hat keinem Menschen etwas getan. Sie musste sterben, weil sie damals zufälligerweise dabei war, als dieses Arschloch dingfest gemacht wurde.«

Aber dass sie dabei gewesen war, war kein Zufall, dachte Max. Sie war dabei, weil sie sich irgendwann dazu entschlossen hatte, Polizistin zu werden und gegen solche Psychopathen vorzugehen. Dass sie damit auch den Hass dieser Typen auf sich ziehen würde, musste ihr klar gewesen sein. Das gehörte zur Jobbeschreibung eines Ermittlers. Er selbst bekam das ja auch gerade mit aller Wucht zu spüren. Das und die Tatsache, dass selbst ehemalige Kollegen plötzlich Jagd auf ihn machten, fügte er in Gedanken verbittert hinzu.

Laut sagte er aber nur: »Das verstehe ich.«

»Ich weiß. Also, bis dann.«

»Bis dann.«

Max stand auf, ging ins Bad und stellte sich unter die Dusche.

Eine halbe Stunde später stand er am Fenster und blickte hinaus, ohne irgendetwas von dem zu wahrzunehmen, was es draußen zu sehen gab.

Seine Gedanken kreisten um Burghard Palzer und um das, was Neumann über ihn behauptet hatte. Ein Gefühl sagte ihm, dass der Oberkommissar ihn nicht angelogen hatte und Neumanns Behauptung Teil des perfiden Spiels war, das er mit Max trieb. Was in Neumanns Kopf vorging, war Max, zumindest in Bezug auf Palzer, ziemlich klar.

Neumann wollte einerseits, dass er sich mit Palzer unterhielt, um herauszufinden, wie der Oberkommissar über ihn dachte. Warum auch immer das so wichtig für ihn war. Vielleicht machte er davon sogar abhängig, ob Max Palzer wirklich töten sollte oder nicht.

Gleichzeitig erschütterte er aber jegliches Vertrauen, das Max zu seinem Kollegen Palzer hätte haben können, indem er behauptete, dieser würde ihn belügen. Vermutlich glaubte er, dadurch zu verhindern, dass die beiden sich zusammentaten, um ihn gemeinsam zu bekämpfen. Vielleicht wusste Palzer etwas über Neumann, das Max dabei helfen würde, Neumann und damit auch Kirsten zu finden? Wollte dieser Kerl deswegen, dass Max Palzer nicht mehr glaubte?

Oder war alles ganz anders, und Palzer hatte ihn tatsächlich aus irgendwelchen Gründen belogen?

Mit Gewissheit würde Max das erst wissen, wenn er von Böhmer Palzers Zeugenaussage aus dem Prozess bekommen hatte.

Bis dahin würde er dem Oberkommissar gegenüber ein wenig vorsichtiger sein.

Mittlerweile war es kurz nach acht Uhr. Der Gedanke, dass Neumann herausgefunden hatte, dass Kirsten mit ihm telefoniert hatte, jagte Max einen eiskalten Schauer über den Rücken. Wer konnte wissen, was diesem Psychopathen einfiel, um sie dafür zu bestrafen.

Aber wenn Neumann wirklich etwas mitbekommen hatte, würde er ihn dann nicht anrufen? Würde es ihm nicht großen Spaß machen, Max wissen zu lassen, was er Kirsten gleich antun würde? Es würde ihm nichts anderes übrigbleiben, als auf Neumanns nächsten Anruf zu warten. Dann würde er mehr wissen.

Max entschied, dass es nun spät genug war, und wählte Palzers Nummer. Er musste nicht lange warten, bis abgehoben wurde.

»Guten Morgen, ich bin's, Max.«

»Hi. Gut, dass du anrufst. Mir ist da noch etwas eingefallen.«

Max wurde hellhörig. Passierte nun das, was Neumann vielleicht zu verhindern versuchte? Erfuhr er etwas Wichtiges über den Mistkerl?

»Ja? Was denn?«

»Alex hatte doch damals hier in Köln eine Freundin. Nicht lange, aber er hat wohl sehr an ihr gehangen.«

»Ach ja? Das wusste ich nicht.«

»Hm … aber ihr seid doch auch ab und zu nach der Arbeit was trinken gegangen. Ich wundere mich, dass er dir nichts von ihr erzählt hat.«

»Da kamen keine persönlichen Gespräche auf, es waren immer andere Kollegen dabei. Vielleicht wäre mir sonst aufgefallen, dass mit ihm etwas nicht stimmt.«

»Wie auch immer. Als sie die Sache beendet hat, ging es ihm ziemlich dreckig. Das war, kurz bevor er dann vollkommen durchgedreht ist.«

»Hm …« Max war enttäuscht. »Ich weiß nicht, ob mir das wirklich weiterhilft.«

»Vielleicht, wenn ich dir sage, dass er mit ihr regelmäßigen Briefkontakt hatte, als er im Knast saß.«

»Woher weißt du das?«

»Er hat es mir gesagt, als er mich nach seiner Entlassung angerufen hat.«

Was bedeutet, es konnte stimmen, aber auch ebenso Palzers Phantasie entsprungen sein.

»Das ist tatsächlich interessant. Weißt du, wo sie wohnt?«

»Noch nicht, aber ich kenne ihren Namen und bin bei der Polizei. Das sollte herauszufinden sein. Gib mir eine halbe Stunde, okay?«

»Danke.«

Es dauerte nur zwanzig Minuten, bis Palzer ihn zurückrief.

»Ich habe die Adresse. Hast du was zu schreiben?«

Max notierte sich die Straße und die Hausnummer im Kölner Stadtteil Marienburg auf einem Notizblock mit dem aufgedruckten Logo des Hotels.

»Sie heißt jetzt Patrizia Keller. Zu Alex' Zeiten hieß sie noch Zimmermann. Sie hat vor acht Jahren geheiratet und sich vor eineinhalb Jahren wieder scheiden lassen.«

»Kurz bevor Neumann aus dem Gefängnis gekommen ist.«

»Könnte sein, dass da ein Zusammenhang besteht, kann aber auch Zufall sein. Jedenfalls scheint es ihr nicht schlechtzugehen. Kann sich nicht jeder leisten, in Marienburg zu wohnen.«

»Okay. Ich statte ihr mal einen Besuch ab. Hast du sie damals kennengelernt?«

»Ja, aber nur flüchtig. Er hat sie einmal mitgebracht. Sie hat den ganzen Abend kaum etwas gesagt. Irgendwie schien sie von ihm genervt zu sein. Das war kurz bevor sie sich von ihm getrennt hat. Vielleicht lief es zu der Zeit schon nicht mehr so gut zwischen ihnen. Aber wie gesagt, das war nur ein flüchtiger Eindruck. Zudem war es sowieso recht schwierig, zu Wort zu kommen, wenn Alex dabei war, das weißt du ja sicher auch.«

Max erinnerte sich gut an Neumanns extrovertierte, manchmal polternde Art. Er dachte an den nächsten Anruf um ein Uhr. »Wollen wir uns wieder treffen? Vielleicht nicht mehr in der Pizzeria. Dort laufen mir zu viele Kollegen herum, die zwischenzeitlich mein Foto auf der Fahndungsliste gesehen haben dürften.«

»Das stimmt. Ich überlege mir was anderes und schicke dir die Adresse per SMS. Bis später.«

Max steckte das Telefon ein und dachte noch einmal über das Gespräch nach. Einerseits konnte er sich nicht vorstellen, dass Palzer ihn wirklich belog. Andererseits hatte er gerade ein seltsames Gefühl gehabt, ein Gedanke, der so extrem kurz in einem Winkel seines Verstands aufgeblitzt war, dass er keine Chance hatte, sich an ihn zu erinnern, obwohl er instinktiv spürte, dass dieser Gedanke wichtig gewesen war.

Max hoffte, dass Böhmer bald Palzers Zeugenaussage vorliegen hatte. Dann würde er wissen, woran er mit dem Oberkommissar war.

Er griff unter die Matratze, zog seine Dienstwaffe heraus und steckte sie hinten in den Hosenbund. Auf das Holster verzichtete er, da es bei bestimmten Bewegungen zu sehen war und er vermeiden wollte, die Aufmerksamkeit von wem auch immer auf sich zu lenken.

Schließlich warf er noch einen Blick auf den Zettel mit Patrizia Kellers Anschrift, steckte ihn ein und verließ sein Zimmer.

Würde er jetzt endlich einen Schritt weiterkommen? Er hoffte es inständig, denn es konnte nicht mehr lange dauern, bis Neumann von ihm verlangte, einen Mord zu begehen.

Die Zeit lief ihm davon.

18

Patrizia Keller war etwa in Max' Alter, einen Kopf kleiner als er und wirkte sehr sportlich. Die braunen Haare hatte sie zu einem strengen Dutt zusammengefasst, der ihr schmales Gesicht noch betonte. Als sie die Tür ihrer Wohnung im Erdgeschoss öffnete und ihn mit einem knappen »Ja?« begrüßte, zwang Max sich zu einem Lächeln.

»Guten Morgen. Mein Name ist Claus, ich bin ein alter Freund von Alex Neumann und auf der Suche nach ihm. Ich habe vor kurzem erst erfahren, dass man ihn entlassen hat, kann aber nirgendwo seine Adresse ausfindig machen.«

Sie musterte ihn von oben bis unten, als könne seine Statur und seine Kleidung Auskunft darüber geben, ob er wirklich ein Freund von Alexander Neumann sein konnte. »Ein alter Freund also.«

»Ja. Soweit ich weiß, hatten Sie während seiner Zeit im Gefängnis noch Kontakt zu ihm. Vielleicht wissen Sie ja, wo ich ihn finden kann?«

Sie verschränkte die Arme. »Jetzt mal Klartext. Sie sind doch auch von der Polizei, oder etwa nicht? Glauben Sie vielleicht, wenn Sie sich als Freund ausgeben, könnte ich Ihnen mehr sagen als Ihren Kollegen?«

Max schalt sich einen Narren, dass er nicht daran gedacht hatte, dass Böhmer und die anderen Kollegen vermutlich auch längst herausgefunden hatten, dass es Patrizia Keller gab. Und natürlich war sie von ihnen schon zu Neumann befragt worden. Max hätte vielleicht eine Chance, wenn er ihr die Wahrheit sagen würde, was er aber nicht tun konnte. Falls sie noch Kontakt zu dem Dreckskerl hatte und ihm anschließend von Max' Besuch bei ihr berichtete, konnte das furchtbare Folgen für Kirsten haben.

»Nein, ich bin kein Polizist. Aber … warum fragen Sie mich das? Hat er etwa schon wieder Probleme?«

Sie ging nicht auf seine Frage ein. »Woher haben Sie meine Adresse?«

»Das war gar nicht so schwer. Alex hat mir damals von Ihnen erzählt. Ich habe mir den Namen gemerkt und angefangen nachzuforschen. Es war nicht schwierig herauszufinden, dass Sie geheiratet haben und wieder geschieden sind und jetzt hier wohnen. Hören Sie, ich weiß nicht, was die Polizei von ihm will, aber ich kann mir vorstellen, dass Alex gerade einen Freund braucht, und würde ihn einfach gerne wiedersehen.«

»Das interessiert mich nicht. Ich habe mit diesem perversen Arschloch nichts mehr zu tun.«

»Oh … ich dachte, Sie haben noch ein enges Verhältnis zu ihm, nachdem Sie einander die ganze Zeit über Briefe geschrieben haben.«

Ihr zynisches Grinsen grub Falten in die glatte Stirn.

»Einander Briefe geschrieben? Er hat mich bombardiert mit schwachsinnigen Liebesschwüren und seinem Gejammer, er würde es nicht mehr aushalten. Alle seien so böse zu ihm. Klar, wenn man eine Frau erst tötet und dann vergewaltigt, sind andere nicht mehr wirklich begeistert. Zumindest, wenn sie halbwegs normal ticken. Jedenfalls habe ich diesem Tier kein einziges Mal zurückgeschrieben. Die ersten Briefe habe ich noch gelesen, bevor ich sie weggeschmissen habe. Man hätte sie in einem Lehrbuch über Geisteskranke veröffentlichen können. In den letzten Jahren habe ich sein Geschmiere gleich ungeöffnet in die Tonne geworfen.«

»Und Sie haben keinen dieser Briefe mehr?«

»Wie ich schon sagte, sie sind dorthin gewandert, wo sie hingehören. Und jetzt entschuldigen Sie mich, ich habe Besseres zu tun, als mich den ganzen Vormittag über Alexander Neumann zu unterhalten.« Den Namen spuckte sie regelrecht aus.

»Eine letzte Frage noch, bitte!«

Sie verdrehte die Augen und stemmte die Hände in die Hüften.

»Was denn noch?«

»Warum haben Sie die Beziehung zu Alex damals abgebrochen?«

Sie betrachtete ihn eine Weile, in der sie darüber nachzudenken schien, ob er noch bei Trost war, ihr diese Frage zu stellen. »Wie ich schon sagte, er ist ein perverses Arschloch. Anfangs hat er das versteckt, aber recht schnell fing er an, im Bett erst ungewöhnliche Sachen von mir zu verlangen, dann widerwärtige.« Ihre Stimme wurde leiser, verletzlich. »Abartiges Zeug, so … unmenschlich, dass ich es Ihnen nicht beschreiben kann.« Damit war der kurze, verletzliche Moment schon wieder vorbei und sie straffte sich. »Genügt das?«

Nein, hätte Max am liebsten gesagt, aber er spürte,

mehr würde er nicht erfahren. Also nickte er. »Ja, vielen Dank.«

»Dann viel Spaß noch bei der Suche nach diesem irren Bastard. Ich hoffe, er wandert für immer in den Bau oder in die Klapsmühle. Von mir aus kann er auch verrecken.«

Damit wandte sie sich ab und ließ Max stehen.

Nachdem er eine Weile auf die Wohnungstür gestarrt hatte, drehte er sich um, ging durch den kurzen Flur zu der offen stehenden Haustür und verließ das Gebäude. Seine Gedanken kreisten um das, was Patrizia Keller ihm gesagt hatte. Und um die Art, wie sie es gesagt hatte. Nach ein paar weiteren Schritten setzte er sich in Gedanken versunken auf die hüfthohe Mauer, die den schmalen, gepflegten Vorgarten des Hauses vom Gehweg trennte.

Er senkte den Kopf und schloss die Augen, und er dachte nicht einen Moment daran, dass jemand ihn beobachten könnte.

Du bist ein Feigling, geprägt von irgendeinem schlimmen Kindheitserlebnis. Wahrscheinlich körperliche Gewalt. Zumindest deutet deine Orgie mit der toten Prostituierten darauf hin. Du fühlst dich von allen verraten, bist bis in die Haarspitzen angefüllt mit brennendem Hass. Da gibt es eine Frau, die dir zumindest für eine Weile zugewandt war. Du schreibst ihr regelmäßig, erzählst ihr von den Demütigungen und Schmerzen, die dir im Knast zugefügt werden. Diese Briefe sind für dich Gespräche mit einer geduldigen Zuhörerin, die nicht nachfragt, dir nicht widerspricht. Obwohl – oder gerade weil – du keine Antwort erhältst. Keine Aufforderung, nicht mehr zu schreiben. Das ermutigt dich.

Dann wirst du entlassen. Du weißt nicht, wohin. Hast vielleicht niemanden bis auf deine Mutter. Zu der wirst du aber nicht zurückkehren, wenn sie dich in deiner Kindheit so schlimm behandelt hat. Du hasst sie.

Wohin wendest du dich wohl, bevor du in der Versenkung verschwindest, um den Plan auszuführen, an dem du wahrscheinlich schon seit Jahren tüftelst?

Du weißt, dass auch du dabei untergehen wirst, und es ist dir egal. Aber vorher möchtest du noch einmal dem Menschen gegenüberstehen, der dich nicht abgelehnt hat. Der alle deine Briefe entgegengenommen hat.

Max öffnete die Augen und sah das kleine Mädchen an, das mit schiefgelegtem Kopf vor ihm stand.

»Du bist ja gar nicht tot«, sagte es.

»Nein«, antwortete Max und stand auf. »Noch nicht.«

Er ging zurück zum Haus und klingelte erneut bei Patrizia Keller.

Der Türsummer ertönte, und Max trat vor ihre Wohnungstür. Als sie öffnete und die Augen verdrehte, sagte er: »Ich bin Polizist, aber ich werde gesucht wegen eines Mordes, den Alexander Neumann begangen hat. Er hat meine gelähmte Schwester gekidnappt. Bitte helfen Sie mir.«

Während sie ihn ansah, hatte Max das Gefühl, dass sich ihre abwehrende Haltung veränderte.

»Er war hier. Vor ungefähr einem Jahr. Er erklärte, er wollte lediglich mit mir reden. Ich habe gesagt, wenn er nicht sofort verschwindet, rufe ich die Polizei.« Sie starrte für einen Moment auf den Boden zwischen ihnen, bevor sie Max wieder ansah. »Er hat noch eine Weile vor der Tür gestanden und ein paarmal geklingelt. Dann ist er verschwunden. Danach habe ich nichts mehr von ihm gehört. Tut mir leid, aber ich kann Ihnen nicht helfen.«

»Er hat meiner Schwester mit einer Zange Finger und Zehen abgequetscht. Und sie ist immer noch in seiner Gewalt. Er wird sie weiterquälen, wenn ich ihn nicht finde.«

»Es … tut mir leid. Bitte gehen Sie.«

Max spürte, dass er in diesem Moment nicht mehr von ihr erfahren würde, hatte aber den Eindruck, dass sie einen Kampf mit sich selbst austrug, der noch nicht vollkommen entschieden war.

»Darf ich Ihnen meine Telefonnummer geben? Falls Ihnen doch noch etwas einfällt?«

Sie nickte langsam, so als würde sie sich nach einer Diskussion geschlagen geben, wandte sich um und griff nach einem Block und einem Stift, die auf einer kleinen Kommode schräg hinter ihr lagen. Max nannte ihr die Nummer und fügte nach kurzem Zögern auch den Namen Claus Debusmann, mit dem er im Hotel gemeldet war, und Nummer und Adresse des Hotels hinzu. »Für alle Fälle. Falls Sie mich auf dem Handy nicht erreichen.«

Sie nickte erneut und legte eine Hand auf die Türklinke. »Bitte … gehen Sie jetzt.«

Dann schloss sie die Tür, ließ sie langsam ins Schloss gleiten, als müsse sie vorsichtig sein, um die Situation für Max nicht noch schlimmer zu machen.

Während er auf dem Weg zur Straßenbahnhaltestelle über das Gespräch nachdachte, überkam ihn wieder dieses eigenartige Gefühl. Es glich dem Empfinden, nach dem Verlassen seiner Wohnung etwas vergessen oder übersehen zu haben. Ein eingeschaltetes Bügeleisen oder die Herdplatte. Irgendetwas hatte er unbewusst wahrgenommen. Etwas, das wichtig war. Vielleicht würde es ihm wieder einfallen, wenn er aufhörte, krampfhaft danach zu suchen.

Er lenkte seine Gedanken auf den angeblichen Briefwechsel zwischen Neumann und seiner Exfreundin und überlegte, dass dies die nächste Lüge gewesen war. Die Frage, die sich immer noch stellte, lautete: Wer hatte wem Märchen erzählt? Neumann Palzer oder Palzer ihm, Max? Die Antwort erhielt Max nur zehn Minuten später, als er schon in der Straßenbahn saß.

»Ich habe das Prozess-Protokoll von damals«, erklärte Böhmer am Telefon. »Auch Oberkommissar Palzers Aussage ist dabei. Wie es aussieht, war er der Einzige, der damals die Meinung vertreten hat, dass Neumann dringend eine Therapie benötige.«

Max fiel ein Stein vom Herzen, obwohl er Palzer kaum kannte. Immerhin versuchte der Oberkommissar, ihm zu helfen. Wenn sich herausgestellt hätte, dass er ihn belog …

»Na, Gott sei Dank. Ich hätte mich auch gewundert, wenn Palzer mir Märchen erzählen würde.«

»Er hat damals darauf hingewiesen, dass Neumann wegen traumatischer Erlebnisse sehr labil sei. Dass man ihn als Kind furchtbar misshandelt habe und er schon sein ganzes Leben lang darunter leide.«

»Hm … das habe ich damals gar nicht mitbekommen. Und der Gutachter ist nicht darauf eingegangen?«

»Nein, weil Neumann zwar eine Therapie machen wollte, die Misshandlungen in der Kindheit aber vehement bestritten hat. Man dachte damals wohl, Palzer würde versuchen, seinen Kumpel vor dem Knast zu bewahren.« Und nach einer kurzen Pause fügte er hinzu: »Daraufhin hat sich niemand die Mühe gemacht, der Sache weiter auf den Grund zu gehen. Warum auch immer.«

Max glaubte, den Grund dafür zu kennen. »Wir waren damals alle geschockt, dass ausgerechnet ein Kollege so ein abartiges Verbrechen begangen hatte. Er hat uns allen damit extrem geschadet. Das Bild der Polizei war zu der Zeit in der Öffentlichkeit sowieso nicht das beste. Ich glaube, wir *wollten*, dass er in den Knast kommt und nicht in eine Klinik zur Therapie. Mich eingeschlossen.«

»Und jetzt ist Verena tot.«

»Horst … ich verstehe ja, dass das ganz furchtbar für dich ist, aber … diesen Zusammenhang kann man so nicht herstellen, denn dann müsste man jeden Schritt, den sie seitdem getan hat, ebenso dafür verantwortlich machen, weil er …«

»Ja, ja, ja«, unterbrach Böhmer ihn unwirsch. »Spar dir den Rest. Ich hoffe, ich konnte dir weiterhelfen.«

»Ja, danke.«

»Sonst noch was?«

»Nein.«

Als Antwort hörte Max nur noch den Dauerton.

Die SMS von Palzer kam um halb elf Uhr. Sie bestand aus der Adresse eines Restaurants und dem Hinweis: *Bin um zwölf dort. Tisch ist auf meinen Namen reserviert.*

Max überlegte, dass es wohl am besten war, wenn er sich bis dahin so wenig wie möglich in der Öffentlichkeit zeigte.

Als er aus der Straßenbahn ausstieg, sah er sich nach allen Seiten um, bevor er zum Hotel ging.

Er hatte Glück, sein Zimmer war schon aufgeräumt, so dass er Ruhe haben würde, bis er wieder aufbrechen musste. Er zog die Schuhe aus, legte sich auf das etwas zu weiche Bett und schloss die Augen.

Max rechnete damit, dass sein Verstand gleich wieder beginnen würde, Bilder von Kirsten zu produzieren, Szenen, in denen er in allen Einzelheiten mit ansehen musste, wie sie in einem dunklen Loch von Neumann gequält wurde. Doch das passierte nicht. Vielmehr stieg erneut dieses deutliche Gefühl in ihm auf, dass er etwas übersehen hatte. Es musste irgendeine winzige Kleinigkeit gewesen sein, die sein Unterbewusstsein zuvor wahrgenommen hatte, die aber in der Fülle an Informationen, die sekündlich auf es einströmten, untergegangen war, so dass sein Bewusstsein sie jetzt nicht herausfiltern konnte. Und dennoch war sie wichtig.

Max wusste, seine einzige Chance lag darin, sich eben *nicht* den Kopf darüber zu zerbrechen.

Stattdessen lenkte er seine Gedanken zu seinen Eltern, insbesondere zu seiner Mutter.

Wie furchtbar musste das alles für sie sein? Zumal sie sich seit Kirstens Unfall tagtäglich Sorgen um ihre Tochter machte? Wie fühlte sie sich, da nicht nur ihre schlimmsten Befürchtungen übertroffen wurden, weil man Kirsten entführt hatte, sondern ihr Sohn zudem des Mordes verdächtigt wurde? Von den eigenen Kollegen.

Übermannt von plötzlichen Schuldgefühlen, wählte Max die Nummer seiner Eltern und wartete geduldig, bis nach dem achten Klingeln abgehoben wurde.

»Ja, bitte?« Fast hätte er die Stimme seiner Mutter nicht wiedererkannt, so dünn und schwach klang sie.

»Hallo, Mama, ich bin's«, hörte er sich vorsichtig sagen.

»Max?«, stieß sie aus und klang mit einem Mal aufgeregt. »Gibt es etwas Neues? Weißt du etwas?«

»Nein, nichts Neues. Ich wollte nur mal nachfragen, wie es euch geht.«

»Nichts? Noch immer nicht?« Die Enttäuschung war so deutlich zu hören, dass es Max die Tränen in die Augen trieb. »Wie soll es uns gehen? Wir sind krank vor Sorge um Kirsten. Und auch um dich. Diese Anschuldigungen … Was ist nur plötzlich los in unserer kleinen Welt? Ich erkenne sie nicht mehr wieder.«

»Mir geht es genauso. Da hat sich wohl jemand vorgenommen, uns übel mitzuspielen, und bisher hatte er Erfolg damit, aber … er wird sein Ziel nicht erreichen. Ich bin ihm auf der Spur, und auch meine Kollegen arbeiten mit Hochdruck an der Sache.«

»Ja, und sie verschwenden ihre Energie damit, wegen irgendwelcher irrwitzigen Vorwürfe nach dem Bruder des Entführungsopfers zu suchen, statt sich auf den irren Entführer zu konzentrieren.«

Dass er das ganz ähnlich sah, erwähnte Max nicht. Stattdessen sagte er: »Sie müssen das tun, das verlangt das Gesetz. Aber in Wahrheit wissen meine Kollegen ganz genau, dass ich niemals dazu fähig wäre, einen unschuldigen Menschen zu erschießen.« Er wünschte sich, dass er das selbst vorbehaltlos glauben könnte.

»Wenn das Gesetz dazu führt, dass einem meiner Kinder etwas Schreckliches angetan wird, weil die Polizei zu sehr damit beschäftigt ist, mein anderes Kind bösartig zu verleumden, dann pfeife ich darauf.«

»Ja«, antwortete Max nur. Er konnte seine Mutter gut verstehen, er dachte ähnlich wie sie.

»Was kannst du tun, Max?« Eine Frage, so einfach und folgerichtig und doch so schwierig zu beantworten. »Was kannst du tun, um deine Schwester aus den Händen dieses widerlichen Menschen zu befreien?«

»Ich habe Kontakt zu Leuten, die den Entführer von früher kannten. Über sie versuche ich, an ihn heranzukommen. Die Kollegen haben eine Sonderkommission gebildet, die sich ausschließlich mit diesem Fall befasst. Es geht voran, Mama, aber es braucht leider alles seine Zeit.«

»Hat Kirsten diese Zeit noch?«

»Das weiß ich nicht«, antwortete er wahrheitsgemäß. »Das kann niemand wissen.«

»Bitte melde dich sofort, wenn du irgendetwas hörst, ja?«

»Das tue ich.«

»Er wird Kirsten nicht töten, oder?«

»Nein, Mama, das wird er nicht. Er braucht sie.«

»Versprich es mir.«

»Ich verspreche es.«

Wäre Max noch ein Kind, hätte er in diesem Moment die Finger hinter dem Rücken gekreuzt.

19

Eine Stunde, vielleicht auch zwei, nachdem er sein Handy vom Boden aufgehoben und nach einem merkwürdigen Blick zu ihr wieder verschwunden war, kommt er zurück.

Sie hat die meiste Zeit damit verbracht, darüber nachzugrübeln, ob er die schnelle Bewegung wahrgenommen hat, mit der sie das Telefon wieder an die Stelle zurückgelegt hat, wo es ihm wie auch immer aus der Tasche gefallen war. Und ob er die Anrufliste überprüft und gesehen hat, dass der letzte Anruf erst vor wenigen Sekunden erfolgt war.

Sie ist sicher, sie wird es jetzt erfahren.

Er bleibt vor ihr stehen, blickt sie eine Weile auf die gewohnte, unheimliche Art an.

»Es wird Veränderungen geben«, sagt er monoton.

Das ist es. Er hat bemerkt, dass sie mit Max telefoniert hat. Jetzt folgt die Bestrafung.

»Was?«, fragt sie mit dünner Stimme und zwingt sich dazu, ihm nicht ihre Angst zu zeigen und nicht in Tränen auszubrechen. »Welche Veränderungen?«

»Veränderungen. Für deinen Bruder. Und für dich.«

»Ich … verstehe nicht. Was meinen Sie damit?«

Sie bekommt keine Antwort. Das wird sich auch nicht ändern, so gut kennt sie ihren Entführer mittlerweile. Wenn sie ihn zum Reden bringen möchte, muss sie das Thema wechseln.

»Werden Sie mich töten?«

»Jetzt nicht.«

»Aber später? Ist das der Grund, warum Sie keine Maske tragen? Ich werde sowieso niemandem verraten können, wie Sie aussehen, weil Sie mich auf jeden Fall umbringen? Ist es so?«

»Jetzt nicht.«

Er wendet sich von ihr ab. »Dein Bruder wird sehr überrascht sein. Aber zuerst du.«

Der Müll knirscht und schmatzt unter den Sohlen seiner Schuhe, als er den Raum verlässt. »Ich komme bald wieder. Ich komme dich bald holen.«

Sie ist verwirrt und verängstigt, weil sie nicht versteht, was er damit meint. Aber sie ist auch erleichtert.

Er hat von ihrem Telefonat mit Max anscheinend nichts bemerkt.

20

Als er das Telefon zur Seite legte, sah er seine Mutter vor sich. Kleiner noch als sonst, von der Sorge um ihre Kinder gebeugt, die Augen vom Weinen gerötet, die grauen Haare stumpf und zerzaust.

Max' Mundwinkel zuckten bei dem Gedanken an die Haare seiner Mutter. Seit sie den ersten silbernen Faden im Spiegel entdeckt hatte – das musste gut zwanzig Jahre her sein –, war kaum ein Tag vergangen, an dem sie nicht eine Gelegenheit fand zu erwähnen, dass sie ja mittlerweile eine alte Frau sei, wie man an dem grauen Vogelnest auf ihrem Kopf unschwer erkennen könne. Sie weigerte sich aber strikt, sich die Haare färben zu lassen. Geldverschwendung war das ihrer Meinung nach. Selbst einen Gutschein zum Haarefärben bei ihrem Friseur, ein Geburtstagsgeschenk von Max und Kirsten ein paar Jahre zuvor, hatte sie in zwei Haarschnitte umwandeln lassen.

Sie war eine sparsame Frau, ihre Mutter, vor allem, wenn es um Dinge ging, die sie selbst betrafen.

Das lag an den ersten Jahren ihrer Ehe, hatte Max' Vater ihm einmal erklärt. Das Geld hatte zu der Zeit gerade so ausgereicht, eine Familie mit zwei kleinen Kindern mit dem Allernötigsten zu versorgen. Damals hatte sie gelernt, mit jedem Pfennig zu rechnen, um halbwegs über die Runden zu kommen. Das war ihr wohl in Fleisch und Blut übergegangen. Nur wenn es um Kirsten und Max ging, war sie im Rahmen ihrer Möglichkeiten stets großzügig gewesen. Sie konnte ihre Kinder nie verwöhnen, und Max wusste noch allzu gut, wie es sich anfühlte, wenn alle außer ihm ein neues, trendiges Spielzeug bekommen hatten. Aber was immer sie sich vom Mund absparen konnte, hatte sie an Kirsten und ihn weitergegeben. In Form einer Eistüte, auch wenn es nicht Sonntag war. Oder eines Paars neuer Schuhe, obwohl die alten noch ein drittes Mal hätten neu besohlt werden können.

Der Alltag seiner Kindheit war stets bestimmt gewesen von Dingen, die man sich gerade so leisten konnte, und solchen, die nicht möglich waren. Und diese Dinge waren deutlich in der Überzahl gewesen. Dennoch waren sie glücklich gewesen, auch wenn sich im Laufe der Jahre so vieles verändert hatte.

Max erinnerte sich noch gut daran, als ihm zum ersten Mal bewusstgeworden war, dass sein Leben sich gravierend veränderte. Elf Jahre alt war er da gewesen oder vielleicht zwölf. Irgendwann hatte er morgens im Badezimmer gestanden, an sich hinuntergeschaut und dabei festgestellt, dass der Boden plötzlich ein deutliches Stück weiter entfernt war als sonst. Er war innerhalb kurzer Zeit ein gutes Stück gewachsen.

Und zum ersten Mal in seinem noch jungen Leben hatte er einen erwachsenen Gedanken gehabt: dass sich seine Kindheit ähnlich schnell entfernen würde wie der Boden unter ihm. In den folgenden Jahren hatten die deutlichen Veränderungen sich gehäuft, und jedes Mal spürte Max dabei, dass er etwas verlor, was nie zurückkommen würde.

Das letzte Mal, dass er mit seiner Schwester an Heiligabend kurz vor achtzehn Uhr auf dem Treppenabsatz saß und vor Aufregung die Füße nicht stillhalten konnte, bis endlich ihr Vater mit dem Bimmeln eines Glöckchens aus dem verschlossenen Wohnzimmer verkündete, dass die Geschenke unter dem geschmückten Baum lagen.

Das letzte Mal, dass er mit Freunden eine hemmungslose Schneeballschlacht machte, bei der nichts anderes auf der Welt wichtig war, als den anderen zu treffen.

Das letzte Mal, dass er in eine schlammige Pfütze gesprungen war, ohne darüber nachzudenken, wie anschließend seine Hose aussah.

Das letzte Mal, dass er in kindlich-blindem Vertrauen daran glaubte, dass am Ende immer alles gut wurde.

Nun stand er nach vielen, vielen Jahren wieder an einer Schwelle, hinter der einiges zurückbleiben würde, sobald er sie überschritten hatte. Und Max ahnte, dass das mehr sein würde als nur das Vertrauen in sich selbst, seine Schwester beschützen zu können.

Er öffnete die Augen und versuchte zu ergründen, ob er nur nachgedacht oder auch geschlafen hatte. Ein Blick auf den Wecker zeigte ihm, dass es Zeit wurde, sich auf den Weg zum Restaurant zu machen.

Dass Neumann sich noch nicht bei ihm gemeldet hatte, konnte zwei Gründe haben: Entweder er hatte tatsächlich nichts von Kirstens Telefonat mit ihm bemerkt und hielt sich an den Zeitplan, den er selbst für seine Anrufe aufgestellt hatte, oder … oder er war gerade damit beschäftigt, Kirsten dafür zu bestrafen, dass sie ihn angerufen hatte. Max wischte den Gedanken beiseite und stand auf.

Palzer saß schon an einem Tisch am Fenster, als Max das kleine Restaurant betrat, das so versteckt in einer Nebenstraße lag, dass er, ohne die Adresse zu kennen, dort nie ein Lokal vermutet hätte. Dennoch war es gut besucht, was an der urigen Atmosphäre liegen mochte, die nicht zuletzt den dunklen Holzbalken zu verdanken war, die den Raum in mehrere Nischen unterteilten.

Palzer nickte ihm zu und deutete auf den Stuhl ihm gegenüber. »Hi, setz dich. Wie sieht es aus?«

Max nahm Platz und erzählte ihm von seinem Besuch bei Patrizia Keller.

Als er fertig war, hob Palzer die Brauen. »Das klingt so gar nicht nach der Frau, die ich damals kennengelernt habe. Sehr kommunikativ war sie noch nie, das stimmt. Und sie behauptet also, sie habe Alex' Briefe nie beantwortet? Das ist seltsam. Warum erzählt er mir dann was ganz anderes?«

Vielleicht aus dem gleichen Grund, aus dem er mir gesagt hat, er habe nie mit dir telefoniert, dachte Max, sagte aber: »Weil er ein gestörter Mensch ist.«

Max bestellte ein Kölsch bei der Kellnerin und legte die Speisekarte, die sie ihm in die Hand drückte, neben sich auf den Tisch.

»Auf der Dienststelle wird heiß darüber diskutiert, ob du deine Kollegin erschossen hast oder nicht.«

Seltsamerweise regte diese Information Max nicht so sehr auf, wie er gedacht hätte.

»Und? Wie stehen die Wetten?«

Den zynischen Unterton konnte er sich nicht verkneifen.

»Keine Ahnung, warum … aber es gibt einige, die glauben, dass du es warst.«

»Wer will es ihnen verübeln? Du gehörst hoffentlich nach wie vor nicht dazu?«

Palzer hob die Hände. »Säße ich dann hier?«

»Kirsten hat mich heute Morgen angerufen.«

»Was? Hat Alex ihr befohlen, mit dir zu reden?«

»Nein, er hat sein Handy verloren, als er bei ihr war. Sie konnte es vom Boden aufheben und hat die Wahlwiederholung der letzten Nummer gedrückt. Das war meine.«

»Ist ja irre. Und, was sagt sie? Konnte sie dir irgendeinen Hinweis geben?«

»Nein, leider nicht. Sie wird in einem Keller gefangen gehalten. Aber sie hat mir ihren Entführer beschrieben. Es ist Neumann.«

»Er trägt keine Maske?«

»Nein.«

»Mist.«

Max schüttelte den Kopf. »Das muss nicht unbedingt was heißen. Er hat sich mir gegenüber ja sowieso zu erkennen gegeben, warum sollte er dann bei Kirsten eine Maske tragen?«

»Das stimmt natürlich.«

Die Kellnerin brachte das Kölsch. Max trank das Glas sofort halbleer. »Weißt du, was mich vollkommen verrückt macht? Dass ich mich als Verdächtiger in einem Mordfall verstecken muss und nichts, aber auch rein gar nichts unternehmen kann, als darauf zu warten, dass der

Dreckskerl mich anruft und mir sagt, was ich als Nächstes tun soll.«

Palzer nickte nachdenklich. »Das verstehe ich allerdings auch nicht. Er kidnappt deine Schwester und quält sie, um dich zu zwingen, das zu tun, was er von dir verlangt, und dann kommt nichts von ihm. Er könnte doch zum Beispiel von dir verlangen, dass du dich der Polizei stellst.«

»Warum sollte er das tun? Ich mache mich doch viel verdächtiger, wenn ich auf der Flucht bin.«

»Das stimmt natürlich auch wieder.«

Max dachte daran, dass Palzer noch immer nicht die Wahrheit darüber kannte, warum er in Köln war. Das war alles andere als fair jemandem gegenüber, der seinen Job als Polizist riskierte, um ihm, einem flüchtigen Mordverdächtigen, zu helfen. Max entschied sich, ihm zumindest so weit die Wahrheit zu sagen, wie er es riskieren konnte, ohne Gefahr zu laufen, dass Palzer den Kontakt zu ihm abbrach. Wohl fühlte er sich nicht bei diesem Versteckspiel.

»Da ist noch etwas, das ich dir sagen möchte. Es stimmt nicht ganz, dass ich aus freien Stücken nach Köln gekommen bin. Neumann hat mich dazu gezwungen.«

Palzer betrachtete ihn verwundert. »Und was sollst du hier?«

Max hielt dem Blick seines Gegenübers stand. »Dich aushorchen.«

Eine Weile blickten sie einander schweigend in die Augen, bis Palzer schließlich nickte. »Danke, dass du es mir gesagt hast. Spät, aber immerhin.«

»Er hat damit gedroht, Kirsten wieder zu quälen, wenn

ich darüber rede. Verstehst du, dass ich nicht anders konnte?«

Palzers Miene blieb regungslos. »Ja, das tue ich. Aber verstehst du auch, dass ich mir die Frage stelle, was es noch alles gibt, das du mir aus Angst um deine Schwester nicht sagen kannst?«

Max wusste, das wäre die Gelegenheit gewesen, ihm die ganze Wahrheit zu erzählen, aber die Möglichkeit, dass Palzer dann den Kontakt zu ihm abbrechen würde, war einfach zu groß.

»Ja, das verstehe ich auch. Aber das war alles. Sonst gibt es nichts mehr.«

Max wunderte sich, wie leicht ihm diese Lüge über die Lippen gekommen war.

»Also gut. Worüber sollst du mich aushorchen?«

»Er möchte wissen, was du über ihn denkst.«

Palzer stieß ein bellendes Lachen aus und räusperte sich. »Entschuldige, aber das ist auf eine bizarre Art witzig. Er schickt dich, dem er die Hauptschuld daran gibt, dass er im Knast gelandet ist, um mich, der als Einziger zumindest ein bisschen Mitgefühl mit ihm hatte, auszuhorchen?«

»Ich erwähnte es ja schon einmal. So, wie er über dich redet, scheint er dir nicht unbedingt dankbar zu sein, sondern hält dich für ebenso schuldig wie mich.«

Max' Handy klingelte. Er zog es aus der Hosentasche und warf einen Blick auf die Nummer. Böhmer.

Er deutete auf das Telefon und stand auf. »Entschuldige bitte, das ist mein Partner.« Noch während er das Lokal verließ, nahm er das Gespräch an. »Hallo, gibt es was Neues?«

»Allerdings.« Die Art, wie Böhmer das sagte, ließ Max hellhörig werden. Es war etwas geschehen.

»Was? Nun red schon. Habt ihr eine Spur?«

»Mehr als das.«

Max hätte schreien können. »Mensch, Horst, nun lass dir doch nicht jedes Wort aus der Nase ziehen. Was ist los?«

»Wir haben gerade eine Aufnahme bekommen, die anonym an die *Kölner Rundschau* und an den *Kölner Express* gegangen ist.«

»Eine … Aufnahme?« Max hatte das Gefühl, das Blut in seinen Adern würde gefrieren. Die verrücktesten Szenarien rasten durch seinen Kopf. »Was ist darauf zu hören? Etwa … Kirsten?«

»Nein.« Diese Stimme. So hatte er seinen Partner noch nie gehört. So … kalt. Wie eine Maschine. »Hör es dir selbst an.«

»Okay.« Max lauschte konzentriert. Er hörte Rascheln, dann ein Klacken und schließlich eine Stimme. Nein, nicht *irgendeine* Stimme, sondern das gleiche, dumpfe Gemurmel, mit dem Neumann ihn seit zwei Tagen in Atem hielt.

»Ich frage ein letztes Mal, dann beschäftige ich mich mit deiner Schwester. Erschießt du Hilger jetzt oder nicht?«

Es entstand eine Pause, in der im Hintergrund ein leises Wimmern zu hören war.

»Okay.«

Max wäre fast das Telefon aus der Hand gefallen. Das war ohne jeden Zweifel seine eigene Stimme.

21

»Okay, was?«, hakte Neumann nach.

»Ich tue es.«

Max legte sich die freie Hand auf die Stirn. Ihm wurde schwindlig.

»Na also. Dann tu es jetzt. Ich warte.«

Rascheln, Schritte. Dann eine jammernde, weibliche Stimme. Verena Hilgers Stimme. *»Nein, bitte nicht …«*

Nein, bitte nicht, dachte auch Max. Er hätte das Telefon am liebsten so weit weggeworfen, wie es seine Kraft erlaubte, und presste es doch so fest gegen sein Ohr, dass es schmerzte. Gleichzeitig biss er sich die Unterlippe blutig.

Der Schuss schien direkt in seinem Ohr zu explodieren, Max musste sich an der Fassade des Gebäudes abstützen, er schwankte. Es folgte das polternde Geräusch, mit dem ein Körper zu Boden fällt. Eine Pause entstand. Eine lange Pause, in der jemand im Hintergrund angestrengt atmete. Max hatte das Gefühl, seine Nerven knisterten unter der Haut. Dann war wieder das Rascheln zu hören und im nächsten Moment seine Stimme. *»Was soll ich mit der Waffe tun?«*

»Gut gemacht. Du hast deiner Schwester gerade das Leben gerettet. Wirf die Waffe vor dem Haus auf der anderen Straßenseite ins Gebüsch. Und dann verschwinde von dort. Wenn Böhmer auftaucht, solltest du vielleicht besser weit weg sein.«

Es folgte ein Klacken, dann herrschte Stille.

»Horst, ich …«, stammelte Max, unfähig, einen klaren Gedanken zu fassen. Seine Knie gaben nach, er konnte sich nicht mehr auf den Beinen halten und setzte sich auf den Boden. »Das … das war nicht so, ich weiß nicht …«

»Sei still.«

»Horst, verdammt, ich war es nicht, das hat er irgendwie …«

»Du verdammter Dreckskerl. Erwartest du, dass ich dich verstehe, weil du deine Schwester retten wolltest? Das tue ich nicht. Du hast Verena ermordet. Und Kirsten stirbt so oder so.«

»Nein, nein! Ich habe das nicht getan, das musst du mir glauben. Ich würde nie …«

»In einem Punkt hat Neumann recht, Max.« War das wirklich Böhmers Stimme? »Wenn ich auftauche, solltest du weit weg sein.«

Dauerton. Das Gespräch war beendet.

Max' Hand mit dem Telefon sank kraftlos herab. Innerlich vollkommen leer, starrte er neben sich auf den Boden. Sein Blick verfing sich an einer Ameise, die sich einen halben Meter neben ihm hektisch ihren Weg suchte.

In seinem Kopf herrschte kalte Leere. Keine Gedanken … Einer seiner Lehrer hatte ihm einmal gesagt, man könne nicht nichts denken, das menschliche Gehirn sei nicht in der Lage, sich abzuschalten. Womit er wohl recht hatte, denn allein die Tatsache, dass er darüber nachdachte, bewies das ja schon.

Aber … wie kam er dazu, in diesem Moment, an diesem Tiefpunkt seines Lebens, über einen solchen Schwachsinn nachzudenken? Nachdem gerade ein weiteres Stück seiner Welt in sich zusammengestürzt war?

Max stützte sich auf dem Boden ab und drückte sich hoch. Er wusste nicht, ob irgendjemand ihn dabei beobachtete. Er wusste nicht einmal, ob jemand in der Nähe war. Es interessierte ihn nicht. Nichts interessierte ihn mehr.

Mit robotergleichen Bewegungen setzte er einen Fuß vor den anderen, ging los, ohne zu wissen, wohin und warum.

Er wollte einfach nur weg. Von Palzer, von den Menschen in dem Lokal, von allem. Das Bedürfnis, sich in einer einsamen Höhle zu verkriechen, sich zusammenzurollen und sich in sein Innerstes zurückzuziehen, war übermächtig.

Er lief Straßen entlang, ohne die Häuser wahrzunehmen, er rempelte eine Frau an und ging mit gesenktem Kopf einfach weiter. Irgendwann stand er an der Rheinpromenade, ganz in der Nähe der Altstadt, ohne zu wissen, wie er dorthin gekommen war. *Nicht gut*, soufflierte ihm eine wispernde Stimme. *Zu viel Polizei hier.* Er ignorierte es, lief eine Weile am Ufer entlang, kam zu einer Holzbank, setzte sich und starrte auf die in dunklem Silber schimmernde Oberfläche des Flusses, stellte sich vor, darin zu versinken und Ruhe zu haben.

»Hey, hast du mal ’n bisschen Kleingeld für mich?«

Max kehrte in die Gegenwart zurück und hatte, bereits als er aufsah, vergessen, wo seine Gedanken gewesen waren.

»Ey, Alter, alles okay mit dir?« Der Bursche, der vor

Max stand, war vielleicht zwanzig Jahre alt und sah für einen Stadtstreicher zu gepflegt aus. Die Konturen seines Drei-Tage-Barts waren akkurat ausrasiert, die Haare zu einem Undercut geschnitten und gegelt.

»Ja, mir geht es gut«, antwortete eine Stimme, die aus Max' Mund kam, aber nicht zu ihm zu gehören schien.

»Okay. Wie ist es? Hast du was für mich? Zwei, drei Euro? Bin gerade ein bisschen klamm und muss noch nach Hause kommen.«

Max griff in seine Hosentasche, zog einen Fünfeuroschein hervor und gab ihn dem jungen Mann.

»Cool. Danke, Mann. Ist echt alles okay mit dir?«

»Ja.«

»Dann 'nen schönen Tag noch.« Der Bursche wandte sich ab und war gleich darauf aus Max' Blickfeld verschwunden.

Max sah auf und überlegte, wie lange er schon hier saß. Und was er jetzt tun sollte. Er legte den Kopf in den Nacken, hörte seinem Atem zu und blickte an den verwaschenen Linien der dichten Wolkengebilde entlang.

Was sollte er jetzt tun? Neumann hatte ihre Telefonate aufgezeichnet und aus irgendwelchen Bruchstücken dieses gefakte Gespräch zusammengeschnitten. Und Böhmer glaubte es. Natürlich glaubte er es. Max war am Tatort gewesen, seine Fingerabdrücke waren auf der Mordwaffe, er floh vor seinen Kollegen, und jetzt das. Was brauchte man noch, um einen Mörder zu überführen? Einen Polizistenmörder.

Einen Kollegenmörder.

Was hatte Böhmer gesagt? Die Aufnahmen waren an

die Presse gegangen? Das hieß, mittlerweile waren sie wahrscheinlich schon auf den Online-Portalen der Printmedien abrufbar. Jeder würde hören können, wie Max Bischoff seine Kollegin Verena Hilger gnadenlos mit einem Kopfschuss hingerichtet hatte. Auch seine Mutter. Sein Vater.

Es war nur noch eine Frage der Zeit, bis man ihn schnappte. Sofern er es überhaupt so weit kommen ließ. Er konnte nicht ewig wegrennen. Und er konnte Burghard Palzer nicht ermorden. Kirsten würde sterben.

Alexander Neumann, psychopathischer Frauenmörder, hatte gewonnen. Er hatte ihn zerstört.

Ihm fiel auf, dass sein Handy klingelte. Während er es aus der Hosentasche nestelte, fragte er sich, wie lange es das wohl schon tat.

Der Anrufer war Neumann.

»Na, wie war dein Essen mit Burghard Palzer? Was gibt es zu berichten?« Die gleiche dumpfe Stimme wie kurz zuvor bei dieser ekelhaften Inszenierung.

»Du bist ein verdammtes Schwein, Neumann«, presste Max hervor.

»Das hört sich so an, als sei mein kleines Krimi-Hörspiel angekommen. Gut. Dann bist du ja jetzt bereit für deinen Auftrag.«

»Fick dich.«

»Nein, das tue ich nicht, aber ich ficke deine Schwester, wenn du es möchtest. Mir macht es nichts aus, dass zwei Zehen an ihren nutzlosen Füßen fehlen. Soll ich?«

Da war wieder die kalte Leere in Max. »Was willst du denn noch? Du wirst sie so oder so töten, oder etwa nicht?«

»Ja, das werde ich wohl. Die Frage ist, ob ich sie einfach erschieße oder sie zuvor filetiere. Oder anders ausgedrückt: Stirbt sie in zwei Sekunden oder in zwei Tagen.«

»Ich würde meine Seele an den Teufel verkaufen, wenn ich dich dafür töten könnte. Und es würde länger als zwei Tage dauern.«

Neumanns bellendes Lachen wurde durch das Tuch, oder was auch immer er über das Mikrophon des Telefons gelegt hatte, zwar etwas gedämpft, aber es fühlte sich für Max trotzdem wie Fausthiebe an.

»Weißt du was, Bischoff? Ich finde das unbeschreiblich. Ich spüre, wie sehr du leidest. Ich atme dein Leid ein wie das Bouquet des köstlichsten Weins. Es stimmt mich fröhlich, es macht mich glücklich. Und wenn ich ehrlich sein soll, macht es mich auch ein bisschen geil. Vielleicht ficke ich deine Schwester wirklich gleich.« Wieder lachte er. »Aber genug der Plauderei. Was kannst du mir über Burghard Palzer sagen?«

»Er hält dich …« Max unterbrach sich im letzten Moment, weil ein kleiner Rest seines Verstands, der die Hoffnung noch nicht völlig aufgegeben hatte, ihn bremste. Statt es zu sagen, dachte er nur: … *für einen kleinen Pisser, der seit dem Knast keinen mehr hochbekommt und nun verzweifelt versucht, durch diese abartigen Spielchen zu vertuschen, dass er kein Mann mehr ist.*

»Nun sag schon, wofür hält er mich?«

»Für einen Psychopathen, der gestoppt werden muss.«

»Das denkt er? Dann habe ich eine Überraschung für ihn. Und für dich. Vielleicht stoppe ich mich ja selbst?«

»Was meinst du damit?«

»Wart's ab. Aber freu dich nicht zu früh. Wer weiß, ob das wirklich gut für dich ist. Und für deine Schwester.«

»Was soll denn dieses Gerede? Was, zum Teufel, meinst du damit?«

»Lass dich überraschen. Ach, und morgen legst du Palzer um. Genaue Anweisungen folgen.«

Er legte auf und ließ Max zurück, der alle Willenskraft aufwenden musste, nicht den Kopf in den Nacken zu legen und seine ganze Wut, seine Verzweiflung und seinen Schmerz gegen die Wolkenberge zu brüllen, die sich mittlerweile auch noch über die letzten blauen Lücken am Himmel geschoben hatten.

Aber Neumanns Anruf hatte noch etwas anderes in ihm ausgelöst. Er hatte ihn aus der Lethargie gerissen, aus der Hoffnungslosigkeit. Er hatte verhindert, dass Max sich dem Schicksal ergab, das Alexander Neumann sich für ihn ausgedacht hatte.

Vielleicht stoppe ich mich ja selbst ... darüber konnte er sich später Gedanken machen. Jetzt brauchte er seinen Verstand, um einen Weg zu finden, sich von jedem Verdacht zu befreien und seine Kollegen davon zu überzeugen, dass er kein Mörder war. Böhmer davon zu überzeugen. Er war versucht, die Nummer seines Partners zu wählen, ließ es aber sein. Er würde entweder gar nicht erst rangehen oder gleich wieder auflegen.

Es gab nur einen Weg zu beweisen, dass er kein Mörder war. Er musste Neumann finden. Und er musste sich bei Palzer melden, der nun definitiv der Einzige war, der ihm noch helfen konnte und wollte.

Während er die Nummer wählte, überlegte er, ob der Oberkommissar noch immer in dem Restaurant saß, und wunderte sich im gleichen Moment darüber, dass Palzer noch nicht versucht hatte, ihn zu erreichen, um nachzufragen, wo er steckte.

»Ja?«, meldete Palzer sich ungewöhnlich knapp.

Nein, bitte nicht, dachte Max. »Hi, ich bin's. Ich konnte …«

»Nein, stopp! Hör auf. Ich habe gerade einen Telefonmitschnitt gehört.«

Also doch. »Der ist gefälscht, das musst du mir bitte glauben.«

»Eine verdammt gute Fälschung. Was wird wohl eine Stimmenanalyse ergeben? Ist das deine Stimme?«

»Ja, verdammt, das ist sie, aber dieses Gespräch hat so nie stattgefunden. Der Dreckskerl hat das zusammengeschnitten.«

»Du musst zugeben, dass es schwierig ist, sich vorzustellen, in welchem Zusammenhang du diese Sätze sonst gesagt haben könntest, wenn nicht in dem, in dem ich sie gerade gehört habe.«

»Das weiß ich jetzt auch nicht mehr genau, aber …«

»Du hast mich die ganze Zeit über getäuscht, und ich habe dir geglaubt. Ich habe mich strafbar gemacht, weil ich dich gedeckt habe, obwohl mittlerweile ein Haftbefehl gegen dich vorliegt. Nun stellt sich heraus, dass ich tatsächlich einem Mörder geholfen habe. Wenn ich dich noch mal sehe, werde ich dich verhaften.«

»Burghard! Ich habe gerade mit Neumann telefoniert. Er will, dass ich dich morgen umbringe.«

22

Es verging eine Weile, bis Palzer antwortete. Er sprach so leise, dass Max sich das freie Ohr zuhalten musste, um ihn überhaupt verstehen zu können. »Und? Hast du vor, es zu versuchen? Noch einmal? Um deine Schwester zu retten?«

»Nein, verdammt. Ich habe vor, dem Treiben dieses Arschlochs ein Ende zu setzen. Aber das kann ich nicht allein schaffen. Ich brauche deine Hilfe. Ich habe sonst niemanden. Du *musst* mir glauben. Ich schwöre bei meinem Leben, ich habe Hilger nicht getötet.«

Dass Palzer nicht sofort ablehnte, ließ Max ein wenig hoffen. Er wartete, ließ dem Oberkommissar bewusst die Zeit, die er brauchte, um darüber nachzudenken.

»Also gut«, sagte Palzer schließlich heiser. »Aber ich stelle eine Bedingung. Ich weiß selbst nicht, warum, doch ich möchte dir trotz allem glauben, aber …«

»Aber du möchtest das Risiko nicht eingehen, dass ich Neumanns Auftrag doch noch ausführe. Das verstehe ich. Was kann ich tun?«

»Hast du eine Waffe?«

»Ja, meine Dienstwaffe.«

»Die möchte ich haben.«

»Du möchtest meine Pistole?«

»Ja.«

»Das kann ich nicht tun. Was, wenn ich Neumann ausfindig mache?«

»Dann rufst du mich an oder deinen Partner, und wir werden die entsprechenden Schritte einleiten. Du darfst sie sowieso nicht bei dir tragen. Du wirst gesucht. Also?«

Max musste nicht lange nachdenken. »Tut mir leid, aber das kann ich nicht tun. Außerdem … wenn ich wirklich ein Killer bin, wer sagt dir dann, dass das die einzige Waffe ist, die ich habe?«

»Niemand.« Erneut folgte eine Weile Stille. »Dann werden wir uns nicht mehr sehen.«

»Du denkst also wirklich, ich könnte versuchen, dich umzubringen.«

»Ich möchte kein unnötiges Risiko eingehen.«

Max schüttelte den Kopf. »Warum sollte ich dir erzählen, dass Neumann will, dass ich dich umbringe, wenn ich es wirklich vorhätte?«

»Um mein Vertrauen zu gewinnen.«

Max sah ein, dass er keine Chance hatte, Palzer von seiner Unschuld zu überzeugen. Letztendlich konnte er ihn ja sogar verstehen. Es sprach wirklich alles gegen ihn. Er erinnerte sich an einen Spruch, den Professor Bormann häufig verwendete.

Wenn etwas aussieht wie eine Banane, riecht wie eine Banane und schmeckt wie eine Banane, ist die Wahrscheinlichkeit sehr groß, dass es sich um eine Banane handelt.

»Also gut. Dann muss ich allein klarkommen.«

»Das habe ich nicht gesagt. Wir können telefonisch in Kontakt bleiben.«

»Und du hilfst mir, Neumann zu finden? Bitte?«

»Ja. Aber wenn sich herausstellen sollte, dass du wirklich unschuldig bist, dann vergiss das nicht. Ich möchte wieder zur Kripo.«

»Du hast mein Wort, dass ich daran denken werde«, versicherte Max ihm. Das meinte er auch so, obwohl er in Gedanken hinzufügte: *falls ich dann noch bei der Kripo bin.*

Dass Palzer ihn nicht ganz fallenließ, mobilisierte seinen Tatendrang. Hatte er wirklich vorgehabt, Kirsten aufzugeben?

Neumann gewinnen zu lassen und in Kauf zu nehmen, die nächsten Jahre in einem Gefängnis zu verbringen für einen Mord, den dieser Irre begangen hatte? Alle Kollegen einschließlich Böhmer in dem Glauben zu lassen, er sei ein Mörder? Seine Eltern?

»Kannst du mir bitte Neumanns alte Adresse in Neuss besorgen?«

»Warum?«

»Weil ich versuche, irgendwo das Ende eines Fadens zu finden, den ich aufnehmen kann.«

»Okay. Ich melde mich«, sagte Palzer. »Ich schicke dir eine SMS. Danach solltest du die SIM-Karte aus deinem Handy nehmen. Die Kollegen werden dich orten.« Damit legte er auf.

Max steckte das Handy ein und sah sich am Rheinufer um. Anders als kurz zuvor interessierte es ihn nun sehr, ob irgendwo Polizei in der Nähe war. Wenn sie die gefälschte Aufnahme gehört hatten, konnten seine Kölner Kollegen es wahrscheinlich ebenfalls nicht erwarten, ihn festzunehmen. Denjenigen aus ihren eigenen Reihen, der eiskalt eine Kollegin mit einem Kopfschuss hingerichtet hatte.

Max konnte jedoch keine Uniformen entdecken und machte sich auf den Weg. Schon nach wenigen Metern fiel ihm auf, dass er vergessen hatte, Palzer zu fragen, ob er schon irgendjemandem den Namen und die Adresse seines Hotels gegeben hatte.

Er musste nicht zwingend in das Zimmer zurück, aber er hatte noch nicht bezahlt, und wenn die Hotelbesitzerin die Polizei rief und ihn beschrieb, würden sie vielleicht hellhörig werden und nachfragen. Dabei konnten sie möglicherweise die Beschreibung von Palzer bekommen, der ihn in der Lobby abgeholt hatte. Max schüttelte diese Bedenken ab. Er schätzte Palzer nicht so ein, dass ihm das alles nicht klar war.

Er würde es riskieren und in das Hotel zurückkehren.

Von einer Litfaßsäule lächelte ihm das riesige Porträt einer hübschen jungen Frau zu, deren Zähne weißer als weiß waren. Das Smartphone, das sie zärtlich an ihre Wange hielt, war umgeben von einem geradezu überirdischen Schein.

Das erinnerte Max daran, dass er das Handy ausschalten musste. Böhmer hatte mit Sicherheit die neue Nummer an die Kollegen weitergegeben, die nun aufmerksam verfolgten, in welche Funkzelle es sich einwählte. Dass er sich in Köln aufhielt, wussten sie also auf jeden Fall, er musste allerdings verhindern, dass sie seinen Ausflug nach Neuss mitbekamen.

Aber … wenn Böhmer seine Nummer nach ihrem Telefonat bekanntgemacht hatte, wusste man seit etwa einer halben Stunde nicht nur, dass Max sich in Köln aufhielt, sondern auch, in welchem Viertel. Das bedeutete, er musste damit rechnen, dass bald ein massives Polizeiaufgebot die Gegend auf der Suche nach ihm durchkämmen würde.

Das war nun nicht mehr zu ändern. Wichtig war, das Gerät schnellstmöglich auszuschalten und die SIM-Karte zu entfernen, sobald Palzer ihm die SMS mit der Adresse geschickt hatte.

Die kam keine zwei Minuten später. Max prägte sie sich ein und schaltete dann das Handy aus. Einen Moment hielt er inne und dachte daran, dass auch Neumann ihn nicht erreichen konnte, solange das Gerät ausgeschaltet war. Was würde der Irre in diesem Fall tun?

Es nutzte nichts, er musste es riskieren.

Er öffnete das Gehäuse, entnahm die winzige Karte und steckte sie in die Hosentasche. Dann ging er weiter.

Sein Magen fühlte sich an, als bohre jemand mit einer gezackten Klinge darin herum.

Auf dem Weg dachte er darüber nach, wie Neumann es geschafft hatte, dieses angebliche Gespräch zusammenzustellen. Dabei hatte er nur die Teile mit Max' Stimme benötigt, seine eigenen Sätze hatte Neumann nachträglich aufnehmen und dazuschneiden können.

Max glaubte auch zu wissen, woher die einzelnen Segmente stammten. Nein, er glaubte es nicht nur, er war sich sicher. Sein Telefonat mit Neumann in Hilgers Wohnung war ihm noch recht deutlich in Erinnerung.

Ich möchte, dass du etwas mit der Waffe tust, hatte Neumann gesagt und damit provoziert, dass Max nachfragte. Soweit er sich erinnerte, hatte er erst mit einem einfachen *Was?* nachgefragt. Daraufhin hatte Neumann entgegnet: *Wie was?* Und dann war von ihm der Satz gefallen: *Was soll ich mit ihrer Waffe tun?* Das hatte Neumann sehr clever eingefädelt. Dieses heimtückische Schwein. Dann hatte er verlangt, dass Max die Waffe in das Gebüsch warf, und als er sich weigerte, hatte er damit gedroht, Kirsten zu quälen. Woraufhin Max schließlich einwilligte: *Okay. Ich tue es.*

Neumann war ein wahnsinniger Psychopath. Und er war schlau.

Kurz bevor Max das Hotel erreichte, kam er an einem Bekleidungsgeschäft vorbei. Ein Blick in das Schaufenster erinnerte ihn daran, dass ein paar frische Sachen zum Anziehen von Vorteil wären, wenn er sich in Neuss mit Leuten unterhalten wollte, die Neumann früher einmal gekannt und vielleicht in jüngster Vergangenheit wieder Kontakt mit ihm gehabt hatten.

Er brauchte etwa zwanzig Minuten, sich mit frischer Unterwäsche, Socken, ein paar Shirts und einer Jeans auszustatten. Von einem Ständer neben der Kasse suchte er einen schwarzen Rucksack aus, in den er seine neue Garderobe nach dem Bezahlen verstaute.

Im Hotel angekommen, warf er erst einen vorsichtigen Blick in die kleine Lobby. Nachdem er festgestellt hatte, dass sie leer war, trat er ein und nickte im Vorbeigehen der älteren Frau, die vermutlich die Chefin war, freundlich zu. Sie erwiderte seinen Gruß ohne jeglichen erkennbaren Argwohn. Wie es aussah, hatte ihn also noch niemand aufgespürt.

Max hatte den Zugang zum Treppenhaus gerade erreicht, als die Frau den Namen rief, mit dem er sich angemeldet hatte. Er blieb stehen, dachte kurz darüber nach, ob er einfach lossprinten sollte, entschied aber, dass die Kollegen sicher keine ältere Frau dafür benutzen würden, um ihn zu ergreifen.

Also drehte er sich um und blickte in das lächelnde Gesicht der Frau.

»Entschuldigen Sie, Herr Debusmann, ich habe hier als Abreisedatum den heutigen Tag stehen. Allerdings hätte das Zimmer dann bis elf Uhr geräumt sein müssen, und …«

»Ach, entschuldigen Sie bitte«, sagte er erleichtert und lächelte gewinnend. »Ich habe ganz vergessen, Ihnen Bescheid zu geben, dass ich aus beruflichen Gründen einen Tag länger bleibe, wenn das möglich ist. Wenn Sie möchten, zahle ich auch gerne die komplette Rechnung im Voraus.«

»Aber nein, das ist nicht nötig. Das Motto unseres Hauses lautet: Als Gast empfangen, als Freund verabschiedet.« Dabei zwinkerte sie ihm in einer Art zu, die in ihm die Frage aufwarf, ob es sich wirklich nur um eine Geste der Freundlichkeit handelte.

In seinem Zimmer zog er sich frische Sachen an und verließ das Hotel Minuten später wieder.

Er war auf dem Weg zum Hauptbahnhof erst zwei Straßen weit gekommen, als eine Fußstreife, bestehend aus zwei mit Sicherheitswesten geschützten Polizisten, in einer Entfernung von etwa einhundert Metern um die Ecke gebogen kam. Die beiden Polizisten waren noch sehr jung, Maschinenpistolen hingen an Lederriemen vor ihren Oberkörpern.

Max blieb stehen. Die Männer unterhielten sich angeregt und hatten ihn noch nicht bemerkt. Langsam wich er zurück, bis er mit dem Rücken gegen eine Hauswand stieß. Umdrehen und in die entgegengesetzte Richtung gehen konnte er nicht mehr. Sie waren schon so nahe, dass sie das bemerkt hätten. Höchstens achtzig Meter lagen noch zwischen ihnen und ihm.

Max sah sich um, suchte nach einer Möglichkeit, sich zu verstecken, und entdeckte einen Durchgang zu einem Hinterhof, allerdings vier oder fünf Häuser weiter. Zu weit.

Noch siebzig Meter.

Auch wenn die beiden in ihr Gespräch vertieft waren, wanderten ihre Blicke doch immer wieder aufmerksam über die Straßenseiten. Wenn er sich jetzt abstieß, würde er zwangsläufig ihre Aufmerksamkeit auf sich ziehen.

Sechzig Meter. Sein Herz begann, wie wild gegen die Rippen zu pochen.

Vor ihm am Straßenrand parkten mehrere Autos dicht hintereinander. Wenn er sich hinter einen der Wagen duckte, würden sie ihn nicht entdecken. Aber dafür musste er den Gehweg überqueren.

Vierzig Meter. Er konnte bereits ihre Stimmen hören.

Langsam wurde es verdammt eng. Was auch immer er tun wollte, er musste es in den nächsten Sekunden tun.

Die Haustür zwei Schritte neben ihm wurde geöffnet, und ein junger Mann kam heraus, zog die Tür hinter sich ins Schloss und wandte sich nach rechts.

Noch zwanzig Meter.

Max machte zwei Schritte auf den Mann zu, sagte leise »Hallo« und redete ohne Unterbrechung weiter, während er neben ihm auf die Polizisten zuging. »Ich war vor kurzem mal da und muss sagen, es hat mir extrem gut gefallen.«

Noch zehn Meter.

Aus den Augenwinkeln nahm Max wahr, dass die Polizisten in ihre Richtung sahen, als sie die letzten Meter aufeinander zugingen. Der junge Mann blickte Max fragend an, wollte etwas sagen, aber Max redete unbeirrt weiter und ließ ihm keine Chance. »Aber das hängt natürlich auch immer davon ab, aus welchen Gründen man dorthin geht. Ich jedenfalls halte nichts davon, Dinge oder Locations zu vermeiden, nur weil andere schlechte Erfahrungen gemacht haben.«

Jetzt waren sie auf gleicher Höhe. Max' Magen zog sich vor Anspannung zusammen. »Um noch mal auf die Ausgangssituation zurückzukommen: In diesem bestimmten Fall hast du sicher recht.«

Mindestens zehn Meter. Und die Entfernung wurde größer.

Der junge Mann drehte den Kopf und blickte kurz zurück. Als er Max wieder ansah, grinste er. »Warum hast du Schiss vor denen?«

Max zuckte die Schultern. »Schwarzer Afghane.«

»Hey, hast du was dabei?«

»Nein, leider nicht.« Er riskierte nun ebenfalls einen Blick zurück. Die Uniformierten waren schon gut fünfzig Meter entfernt. »Oder besser: Gott sei Dank. Ich bin denen gestern entwischt und dachte, sie erkennen mich wieder. Danke dir.«

Sein Gegenüber zwinkerte ihm zu. »Kein Ding.«

Max nickte und wandte sich dem Straßenrand zu.

Ein weißer Kleinwagen stand etwa hundert Meter von ihm entfernt in zweiter Reihe und machte keine Anstalten loszufahren, also überquerte Max die Straße.

Auf der anderen Seite angekommen, sah er sich noch einmal nach den Polizisten um und atmete tief durch, als er sie nicht mehr entdeckte. Das war knapp gewesen. So schnell konnte alles vorbei sein. Wirklich alles.

Plötzlich war die Sorge um Kirsten wieder da. Sie fiel mit solcher Wucht über ihn her, dass ihm die Knie weich wurden. In den letzten Stunden war er so sehr damit beschäftigt gewesen, sich selbst zu bemitleiden und nach Wegen zu suchen, seine Unschuld zu beweisen, dass die Situation seiner Schwester fast zur Nebensache geworden war. Aber das durfte er nicht zulassen. Er musste voll konzentriert sein, um Neumann auf die Spur zu kommen und damit nicht nur Kirsten, sondern auch sich selbst zu retten.

Neuss konnte einen Durchbruch für ihn bringen. Die Wahrscheinlichkeit, dass Neumann nach seiner Entlassung Kontakt zu jemandem aus seinem alten Freundeskreis gesucht hatte, nachdem seine ehemalige Freundin ihn hatte abblitzen lassen, war gar nicht so gering. Allerdings war die Aussicht, dass er diesem alten Freund auch gesagt hatte, wo er sich verstecken würde, nicht so gut, aber Max musste es versuchen. Es war die einzige Möglichkeit, eine Spur zu dem Entführer seiner Schwester aufzunehmen.

Noch war also nichts verloren.

Er kam bis zur nächsten Abbiegung, als er erneut Polizisten sah. Dieses Mal waren sie zu viert.

23

Sie gingen in zwei Zweier-Teams auf beiden Straßenseiten. Anders als ihre Kollegen sprachen diese hier kein Wort und waren hoch konzentriert.

Die beiden Polizisten auf der gegenüberliegenden Seite sahen Max im gleichen Moment, in dem er sie entdeckte.

»Hey, halt!«, rief einer von ihnen, und noch während Max sich herumwarf, hörte er die gleiche Stimme sagen: »Ich glaube, das war der Kerl. Los, los, los!«

Max rannte in die Richtung, aus der er gerade gekommen war, und suchte verzweifelt nach einem Ausweg. Er sah sich nicht nach den Polizisten um, das hätte wertvolle Zeit gekostet. Zudem war klar, dass sie ihn verfolgten. Das bestätigte sich, als hinter ihm eine Stimme rief: »Bischoff! Bleib stehen, sonst müssen wir schießen!«

Max wusste, das würden sie nicht so schnell tun. Sein Vorteil war zudem, dass die unhandlichen Waffen und die Ausrüstung sie beim Laufen behinderten.

Er war noch nicht sehr weit gekommen, als etwa dreihundert Meter vor ihm die beiden Beamten, denen er zuvor begegnet war, erst auf die Straße und dann auf ihn zuliefen.

Aus! Vor ihm zwei Polizisten, hinter ihm vier. Keine Chance mehr. Kirsten, es tut mir leid, dachte er, während er langsamer wurde. Es tut mir so unendlich leid …

Er registrierte das Auto erst, als es mit quietschenden Reifen neben ihm zum Stehen kam. »Los, steig ein!« Die Stimme einer Frau. »Schnell.«

Max' Kopf flog herum. Ein weißer Kleinwagen mit offenem Beifahrerfenster, ein Frauengesicht … Patrizia Keller.

»Na los, verdammt.«

Mit einem wilden Satz sprang er auf den Wagen zu. Die Beifahrertür wurde aufgestoßen. Er hechtete auf den Sitz und wurde im nächsten Moment gegen die Rückenlehne gepresst, als das Fahrzeug mit aufheulendem Motor nach vorn schoss, noch ehe er die Tür zuziehen konnte. Die fiel durch die Beschleunigung von allein ins Schloss.

Keller raste die Straße hinab auf die beiden jungen Uniformierten zu, die – von der Situation augenscheinlich überfordert – an ihren Waffen herumnestelten, während sie dem sich schnell nähernden Fahrzeug mit weit aufgerissenen Augen entgegensahen.

»Weg da!«, brüllte Max und sah kurz zu Keller hinüber, die das Lenkrad mit beiden Händen umklammerte und mit verbissener Miene auf die Polizisten zuhielt. In höchstens drei, vier Sekunden würden sie sie erreichen.

»Na los, haut ab«, murmelte Max und griff nach dem Haltebügel über der Tür.

Im letzten Moment sprangen die Beamten zur Seite und brachten sich in Sicherheit, während der Wagen zwischen ihnen hindurchschoss. Am Ende der Straße bog Keller nach rechts ab und drosselte das Tempo.

»Wo, zum Teufel, kommen Sie denn her?«, fragte Max und ließ den Haltegriff los.

Sie zuckte mit der Schulter. »Ich hab Sie durch das Fenster beobachtet, wie Sie vor dem Haus auf der Mauer saßen, bevor Sie zurückgekommen sind, und gesehen, wie schlecht es Ihnen geht wegen dieser Sache mit Ihrer Schwester … Das hat mir keine Ruhe gelassen.« Sie musste an einer roten Ampel anhalten und sah zu ihm hinüber. »Ich hab mich daran erinnert, was er von mir verlangt hat. Und was er mit mir gemacht hat.«

Die Ampel sprang auf Grün, sie fuhr wieder an. Offensichtlich brachte sie ihn aus dem Stadtzentrum hinaus, was sicher eine gute Idee war. »Als du schon eine Weile weg warst, hab ich es mir anders überlegt und wollte dich anrufen. Aber es kam die Ansage, dass du nicht erreichbar bist.«

Sie war ganz selbstverständlich zum Du übergegangen, was für Max in Ordnung war, da sie gerade ihn und wahrscheinlich auch seine Schwester gerettet hatte.

»Also hab ich mich ins Auto gesetzt und bin zu deinem Hotel gefahren. Auf dem Weg dorthin hab ich eine ganze Menge Polizisten gesehen, dann kamst du mir entgegen, und ich dachte, du könntest vielleicht Hilfe brauchen. Also hab ich gewendet und bin dir nachgefahren. Als ich dich fast erreicht hatte, kamen dir aber schon zwei Polizisten entgegen, also hab ich am Straßenrand gewartet.«

Der weiße Kleinwagen, der in zweiter Reihe geparkt hatte …

»Wow!«, stieß Max aus. »Wenn die mich erwischt hätten … ich weiß nicht, was Neumann dann mit meiner Schwester angestellt hätte. Ich danke dir.«

»Ich hab da so eine Ahnung, was er alles mit ihr gemacht hätte. Deshalb bin ich hier.«

Max richtete den Blick nach vorn. »Wir sollten sehen, dass wir schnellstmöglich aus Köln rauskommen. Die werden eine Ringfahndung einleiten. In ein paar Minuten ist der gesamte Stadtteil abgeriegelt.«

»Ich kenne ein paar Schleichwege aus der Stadt hinaus. Das schaffen wir.«

»Was ist mit deinem Nummernschild? Die haben sich mit Sicherheit deine Nummer notiert.«

»Das ist mir egal. Sie können nicht beweisen, dass ich gefahren bin.«

»Hm …«, machte Max, der da anderer Meinung war, woraufhin sie ihm erneut einen kurzen Seitenblick zuwarf. »Und selbst wenn … Du hast doch gesagt, du bist unschuldig. Ich helfe dir, Alex und deine Schwester zu finden und deine Unschuld zu beweisen. Das kann ja wohl nicht strafbar sein.«

Max stellte fest, dass die Patrizia Keller, die neben ihm saß, recht wenig mit der Person zu tun hatte, mit der er vor ihrer Wohnungstür gesprochen hatte. Egal, wichtig war, dass sie ihn vor der sicheren Verhaftung bewahrt hatte und bereit war, ihm zu helfen.

»Wo fährst du jetzt hin?«, fragte er.

»Sag du es mir.«

»Ich war gerade auf dem Weg nach Neuss.«

»Wie wolltest du dort hinkommen?«

»Eigentlich mit dem Zug, aber nachdem mir die uniformierten Kollegen auf der Straße begegnet sind, kann ich mir vorstellen, was am Hauptbahnhof los ist. Es ist also in jeder Hinsicht gut, dass du mich aufgegabelt hast.

Kann allerdings sein, dass einige meiner Kollegen ebenfalls in Neuss sind. Sie wissen, dass ich hinter Neumann her bin, da ist es naheliegend, dass ich dort früher oder später auftauche.«

»Dann müssen wir eben vorsichtig sein.«

Kurz vor dem Westfriedhof bog Keller auf die B59 in Richtung Puhlheim ab, blieb allerdings nur für ein paar hundert Meter auf der Bundesstraße und fuhr dann auf kleinen Kreisstraßen weiter.

»Erzähl mir von deiner Schwester«, sagte sie unvermittelt.

»Was möchtest du denn wissen?«, fragte Max überrascht und mit gemischten Gefühlen. Einerseits wollte er nicht mit einer völlig Fremden über Kirsten reden. Nicht in der Situation, in der sie sich gerade befand. Der Gedanke daran fühlte sich seltsamerweise an, als würde er etwas sehr Intimes ausplaudern. Auf der anderen Seite war es vielleicht eine Möglichkeit, Kirsten zumindest gedanklich auf eine Art näher zu sein, die nicht von Schmerz und Angst geprägt war.

»Wie ist sie so?«

»Das ist schwer zu beschreiben«, erwiderte er ausweichend. Gleichzeitig begann die Erinnerung in ihm, aktiv zu werden, und projizierte Stationen ihres gemeinsamen Lebens vor sein inneres Auge. Situationen, die er mit ihr erlebt hatte und die er in sich trug wie kostbare Schätze.

»Sie ist … sanft. Und doch unglaublich tapfer. Es gibt keinen Menschen, der mir so nahe steht wie sie.« Seine Augen füllten sich mit Tränen, die die Straße vor ihm undeutlich und die vorbeiziehenden Häuserzeilen zu verwaschenen, ineinanderfließenden Gebilden werden ließen.

»Nach diesem schlimmen Unfall … nachdem sie von den Ärzten erfahren hatte, dass sie nie wieder würde laufen können, war sie es, die mir Mut gemacht hat.« Max sah zu Keller hinüber. »Kannst du dir das vorstellen? Da war sie acht Jahre alt.«

Patrizia Keller sagte nichts dazu. Was auch?

»Wenn ich weinend an ihrem Krankenbett gesessen habe, dann hat sie meine Hand genommen und mich getröstet. Sie mich. Sie hat mir gesagt, dass sie großes Glück gehabt hat, weil sie noch lebte und mit mir reden konnte. Dass sie noch so viel vorhabe in ihrem Leben und dass sie, wenn ich ihr dabei ein bisschen helfen würde, alles erreichen könnte. Damals habe ich ihr versprochen, dass ich stets in ihrer Nähe sein würde. Dass ich auf sie aufpassen und sie beschützen würde. Das habe ich auch immer getan. Und dann habe ich plötzlich versagt.«

Ein Ortsschild zeigte an, dass sie gerade Puhlheim verließen und auf dem Weg nach Stommeln waren. Damit waren sie weit genug vom Kölner Stadtkern entfernt, um den Kontrollen, die mittlerweile mit Sicherheit an allen großen Straßen stattfanden, entkommen zu sein.

»Seit wann ist sie bei ihm? Ich meine …«

»Es ist jetzt der dritte Tag. Er hat sie aus ihrer Wohnung entführt.«

Max sah aus dem Fenster. Die Felder, an denen sie vorüberfuhren, sahen trostlos aus.

»Sie liebt Ihre Wohnung. Wir haben unzählige Abende gemeinsam dort verbracht, bei leckerem Essen und gutem Wein. Immer an einem mit viel Liebe gedeckten Tisch, umgeben von einem Meer aus Kerzen. Sie hat jedes Mal Stunden damit verbracht, das Essen zuzubereiten und ihre Wohnung so herzurichten, als gäbe es einen ganz besonderen Anlass. *Man muss in jeder Situation des Lebens zeigen, dass man dankbar für sie ist, indem man das Beste und Schönste aus ihr macht*, sagt sie immer.«

Sie erreichten den Ortseingang von Stommeln.

»Und dann haben wir uns unterhalten. Ich kann mich an kein einziges Treffen mit Kirsten erinnern, bei dem wir uns angeschwiegen hätten. Es gab immer Themen, über die wir sprechen konnten. Manchmal sind heiße Diskussionen daraus geworden. Sie kann recht forsch werden, wenn es darum geht, ihre Meinung zu vertreten.« Er musste grinsen. »Aber im nächsten Moment nimmt sie deine Hand und sagt, dass sie dich trotzdem versteht und dass du natürlich in gewisser Weise und aus deiner Sicht auch recht hast.«

Während sie durch die Straßen des kleinen Ortes fuhren, erinnerte Max sich an einzelne Gespräche, die er mit Kirsten geführt hatte. Intime Gespräche, die er Keller keinesfalls erzählen würde.

»Hat sie einen Mann? Oder einen Freund?«

»Nein. Nicht mehr. Es gab da jemanden. Ein wirklich netter Kerl. Aber das Leben mit einem behinderten Menschen verlangt wohl mehr als bloßes Verliebtsein. Er hat es irgendwann aufgegeben.«

»Und seitdem bist du für sie da.«

»Ja. Dachte ich.« Er atmete tief durch. »In den letzten Wochen hatte ich kaum Zeit für sie. Ein Fall, der mich voll und ganz vereinnahmt hat.«

»Hast du ihn gelöst?«

»Ja. In der Nacht bevor Kirsten entführt wurde.«

Max stutzte. Er dachte an die Facebook-Nachrichten, die Kirsten in den letzten Monaten erhalten hatte. Sie waren nicht regelmäßig gekommen. Er versuchte, sich an die Zeiten zu erinnern, in denen sie fast täglich mit den unverschämten und zuletzt beängstigenden Texten belästigt worden war.

Er bemerkte Kellers Blick aus den Augenwinkeln, reagierte aber nicht darauf.

»Ist was?«

»Nein, ich muss nachdenken.«

Begonnen hatte das Ganze, als sie mitten in dem Fall mit der verschwundenen Schauspielerin gesteckt hatten. Danach hatte Max eine Weile mit psychischen Problemen zu kämpfen gehabt, aber soweit er sich erinnerte, hatte es in dieser Zeit keine Textnachrichten gegeben. Es ging erst wieder massiv los, nachdem sie den Fall mit der Fliegenmaske übernommen hatten. Gab es da einen Zusammenhang? Hatte Neumann ganz bewusst diese Zeiten gewählt, um Max noch mehr zu belasten, als er es durch die Fälle sowieso schon war?

Und dann Kirstens Entführung wenige Stunden nachdem der Fliegenmaskenfall gelöst war. Zu einem Zeitpunkt, an dem die Öffentlichkeit noch nicht wissen konnte, dass der Fall abgeschlossen war. Konnte das Zufall sein, oder verfügte Neumann tatsächlich über interne Informationen? Und welche Rolle nahm Palzer in diesem perversen Spiel ein? Was war er für Neumann?

»Denkst du noch nach?«

»Ja … nein, schon gut.«

»Okay. Wohin wolltest du in Neuss? Falls du dort jemals angekommen wärst.«

»Ich habe die Adresse seiner Eltern.«

»Ach ja?« Keller stieß ein zischendes Geräusch aus. »Da wirst du nicht viel Glück haben. Der Alte ist vor ein paar Jahren gestorben, und seine Mutter war schon damals ein Biest.«

»Woher weißt du, dass sein Vater tot ist?«

»Er hat es mir in einem seiner dämlichen Briefe aus dem Knast geschrieben.«

»Weißt du etwas von Misshandlungen in seiner Kindheit?«

Sie sah Max an, länger, als es für die Fahrerin eines Autos gut war. Max bemerkte, dass sie kurz davor war, von der Straße abzukommen. »Achtung!«, rief er und deutete nach vorn.

Patrizia Keller schaffte es gerade noch, den Wagen wieder auf die schmale Straße zu lenken, bevor sie im Graben landeten. »Sorry. Nein, ich weiß nichts davon. Aber es wundert mich überhaupt nicht, wenn es sie gegeben hat. So, wie der drauf war.«

»Als du gerade von seiner Mutter gesprochen hast, hat sich das ziemlich abfällig angehört. Hast du sie mal getroffen?«

»Ja, ein Mal. Das war kurz bevor ich ihn nicht mehr ertragen habe. Sie ist eine herzlose, fette Wachtel. Wie sie mit Alex geredet hat … das hat schon manches erklärt.«

»Wie hat sie denn mit ihm geredet?«

»So, als wäre er schwachsinnig.«

24

»Als wäre er schwachsinnig«, wiederholte Max leise und dachte an seine Telefonate mit Neumann und daran, was der Dreckskerl Kirsten angetan hatte. »Damit hatte sie ja wohl recht, oder?«

»Das schon, aber ich hatte das Gefühl, dass diese Frau ihn zu dem gemacht hat, was er ist.«

»Also wurde er doch misshandelt?«

»Ja, ich denke schon. Aber als ich Alex darauf angesprochen habe, ist er vollkommen ausgerastet und hat es bestritten. Er sagte, er verehre seine Mutter und sei von ihr immer liebevoll behandelt worden.«

»Typisches Verhalten.«

»Was bist du? Hobbypsychologe?« Es klang verächtlich.

»Nein, ich bin ein Polizist, der es andauernd mit irgendwelchen gestörten Typen zu tun hat.« Und nach einer Weile fügte er hinzu: »Und dem diese irren Wichser gewaltig auf die Nerven gehen, weil durch sie immer wieder unschuldige Menschen sterben müssen. Siehe Alexander Neumann.«

»Ja, okay, das verstehe ich«, sagte Keller kleinlaut.

»Also fahren wir zuerst zu seiner Mutter, oder hast du eine andere Idee?«

»Du kannst es ja versuchen, aber ich kann dir jetzt

schon sagen, dass nichts dabei rauskommen wird. Es gab da noch einen Typen, Marc oder Marco. Keine Ahnung, ob der immer noch in Neuss lebt. Aber der kennt Alex wohl schon, seit sie zusammen im Sandkasten gespielt haben. Ich habe ihn damals nur ein paar Minuten gesehen, aber er machte einen ganz vernünftigen Eindruck auf mich. Vielleicht kann der etwas dazu sagen, wo Alex sich jetzt aufhalten könnte. Oder was bei ihm als Kind schiefgelaufen ist.«

»Das klingt doch schon mal nicht schlecht«, erwiderte Max. »Aber zuerst fahren wir zu seiner Mutter.«

Als Patrizia Keller eine halbe Stunde später den Wagen am Straßenrand parkte, beugte Max sich zur Seite und betrachtete das sehr schmale, heruntergekommene Reihenhaus.

Der schmutzigbraune Putz war an vielen Stellen abgeblättert und hatte unregelmäßige Inseln hinterlassen, durch die das blanke Mauerwerk zu sehen war. Die vergilbte Haustür mochte einmal weiß gewesen sein, und es musste auch schon eine Weile her sein, dass die drei Betonstufen, die zu ihr hinaufführten, noch intakte Kanten gehabt hatten.

»Sieht ja nicht gerade einladend aus«, murmelte Max.

Auch Keller musterte das Haus. »Genau so sah es auch schon damals aus. Da hat sich seitdem nichts verändert. Na dann, viel Spaß mit der lieben Frau Neumann.«

»Du kommst nicht mit?«

Mit einem bitteren Lachen schüttelte sie den Kopf. »O nein, diese eine Begegnung mit der Frau hat mir voll und ganz gereicht.«

Max blieb eine Weile neben der geöffneten Beifahrertür stehen und sah sich um, bereit, sofort wieder ins Auto zu springen, falls er irgendwo Polizisten entdeckte. Schließlich schloss er die Tür und ging zum Haus.

Elvira Neumann öffnete erst nach dem zweiten Klingeln, als Max schon wieder gehen wollte. Sie trug einen schmuddeligen geblümten Kittel um den unförmigen Körper, die strumpflosen Beine endeten in Plüschpantoffeln, die Max bestenfalls mit Handschuhen angefasst hätte. Die wenigen Haare, die ihr noch geblieben waren, hingen in dünnen Strähnen an ihrem Kopf. Auf der Kopfhaut ließen dunkelbraune Flecke eine kürzlich erfolgte und misslungene Haarfärbeaktion vermuten. Das teigige, großporige Gesicht deutete auf regelmäßigen und ausgiebigen Alkoholkonsum hin.

Sie musterte Max, als käme er von einem anderen Planeten, bevor sie ihn anblaffte. »Was?«

»Mein Name ist Claus«, begann Max, kam aber nicht weiter.

»Ja, ja, und Sie sind ein Bulle. Was wollen Sie schon wieder? Ich weiß nicht, wo dieser Schwachmat ist. Wenn Sie keinen Durchsuchungsbefehl haben, oder wie das heißt, dann verschwinden Sie und lassen mich in Ruhe.«

Patrizia Keller hatte nicht übertrieben.

»Hören Sie«, versuchte Max es erneut und ohne lange Vorreden, »Ihr Sohn hat meine Schwester entführt und droht damit, sie zu töten. Ich muss ihn finden, bevor er erneut zum Mörder wird.« Dass Neumann bereits wieder eine Frau getötet hatte, wofür er, Max, verantwortlich gemacht wurde, verschwieg er.

»Wenn er meiner Schwester etwas antut, wird er nie wieder aus dem Gefängnis rauskommen.«

»Was sind Sie denn für ein Waschlappen?« Es klang angewidert. »Er hat Ihre Schwester, sagen Sie? Und reden von Gefängnis, falls er sie killt? Wenn er das tut, sollten Sie ihm die Eier abreißen und sie ihm in den Hals stecken. Das sollten Sie mit dem Versager tun, statt ihn in ein gemütliches Gefängnis mit Vollpension zu stecken.«

Max starrte die Frau an. Er brauchte ein wenig Zeit, um sich zu sammeln. »Sie scheinen nicht viel von Ihrem Sohn zu halten.«

Sie schüttelte den Kopf und schaffte es, den Ausdruck des Ekels auf ihrem Gesicht noch zu verstärken. »Von mir aus kann er verrecken. Sie haben ja keine Ahnung. Ich habe mir den Arsch aufgerissen, um aus ihm einen anständigen Menschen zu machen. Und was tut der Idiot? Erst geht er zu den Bullen, und dann lässt er sich dabei erwischen, wie er sich mit einer toten Nutte vergnügt.«

»Die er vorher umgebracht hat.«

»Und dann gibt er mir die Schuld dafür, dass aus ihm ein hirnloser Versager geworden ist. Weil ich ihm früher nicht alles habe durchgehen lassen. Weil ich versucht habe, ihn zu erziehen.«

»Das … wie auch immer.« Max wusste darauf beim besten Willen nichts zu entgegnen. »Haben Sie irgendeine Vorstellung, wo er meine Schwester festhalten könnte?«

Sie runzelte die Stirn. »Ich sagte doch schon, dass mir das scheißegal ist.«

»Ja, das sagten Sie. Aber was ist mit meiner Schwester? Kirsten.« Es nutzte nichts, er musste alle Register ziehen. »Sie ist noch jung, und sie ist gelähmt. Seit ihrem achten Lebensjahr sitzt sie im Rollstuhl. Ihr Leben war nie leicht, lassen Sie nicht zu, dass ihr etwas angetan wird. Ich bitte Sie.«

Ihre Unterlippe schob sich in einer Art vor, als würde sie jeden Moment anfangen zu weinen, und für einen kurzen Augenblick glaubte Max tatsächlich, so etwas wie Mitgefühl in ihrem Gesicht zu lesen, doch dann griff sie nach der Türklinke und sagte: »Verschwinde, Bulle.«

Im nächsten Moment fiel die Tür mit einem Knall ins Schloss.

Als Max wieder ins Auto stieg, sah Keller ihn fragend an.

»Weißt du, wo dieser Marc oder Marco wohnt?«, fragte er, während er sich anschnallte.

»Ja, ich glaube, ich finde das Haus wieder. Aber sag schon, wie ist es gelaufen?«

»Ich möchte nicht darüber reden.«

Minuten später fuhren sie im Schritttempo durch eine schmale Straße, wobei Patrizia Keller mit schiefgelegtem Kopf die langsam vorüberziehenden Häuser betrachtete. Max beobachtete sie dabei und überlegte, warum es ihm so vorkam, als kenne er diese Frau schon eine lange Zeit und nicht erst seit zwei Stunden.

Vielleicht, weil sie ihm in einer Extremsituation geholfen hatte. Und es immer noch tat.

»Hier muss es irgendwo sein«, murmelte sie. »Wenn ich das Haus sehe, werde ich es erkennen.«

»Vorausgesetzt, es ist nichts Gravierendes daran verändert worden«, gab Max zu bedenken. »Immerhin ist es schon eine ganze Weile her, seit du das letzte Mal hier warst.«

»Nein, es hat sich nichts verändert. Da ist es.« Sie deutete auf ein weißes Haus, das zwar auch schon etwas älter, im Gegensatz zu der Bruchbude, in der Elvira Neumann lebte, aber sehr gepflegt war.

Diesmal stieg Patrizia Keller gemeinsam mit Max aus. Er drückte auf die Klingel, darunter war ein Schild mit dem Namen *Vogt* angebracht.

Ein etwa achtjähriges Mädchen öffnete ihnen die Tür und sah sie schüchtern an.

»Guten Tag«, begrüßte Max sie freundlich. »Wir würden gerne mal deinen Papa sprechen. Ist der zu Hause?«

Sie nickte. »Und wer sind Sie?«

»Wir kommen aus Köln und möchten ihn etwas fragen.«

»Was denn?«

»Das sagen wir ihm dann schon.«

»Und warum nicht mir?«

»Hol ihn einfach her, okay?«, fuhr Patrizia Keller ungeduldig dazwischen und erinnerte Max damit daran, wie sie ihn empfangen hatte.

Es wirkte. Die Kleine drehte sich um und verschwand im Haus.

Es dauerte nicht lange, bis ein Mann etwa in Max' Alter zur Tür kam und erst ihn und dann Patrizia Keller kritisch musterte, ohne dass Max in seinem Gesicht ein Zeichen des Erkennens entdecken konnte.

»Ja?«

Keller verschränkte die Arme vor der Brust. »Weißt du nicht mehr, wer ich bin? Du heißt doch Marco, nicht wahr?«

»Nein. Und woher sollte ich wissen, wer du bist?« Er

war sichtlich irritiert. »Und nein, ich heiße nicht Marco, sondern Markus.«

»Ja, oder so. Ich bin Patrizia. Früher hieß ich Zimmermann. Ich war mit Alex zusammen. Wir haben uns mal getroffen. Kurz bevor er … du weißt schon.«

Max hatte den Mann genau beobachtet, so dass ihm nicht entging, wie er bei der Erwähnung von Neumanns Namen zusammenzuckte.

»Patrizia …«, wiederholte Markus. »Ja klar, jetzt, wo du es sagst. Aber das ist eine Ewigkeit her. Was machst du hier?« Sein Blick richtete sich auf Max. »Und wer sind Sie? Ihr Mann?«

»Nein, nein«, versicherte Max und verkniff sich eine weitere Bemerkung. »Ich bin hier, weil ich Ihnen gerne ein paar Fragen über Alexander Neumann stellen möchte.«

»Sie sind Polizist?«

»Ja, aber … es ist anders, als sie denken.«

»Alex hat seine Schwester entführt und damit gedroht, sie umzubringen«, erklärte Patrizia Keller kurzerhand, woraufhin Markus den Mund öffnete, ohne dass ein Ton herauskam.

»Es stimmt«, bestätigte Max. »Ich versuche, ihn und meine Schwester zu finden, bevor er seine Drohung wahr macht.«

Markus schien mit sich zu kämpfen und sich nicht schlüssig zu sein, wie er sich verhalten sollte. Schließlich trat er aber zur Seite und deutete ins Innere. »Bitte, kommen Sie doch rein.«

Das Wohnzimmer, in das sie geführt wurden, war zwar recht geräumig, aber der Weg bis zur schwarzen Wohnlandschaft glich einem Hürdenlauf. Der Boden war übersät mit Puppen in allen Größen und Ausfertigungen, zwei rosa Puppenhäuser aus Plastik standen im Abstand von mehreren Metern nebeneinander und waren mit Wegen verbunden, die durch Holzspieße markiert wurden. Vor einer großen pastellfarbenen Plastikkutsche waren vier Pferde mit pinkfarbenen Mähnen eingespannt. Dazwischen lagen überall zusammengeknüllte Handtücher und Decken.

»Entschuldigen Sie.« Mit dem Fuß schob Markus einige der Puppen zur Seite und schaffte so einen schmalen Weg.

»Meine Tochter hält nicht viel vom Aufräumen.« Er deutete zu der Couch. »Bitte, setzen Sie sich doch.« Max fragte sich, ob die Irritation des Mannes nur mit der Information zusammenhing, die er gerade erhalten hatte, oder ob es auch mit dem Erscheinen von Patrizia Keller zu tun hatte.

»Wann haben Sie Alexander Neumann zuletzt gesehen?«, fragte Max, nachdem Markus sich ihnen gegenüber in einen Sessel gesetzt hatte.

»Das ist schon eine Weile her.« Er überlegte. »Ich denke, vor etwa einem Jahr.«

»Er war hier?«

»Ja … nein, er hat mich angerufen, und wir haben uns getroffen.«

»Wo?«

»In einer Holzhütte in der Nähe, am Waldrand. Dort haben wir als Kinder schon zusammen gespielt. Damals hat an der Stelle allerdings noch eine kleine verfallene …«

Ein spitzer Schrei unterbrach ihn und ließ alle erschrocken zum Eingang des Wohnzimmers blicken, wo eine blonde Frau stand, die sich gerade die Hand auf den Mund legte.

»Christine … was … was ist denn los?«

Die Frau stand da wie versteinert und starrte Max an. Und noch bevor sie die Hand wieder sinken ließ und den Mund aufmachte, ahnte Max, was kommen würde, und diese Ahnung rammte sich wie ein Pfahl in seinen Magen.

25

Aber es war nicht die Frau, die eine Erklärung für ihren Schrei abgab, sondern das Mädchen, das neben ihr stand und Max triumphierend ansah. »Siehst du? Ich hab dir doch gesagt, dass der Mann aus dem Internet Papa besucht.«

»Was?« Markus Vogts Blick wanderte von Christine, die offensichtlich seine Frau und die Mutter des Mädchens war, und der Kleinen zu Max, dann zu Patrizia Keller und wieder zurück zu Christine. »Welcher Mann? Wovon spricht sie? Ich verstehe nicht …«

»Markus … kannst du mal bitte kommen?« Das Gesicht der Frau war blass, in ihren Augen, die starr auf Max gerichtet waren, stand deutlich die Angst.

Für Max war klar, was die Kleine gemeint hatte. Sein Fahndungsfoto war mit Sicherheit an alle großen Online-Dienste und Zeitungen gegangen und würde wahrscheinlich schon tausendfach im Netz zu sehen sein.

»Ich kann das erklären«, sagte er zu Vogt, der gerade aufstehen wollte, und wandte sich dann der Frau zu. »Bitte, hören Sie mir zu. Die Polizei sucht nach mir, weil ich angeblich eine Kollegin getötet habe. Das habe ich aber nicht, das schwöre ich. Alexander Neumann hat die Frau erschossen und es so gedreht, dass der Verdacht auf mich fällt. Als meine Kollegen mich vernehmen wollten, bin ich geflohen. Ich kann mich nicht stellen, um das aufzuklären, weil Neumann sonst meine Schwester zu Tode quält. Nun wird offiziell nach mir gefahndet.«

Erst in dem Moment, in dem das Mädchen ängstlich nach der Hand seiner Mutter tastete und Max sah, wie sich seine Augen mit Tränen füllten, wurde ihm bewusst, wie das, was er gerade erklärt hatte, auf das Kind wirken musste. Und nicht nur auf das Kind …

»Nele, gehst du bitte in dein Zimmer?«, sagte die Frau auch prompt und ließ Max dabei keine Sekunde aus den Augen. Das Mädchen umklammerte den Unterarm seiner Mutter mit beiden Händen. »Nein, ich will nicht.«

»Ich möchte, dass du tust, was ich dir sage.«

Widerwillig löste Nele ihren Griff, drehte sich um und rannte davon. Markus Vogts Frau wartete, bis irgendwo hinter ihr eine Tür ins Schloss fiel, dann deutete sie mit einer Kopfbewegung in Richtung Ausgang. »Und jetzt verlassen Sie unser Haus.«

Bevor Max etwas entgegnen konnte, stand Vogt auf und hob eine Hand. »Warte. Du hast doch gehört, was er gesagt hat.«

Die Angst, die gerade noch ihr Gesicht beherrscht hatte, wich einem trotzigen Ausdruck. »Na und? Wir kennen diesen Mann nicht. Er kann erzählen, was er will. Wenn die Polizei nach ihm sucht, wird das einen Grund haben. Ich möchte, dass er verschwindet.«

»Christine … erinnerst du dich nicht mehr daran, was ich dir erzählt habe, wie Alex sich benommen hat, als er vor einem Jahr hier war?«

»Den kenne ich auch nur aus deinen Erzählungen. Markus, ich möchte nicht, dass …«

»Ich war für eine Weile mit Alex zusammen«, fiel Patrizia Keller der Frau ins Wort. »Und kann Ihnen versichern, dass das, was Sie gerade von Max gehört haben, sich voll und ganz nach Alex anhört. Ich bin fest davon überzeugt, dass Alex den Mord begangen und ihn Max in die Schuhe geschoben hat.«

Ohne darauf einzugehen, wandte Vogts Frau sich ab, ging in den Flur und kam kurz darauf mit einem Telefon in der Hand zurück. »Wenn Sie nicht sofort verschwinden, rufe ich die Polizei. Die Nummer ist schon gewählt, ich muss nur noch eine Taste drücken.«

»Christine, nun lass doch …«

»Nein, bitte«, sagte Max und erhob sich, »Ihre Frau hat Angst, das kann ich gut verstehen. Wir gehen.«

Vogts Frau stand zwischen Max und der Haustür, so dass er an ihr vorbeimusste. Als er auf sie zuging, wich sie ein Stück zurück, ließ ihn aber nicht aus den Augen. Max blieb stehen und lächelte sie traurig an.

»Sie sind mutig, handeln aber leider nicht sehr schlau. Seien Sie froh, dass Sie sich in mir täuschen. Glauben Sie wirklich, wenn ich ein Killer wäre, würde ich jetzt einfach so hier rausmarschieren, damit Sie die Polizei rufen können?«

Er machte eine Pause, in der sie für einen Moment die Augen niederschlug. »Ich gehe jetzt, aber bitte – informieren Sie nicht die Polizei. Ich muss meine Schwester schnell finden, weil Neumann sie sonst umbringt. Das kann ich aber nur, wenn ich nicht verhaftet werde. Ich bitte Sie.«

An der Haustür drehte er sich zu Patrizia Keller und Markus Vogt um, die ihm gefolgt waren.

»Tut mir leid«, sagte Vogt. »Ich glaube Ihnen. Ich kenne Alex und weiß, wozu er fähig ist.«

»Schon gut. Aber Sie haben da eben etwas erwähnt. Was ist passiert, als Neumann vor einem Jahr hier war? Ich muss das wissen, es könnte wichtig sein.«

Vogt sah sich um und sagte leise: »Fahren Sie zur Grillhütte hinter dem Von-Waldthausen-Stadion. Ich komme dorthin.«

Max nickte ihm dankbar zu und verließ, dicht gefolgt von Patrizia Keller, das Haus.

»Weißt du, wo das ist?«, fragte er, während er sich im Auto anschnallte. Keller startete den Motor und fuhr los.

»Nein, keine Ahnung. Aber ich habe ja ein Navi.«

»Ich bin gespannt, was er zu erzählen hat.«

»Ich auch. Entweder hat er sich verändert, oder meine Erinnerung an ihn ist falsch. Ich dachte nicht, dass er so ein Feigling ist. Statt auf den Tisch zu hauen, zieht er den Schwanz ein.«

»Ich kann ihn verstehen. Und seine Frau auch. Sie hatte Angst um ihre Tochter. Hast du Kinder?«

Patrizia Keller stieß einen Zischlaut aus. »Ich? Kinder? Nein, danke. Ich mag Kinder nicht besonders. Und du?«

»Nein, keine Kinder.«

»Frau? Freundin?«

»Nein.«

»Verstehe. Eingefleischter Single. Oder nein, warte … es ist der Job, stimmt's? Die Frauen rennen euch Bullen weg, weil ihr nie zu Hause seid und so einen gefährlichen Job habt, richtig?«. Sie verzog das Gesicht, so dass auf ihrer Stirn unzählige Falten entstanden, und sagte mit dunkler Stimme: »Es ist ein neuer Sheriff in der Stadt.«

Offensichtlich sollte das witzig sein.

»Nein. Wie es aussieht, ist es einfach nicht ratsam, sich mit mir einzulassen.«

»Du meinst wegen deiner Schwester? Weil sie jetzt in Schwierigkeiten ist?«

»Nicht nur.«

»Aha. Gab es da …«

»Ich möchte nicht darüber reden.« Er sah auf seiner Seite aus dem Fenster und konzentrierte sich darauf, die Gedanken nicht aufkommen zu lassen, die sofort wieder präsent waren. Die Erinnerungen …

»Was ist, wenn Alex versucht, dich anzurufen, und feststellt, dass dein Handy ausgeschaltet ist? Was denkst du, wie er reagieren wird?«

Max wusste nicht, ob Patrizia Keller bewusst das Thema gewechselt hatte, aber er war ihr dankbar dafür. Allerdings versetzte die Frage ihm einen Stich.

»Ich weiß es nicht«, entgegnete er wahrheitsgemäß. »Ich werde es bald wieder anschalten müssen. Spätestens bevor wir Neuss verlassen.«

Die Fahrt zum Stadion dauerte etwa zehn Minuten, weitere fünf Minuten vergingen, bis sie die Hütte gefunden hatten. Sie bestand aus drei fensterlosen Seitenwänden und war nach vorn offen. Im Inneren waren Holzbänke entlang der Wände aufgebaut, in der Mitte stand ein stabil aussehender, runder Holztisch.

Patrizia Keller parkte den Wagen neben der Hütte, machte aber keine Anstalten auszusteigen, als Max seinen Gurt löste und die Beifahrertür öffnete.

»Steig ruhig schon aus. Ich muss mal telefonieren und einer Freundin Bescheid sagen, dass ich unterwegs bin und aus unserer Verabredung nichts wird.«

»Tut mir leid, dass du wegen mir …«

Keller winkte ab. »Schon gut. Ich bin dir ja nachgefahren.«

Max stieg aus, ging zur Hütte und warf einen Blick hinein. Auf dem betonierten Boden lagen leere Süßigkeiten- und Zigarettenpackungen, es roch nach Urin und war alles in allem nicht sehr einladend, so dass er es vorzog, sich ein Stück daneben auf einen Baumstumpf zu setzen.

Er dachte daran, dass nicht nur Neumann, sondern auch Böhmer ihn nicht würde erreichen können, falls er es versuchte. Aber warum sollte sein Partner das tun?

Sein Partner … Nach dem, was Böhmer in ihrem letzten Telefonat gesagt hatte, bezweifelte Max, dass sie noch Partner sein würden, unabhängig davon, wie diese Sache ausging. Er war enttäuscht von dem Mann, mit dem ihn – so dachte Max zumindest – mittlerweile nicht nur eine berufliche Partnerschaft, sondern auch eine Art Freundschaft verbunden hatte. Keine von der Art, bei der man sich unentwegt auf der Pelle saß und alles gemeinsam unternahm. Nein, sie hatten sich in unregelmäßigen Abständen nach Feierabend auf ein oder zwei Bier getroffen oder waren auch mal zusammen zum Essen gegangen. Und dennoch hatte Max gedacht, mit Böhmer eine Vertrauensbasis zu haben, die jeden Zweifel an der Loyalität des anderen ausschloss. Immerhin hatten sie sich schon mehr als einmal gegenseitig ihr Leben anvertraut. Umso unbegreiflicher war es, dass Böhmer tatsächlich in Betracht ziehen konnte, nein, sogar glaubte, er, sein Partner und Freund, könne die Frau umgebracht haben, mit der er gerade zarte Bande knüpfte.

Ja, Max war enttäuscht, und nun, wo er zum ersten Mal die Zeit hatte, darüber nachzudenken, stellte er fest, dass ihn diese Erkenntnis mehr schmerzte, als er es für möglich gehalten und bisher wahrgenommen hatte.

Aber das waren Dinge, mit denen er sich befassen konnte, sobald er Kirsten gefunden hatte.

Markus Vogt erschien nach etwa zehn Minuten. Er fuhr einen uralten Opel, der keuchend und fauchend neben Kellers Wagen zum Stehen kam und auf Max den Eindruck machte, als hauche er jeden Moment sein maschinelles Leben aus. Max war überrascht. Dieses Auto wollte so gar nicht zu dem Haus passen, in dem Vogt mit seiner Familie wohnte.

Als er ausstieg und zu Max herüberkam, beendete auch Patrizia Keller ihr Telefonat und verließ ihren Wagen.

»Ich kann nicht lange bleiben«, erklärte Vogt und rieb dabei unentwegt die Hände aneinander. »Christine hat nicht die Polizei gerufen, aber wenn ich nicht innerhalb einer halben Stunde zurück bin, wird sie es tun.«

Max fragte sich, ob Vogts Frau ihm tatsächlich dieses Ultimatum gestellt hatte oder ob Markus Vogt Max mitteilen wollte, dass es besser war, ihm nichts anzutun. Vielleicht war er doch nicht so sehr von Max' Unschuld überzeugt, wie er behauptet hatte.

»Okay. Dann erzählen Sie doch bitte, was vorgefallen ist, als Sie sich vor einem Jahr mit Neumann getroffen haben.«

»Ich habe ihn fast nicht erkannt«, begann Vogt und blickte an Max vorbei, als liefe hinter ihm ein Film über das Treffen ab. »Der Kerl, der da vor mir gestanden hat, hatte nichts mehr mit dem Alex Neumann von früher zu tun. Er …« Markus Vogt machte eine längere Pause, in der er nach den richtigen Worten zu suchen schien. »Alex war nur noch ein Schatten seiner selbst. Er war abgemagert, hatte mindestens zehn Kilo verloren, seine Haut sah aus, als sei sie aus grauem Papier. Aber das Schlimmste war nicht sein Aussehen, sondern sein Verhalten. Er war apathisch, redete vollkommen wirres Zeug. Immer wieder brach er mitten in einem Satz ab und starrte abwesend durch mich hindurch. Anschließend wusste er nicht mehr, was er sagen wollte. Jedenfalls brauchte er Geld. Um untertauchen zu können, wie er sagte. Ich habe ihn gefragt, warum er untertauchen wolle? Schließlich sei er doch auf Bewährung raus und würde sich regelmäßig melden müssen, um nicht wieder in den Knast zu wandern. Da hat er mich ganz seltsam angesehen und mit einer tonlosen Stimme gesagt, er würde nie wieder in den Knast gehen.« Erneut machte Vogt eine Pause. Die Erinnerung an die Begegnung schien ihm zuzusetzen.

»Ich habe ihm erklärt, dass ich kein Geld habe, das ich ihm geben kann.«

Max dachte an das schmucke Haus und den schrottreifen Opel. Markus Vogt schien seine Gedanken zu erraten. »Das Haus gehört meiner Frau. Wir haben Gütertrennung, weil ihr Vater darauf bestanden hat. Ich habe wirklich kein Geld, das ich Alex hätte geben können. Dann hat Alex gesagt, er müsse sich vor den *Fickern* verstecken.«

»Was?«, hakte Max nach, der glaubte, sich verhört zu haben.

»Ja. Das hat er sogar mehrfach gesagt. Die *üblen Ficker* seien hinter ihm her, und er brauche Geld, um sich vor ihnen in Sicherheit zu bringen. Ich habe ihm noch mal erklärt, dass ich kein Geld habe. Da ist er ohne ein weiteres Wort gegangen. Zu Fuß. Ich habe Christine davon erzählt. Sie wollte damals auch schon die Polizei rufen, aber ich konnte sie davon abhalten. Alex ist im Knast offenbar zu einem Zombie geworden, aber … er hat mir trotzdem leidgetan.«

»Das verstehe ich«, sagte Max. »War das alles?«

»Ja. Jetzt muss ich auch wieder los, sonst hetzt Christine Ihnen doch noch die Polizei auf den Hals.«

Während Max Markus Vogt nachsah, dachte er darüber nach, was er ihm gerade über Neumann erzählt hatte, und stellte fest, dass diese Schilderung rein gar nichts mehr mit dem zu tun hatte, wie der Dreckskerl sich mittlerweile aufführte. Und er fragte sich, was in dem vergangenen Jahr wohl mit Alexander Neumann passiert sein musste.

26

Als sie die Augen aufschlägt, stößt sie einen Schrei aus und fährt erschrocken zusammen. Er ist wieder da. Direkt vor ihr ist er in die Hocke gegangen und starrt sie an. Sie weiß nicht, wie lange er schon so dahockt. Sie will es auch nicht wissen. Die Vorstellung, dass er sie die ganze Zeit im Schlaf betrachtet hat wie ein Insekt unter einem Mikroskop, ist widerlich.

»Was tun Sie?«, fragt sie ängstlich. »Warum sehen Sie mich so an?«

Er reagiert nicht, den Blick unverändert auf ihr Gesicht gerichtet, als würde sie noch immer schlafen. Das macht ihr noch mehr Angst. Er riecht intensiv nach etwas, das sie kennt, aber es fällt ihr nicht ein, was es ist. Zu sehr kreisen ihre Gedanken um die Frage, was gleich geschehen wird. Zu sehr versucht ihr Verstand, sich einzureden, dass er sie nicht töten wird, weil er sie noch braucht.

»Bitte«, versucht sie es ein weiteres Mal. »Bitte, reden Sie doch mit mir. Was haben Sie vor? Was ist mit Max? Bitte!«

Er weicht ein Stück zurück, drückt sich aus der Hocke hoch und blickt kalt auf sie hinab. Dann setzt er sich in Bewegung, langsam, wie in Zeitlupe, geht um sie herum, mustert sie dabei, als versuche er, sich jede Linie ihres Gesichts und ihres Körpers genau einzuprägen.

»Hören Sie auf damit«, ruft sie. »Bitte, hören Sie endlich auf.«

Er ist wieder vor ihr, starrt sie weiterhin mit regloser Miene an, reagiert nicht. Öl, *fällt ihr ein. Er riecht nach einem besonderen*

Öl. Waffenöl. Sie kennt den Geruch von Max. Manchmal, wenn er seine Waffe geputzt hat, bevor er sie besuchte, haben seine Hände danach gerochen.

»Dein Bruder«, sagt er so unvermittelt, dass sie erneut zusammenzuckt, »seine Zeit läuft ab. Und deine auch.«

»Was ist mit Max? Haben Sie ihn auch eingesperrt? Werden … Sie mich töten?«

Er antwortet nicht. Er wird sie töten, da ist sie jetzt sicher.

Ohne Vorankündigung rasen Erinnerungen an diesen einen Tag vor vielen Jahren an ihr vorbei wie eine Serie von Blitzen. Schlaglichter, die nur für den Bruchteil einer Sekunde aufleuchten und doch eine Lawine aus Gefühlen in ihr auslösen, die sich einen tosenden Weg durch ihr Innerstes sucht.

Sie ist zu ihrer Freundin Hannah unterwegs, die mit ihren Eltern nur zwei Straßen weiter wohnt. Sie hat ihr neues Jeanskleid an und kann es nicht erwarten, es Hannah vorzuführen. Hannah besitzt schon länger eines. Deshalb hat Kirsten seit Wochen bei Mama darum gebettelt, auch eines zu bekommen, und nun ist es so weit. Gut, es ist nicht ganz neu, sondern vom Kleiderbasar an der Schule, aber immerhin, es ist ein Jeanskleid, und es sieht toll aus.

Sie hört ein Geräusch hinter sich. Vertraut, weil man es jeden Tag zigmal hört, wenn man draußen spielt, ungewöhnlich, weil es so nah scheint und schnell näher kommt. Viel zu schnell. Sie schafft es noch, sich halb umzudrehen, weit genug, um das riesige, dunkle Ungeheuer zu sehen, das auf sie zurast und sie mit unfassbarer Kraft anspringt. Dann dieser merkwürdige Ruck. Die Welt dreht sich, während ihr Körper mit einem Mal unendlich leicht ist. Oben ist unten, links ist rechts, alles ist verkehrt. Bis wieder etwas Dunkles vor ihr auftaucht. Dann wird alles schwarz.

Sie schafft es, sich aus der Erinnerung herauszureißen, zurückzukehren in das Kellerloch, in dem er sie noch immer anstarrt.

»Bitte, sagen Sie es mir. Werden Sie mich töten?«

»Ich werde nichts mehr tun«, antwortet er. »Gar nichts.«

»Was heißt das? Was meinen Sie damit?«

Erneut geht er vor ihr in die Hocke, starrt sie an.

»Warum tun Sie das denn nur?«

»Ich schaue dich noch einmal genau an.«

»Aber warum?«

»Weil ich dich zum letzten Mal sehe.«

Damit steht er auf, geht zur Tür, verlässt den Raum.

Als der Schlüssel sich im Schloss dreht, klingt es endgültig.

27

Während Max sich anschnallte, kreisten seine Gedanken noch immer um die drastische Veränderung, die Neumann offenbar seit seiner Entlassung aus dem Gefängnis durchgemacht hatte.

»Du solltest dein Handy wieder einschalten.« Patrizia Keller riss ihn aus seinen Gedanken. »Meinst du nicht?«

»Ja, ich weiß. Kannst du bitte Richtung Mönchengladbach fahren?«

»Mönchengladbach? Was willst du denn da?«

»Wenn ich jetzt das Telefon anschalte, wird es sich mit der nächsten Funkzelle verbinden, und meine Kollegen werden recht schnell wissen, wo ich bin. Wenn wir in Richtung Mönchengladbach fahren, werden sie das mitbekommen, weil sich mein Handy nach und nach in den Zellen in dieser Richtung anmeldet. Sobald ich das Telefon wieder ausgeschaltet habe, drehen wir um und fahren … ich weiß jetzt noch nicht, wohin, aber jedenfalls nicht nach Mönchengladbach.«

»Gar nicht dumm«, sagte Keller und begann sogleich, auf dem Navigationsgerät herumzutippen, während Max das Mobiltelefon hervorholte und mit dem Zeigefinger aus der kleinen Zusatztasche der Jeans die SIM-Karte herausfischte. Nachdem er den winzigen Chip eingelegt hatte, schaltete er es an.

Das Bewusstsein, sich in diesem Moment für die Polizei wieder sichtbar zu machen, zerrte ebenso an seinen Nerven wie die Frage, ob Neumann zwischenzeitlich schon versucht hatte, ihn zu erreichen. Und falls ja, wie er darauf reagiert hatte, als das nicht möglich war.

Zudem musste er sich eingestehen, dass er insgeheim darauf hoffte, die Nachricht über einen verpassten Anruf von Böhmer zu sehen. Tatsächlich hatte es einen Anruf in Abwesenheit gegeben, aber nicht von seinem Partner. Die Rufnummer war unterdrückt, was bedeutete, dass höchstwahrscheinlich Neumann versucht hatte, ihn zu erreichen.

»Und?«, fragte Keller und riskierte einen schnellen Seitenblick auf das Telefon in Max' Hand.

»Ein Anruf in Abwesenheit. Vermutlich Neumann.«

»Wann?«

Max sah erneut auf das Display. »Vor zehn Minuten.«

»Hm … dann wird er es sicher noch mal versuchen.«

Das hoffte Max sehr. Nicht auszudenken, wenn das ausgeschaltete Handy Neumann dazu gebracht hätte, seine Wut darüber an Kirsten abzureagieren.

Es vergingen nur ein paar Minuten, in denen Patrizia und Max schweigend nebeneinandersaßen, bis Neumann wieder anrief. Noch bevor er das Gespräch annahm, überlegte Max, dass der Kerl entweder so etwas wie einen sechsten Sinn haben musste oder dass er sich nach seinem ersten Versuch vorgenommen hatte, es jede Viertelstunde erneut zu versuchen.

»Du sollst für mich erreichbar sein«, begann Neumann mit gewohnt dumpfer Stimme.

»Vor allem anderen sollte ich ja wohl auf freiem Fuß

bleiben, um deine *Anordnungen* befolgen zu können, oder etwa nicht? Ich musste das Telefon ausschalten, damit ich nicht geortet werden kann. Immerhin werde ich wegen Mordes gesucht, wie du dich vielleicht erinnerst.«

»Wir werden uns treffen.«

Max glaubte, sich verhört zu haben. »Was?«

»Wir werden uns treffen. Ich habe etwas für dich.«

Ein Treffen … Max' Gedanken überschlugen sich. Das konnte die Chance sein, den Mistkerl außer Gefecht zu setzen. Er konnte Böhmer anrufen oder vielleicht besser …

»Falls du daran denkst, jemanden über das Treffen zu informieren und nicht allein zu erscheinen … hör mir jetzt besser sehr genau zu. Deine Schwester ist so gut versteckt, dass ihr sie niemals ohne meine Hilfe finden werdet. Sie hat weder Wasser noch etwas zu essen. Was aber für dich viel interessanter ist: Ich habe unter ihrem Rollstuhl eine Bombe befestigt, die so dimensioniert ist, dass sie das gesamte Gebäude in Schutt und Asche legt, wenn sie hochgeht. Ich trage bei unserem kleinen Meeting einen Fernzünder bei mir, an dem ein Knopf befestigt ist, der ständig gedrückt werden muss. Lasse ich diesen Knopf los – etwa, weil ich angeschossen oder überwältigt wurde –, verwandelt sich deine Schwester in der gleichen Sekunde in ein Puzzle aus tausend Teilen. Zudem gibt es noch einen Zeitzünder, den ich so einstellen werde, dass ich ihn bequem nach unserem Treffen wieder abschalten kann. Vorausgesetzt, dass alles so läuft, wie ich mir das vorstelle. Hast du das verstanden?«

»Ja«, presste Max zwischen den Zähnen hervor und

bemerkte, dass Patrizia Keller den Wagen angehalten hatte und ihn unentwegt anstarrte.

»Gut. Du weißt, ich mache keine Scherze. Wir treffen uns um Punkt zweiundzwanzig Uhr auf einem alten Fabrikgelände in Köln. Merk dir die Adresse.«

Neumann nannte ihm die Straße am Rand von Mülheim und beschrieb, wo genau das Gebäude zu finden war und wohin Max kommen sollte.

»Du sagtest, du hast etwas für mich. Was ist das?« Max hörte, dass seine Stimme klang, als hätte er gerade einen Fünfhundertmeterlauf hinter sich.

»Das wirst du dann schon sehen. Komm allein und sei pünktlich. Wenn ich warten muss, neige ich dazu, aus Langeweile ein paar Fingerübungen zu machen. Dabei kann ich nichts in der Hand behalten.«

»Ich habe verstanden.«

Als Max das Telefon zur Seite legte, sagte Keller ungeduldig: »Und?«

»Er will sich mit mir treffen. Heute Abend. Allein.«

»Wow! Was wirst du tun?«

»Ich … weiß es noch nicht. Ich muss nachdenken.« Max öffnete die Beifahrertür und stieg aus. Keller hatte den Wagen in einer Haltebucht für Busse abgestellt. Er entfernte sich ein paar Schritte, lehnte sich, den Rücken dem Fahrzeug zugewandt, an den Pfosten des Haltestellenschilds und verbarg das Gesicht in beiden Händen.

Was sollte er tun? Was *konnte* er tun? Die Gelegenheit, Neumann von Angesicht zu Angesicht gegenüberzustehen, würde sich mit Sicherheit nicht ein weiteres Mal ergeben. Aber welche Chance hatte er gegen den Mistkerl? Wenn er tatsächlich eine ferngesteuerte Bombe unter Kirstens Rollstuhl deponiert hatte – und Max zweifelte keine Sekunde daran, dass er das getan hatte –, waren ihm die Hände gebunden. In dem Fall würde es auch nichts nutzen, wenn ein Sondereinsatzkommando am Treffpunkt auf Neumann wartete. Was auch immer die Beamten unternahmen, Neumann würde einfach den Knopf der Fernzündung loslassen, und Kirsten würde in Stücke gerissen. Wenn er hingegen schwieg und allein am Treffpunkt erschien, würde sich an der Grundsituation nichts ändern, außer, dass er wahrscheinlich festgenommen werden würde.

Egal, wie er es drehte und wendete, der Gewinner hieß immer Alexander Neumann. Es würde Max also nichts anderes übrigbleiben, als auf die Forderungen einzugehen, wenn er zumindest eine kleine Chance haben wollte, dass Kirsten diese Sache überlebte.

Was hatte Neumann wohl für ihn? Er erinnerte sich an Kirstens abgetrennte Finger und Zehen. Was, wenn Neumann ein Paket dabeihatte, in dem sich weitere Körperteile seiner Schwester befanden?

»Verdammtes Schwein«, presste Max hervor und ließ die Arme sinken. Dann hörte er, dass sein Name gerufen wurde, und wandte sich zum Wagen um. Patrizia Keller war ausgestiegen und sah zu ihm. »Was hältst du davon, wenn du dein Handy wieder ausschaltest? Oder wir zumindest weiterfahren? Ich weiß ja nicht, wie schnell deine Kollegen sind, aber ich halte es für keine gute Idee, mit eingeschaltetem Telefon darauf zu warten, dass sie hier auftauchen.«

Max wusste, dass sie recht hatte. Als er wieder im Auto saß und das Telefon in den Händen hielt, dachte er kurz darüber nach, Burghard Palzer anzurufen, und wunderte sich gleichzeitig darüber, dass der Oberkommissar zwischenzeitlich nicht von sich aus versucht hatte, ihn zu erreichen. Hatte er es sich anders überlegt? War es ihm doch zu heiß, einen Mordverdächtigen zu decken? Dann aber sagte Max sich, dass das wahrscheinlich damit zusammenhing, dass es schlicht noch nichts Neues gab. Er schaltete das Gerät aus und entnahm die SIM-Karte. Nachdem er sie weggesteckt hatte, nickte er Keller zu. »Fahren wir.«

»Wohin?«

»Keine Ahnung. Ich muss irgendwie die Zeit bis heute Abend überbrücken, ohne von meinen Kollegen geschnappt zu werden.«

»Hm … was hältst du davon, wenn ich dich so lange verstecke?«

»Das ist sehr nett von dir, aber ich habe dich schon mehr als genug in die Sache hineingezogen. Wenn du jetzt auch noch einem Mordverdächtigen Unterschlupf gewährst, kannst du in ernsthafte Schwierigkeiten kommen.«

»Ach was. Ich verrate dir jetzt mal was, und das solltest du nicht persönlich nehmen. Ich mag Bullen nicht sonderlich. Du bist da echt eine Ausnahme. Aber irgendwie kommst du mir auch nicht wie ein richtiger Bulle vor.«

Das geht mir im Moment genauso, dachte Max verbittert.

»Was ich sagen will: Es macht mir nichts aus, jemandem zu helfen, der zu Unrecht verfolgt wird, ganz im Gegenteil, ich finde es spannend, die Polizei an der Nase herumzuführen.«

Sie verzog den Mund zu einem schiefen Grinsen. »Also?«

Max musste sich eingestehen, dass er nicht viele Möglichkeiten hatte, und von denen, die vielleicht in Betracht kamen, wäre Patrizia Kellers Angebot mit Abstand das beste gewesen, wenn es da nicht einen entscheidenden Haken gegeben hätte.

»Danke, aber du vergisst, dass es gut möglich ist, dass die Polizisten sich das Kennzeichen deines Wagens gemerkt haben, als du mich aufgelesen hast. Wenn das so ist, warten sie schon an deiner Wohnung auf uns.«

»Das stimmt, und das habe ich auch nicht gemeint. Es gibt da eine andere Wohnung in Lindenthal, wo wir die Zeit bis heute Abend verbringen können.«

»Was für eine andere Wohnung?«

Sie winkte ab. »Ich habe sie von meinem Exmann. Eines seiner *Abschiedsgeschenke*, damit ich ihn nicht auf Unterhalt verklage. Er hat in Köln so viele Wohnungen, dass er wahrscheinlich selbst nicht mehr weiß, wie viele es sind. Diese Wohnung hat er mir zwar schon länger übertragen, aber ich bin dort nicht gemeldet. Ob deine Kollegen sich die Mühe machen, auf dem Grundbuchamt nachzuforschen, wage ich zu bezweifeln. Aber das weißt du besser als ich.«

»Nein, das werden sie wohl eher nicht tun.«

»Na also. Fahren wir?«

Max dachte darüber nach, versuchte, noch eine andere Möglichkeit zu finden, aber sosehr er sich auch bemühte, es fiel ihm nichts ein. »Also gut.«

»Alles klar. Dann los.« Grinsend ließ Patrizia Keller den Motor an und blickte in den Rückspiegel.

Bevor sie aus der Haltebucht ausgeschert war, sagte Max: »Patrizia?«

»Ja?«

»Warum tust du das? Für einen Fremden, der noch dazu ein Bulle ist.«

Sie sah ihn an, und jeder Anflug eines Grinsens war verflogen. »Ich weiß, wozu dieser Dreckskerl fähig ist. Ich habe mir seine abartigen Phantasien anhören müssen und damals schon gewusst, dass er eine tickende Zeitbombe ist. Es wäre meine Pflicht gewesen, die Polizei zu verständigen, aber du weißt ja, ich habe ein gespaltenes Verhältnis zu den Bullen.« Nun grinste sie doch für einen kurzen Moment, dann wurde sie wieder ernst.

»Seit damals geht diese Sache mir nicht mehr aus dem Kopf. Hätte ich früher das Richtige getan, wäre wahrscheinlich nicht nur diese Nutte noch am Leben, die er umgebracht hat, er wäre vielleicht auch in Therapie gekommen und hätte noch ein halbwegs anständiges Leben führen können. Was dann dazu geführt hätte, dass deine Schwester jetzt gemütlich irgendwo sitzen und eine Tasse Kaffee trinken würde, statt von dem Bastard gequält zu werden. Ich möchte einfach ein bisschen was wiedergutmachen, okay?«

Sie sahen sich lange Sekunden in die Augen, bevor Max schließlich nickte. »Okay. Fahren wir.«

Max rechnete damit, dass sie auf ihrem Weg Polizeifahrzeugen begegnen würden, die in das Gebiet mit der Funkzelle rasten, in der er kurz angemeldet gewesen war. Und er sollte recht behalten. Allerdings waren es keine Streifenwagen, sondern zivile Limousinen des Sondereinsatzkommandos, die in die entgegengesetzte Richtung fuhren und auf deren Dächern auf den Fahrerseiten Magnetblaulichter angebracht waren.

»Das war knapp«, bemerkte Keller.

»Ja. Die Telefonate waren zu kurz, um meinen Standort genau zu bestimmen, aber sie wissen zumindest, in welchem Gebiet ich mich aufgehalten habe. Auf jeden Fall besser, jetzt nicht mehr dort zu sein.«

Max lehnte sich zurück und schloss die Augen. Das Gefühl, vor seinen eigenen Kollegen fliehen zu müssen, ausgerechnet in einer Situation, in der er ihre Hilfe am dringendsten gebraucht hätte, plötzlich auf der anderen Seite zu stehen und nicht mehr ganz selbstverständlich zu den *Guten* zu gehören … es war mehr als nur fremd. Es war falsch.

28

Gegen achtzehn Uhr dreißig erreichten sie Patrizia Kellers Zweitwohnung, ein kleines und sehr sanierungsbedürftiges Zweizimmerapartment, in dem es muffig roch und das im Halbdunkel lag, weil der Blick aus den Fenstern nach etwa fünf Metern am dunkelgrauen Giebel des Nachbargebäudes endete. Möbliert waren die beiden Räume fast gar nicht. Lediglich in dem ersten, etwas größeren Zimmer stand eine alte Couch, deren abgewetzter brauner Stoff erahnen ließ, dass sie schon einiges mitgemacht hatte. Eine umgedrehte Plastikkiste davor sollte wohl als Tisch dienen. Der beigefarbene Teppich war derart mit Flecken übersät, dass Max ohne Schuhe keinen Fuß darauf gesetzt hätte.

Keller warf den Schlüssel auf die rote Plastikfläche des Kistenbodens und legte ihr Smartphone daneben. »Wie gesagt, es gibt hier nicht viel, aber dafür ist es sicher.«

»Kein Problem, ist ja nur für ein paar Stunden.«

Keller wandte sich zu ihm um. »Ja. Und dann?«

»Was meinst du?«

»Wie geht es weiter, nachdem du Alex getroffen hast?«

Max wünschte, er hätte darauf die Antwort gewusst. »Keine Ahnung. Das hängt davon ab, wie dieses Treffen abläuft und was Neumann von mir will.«

Keller zu erzählen, dass Neumann von ihm verlangt

hatte, einen Polizisten zu töten, hielt Max für keine gute Idee.

»Und was er dir geben wird.«

»Ja, und was er mir geben wird.«

Sie deutete auf die Couch. »Setz dich. Ich gehe noch mal kurz los und besorge uns was zu essen und zu trinken.«

Max ließ sich vorsichtig auf die Couch sinken. »Das ist nicht nötig. Ich habe keinen Hunger.«

»Aber du musst zumindest was trinken, keine Widerrede. Außerdem habe ich auch Durst, und zwar mächtig. Ich bin in ein paar Minuten wieder hier.«

Sie nahm den Wohnungsschlüssel, wandte sich ab und zog gleich darauf die Tür hinter sich ins Schloss.

Erneut sah Max sich in dem Raum um, ließ seinen Blick über die fleckige Raufasertapete bis zum Fenster wandern, das von außen mit einer milchigen Schicht überzogen war. Wahrscheinlich ein Gemisch aus Staub und Regenwasser.

In nicht einmal dreieinhalb Stunden würde Max dem Entführer seiner Schwester gegenüberstehen. Was würde ihn erwarten? Was hatte Neumann vor, und … was *hatte* er für ihn? Er dachte an Neumanns Drohung, Kirsten ein Auge – nein, diesen Gedanken durfte er nicht zulassen.

Vielleicht hatte Neumann auch ganz bestimmte Vorstellungen davon, wie Burghard Palzer sterben sollte, und brachte ihm die Tatwaffe mit? Andererseits konnte es Neumann egal sein, auf welche Art Max seinen Kollegen umbrachte. Die Hauptsache war doch für diesen Psycho, dass Max dafür ins Gefängnis kam und das Gleiche durchlitt, was er selbst erleben musste. *Üble Ficker …*

Max erschauderte bei dem Gedanken, was Neumann damit gemeint haben konnte. Er war vergewaltigt worden. Und das wahrscheinlich immer und immer wieder. Und da es niemanden gab, der einem ehemaligen Polizisten im Knast half, hatte sich vermutlich jeder an ihm bedient, dem danach war.

Max mochte sich gar nicht vorstellen, welche Ausmaße das angenommen haben konnte. Falls man ihm das während der gesamten Haftzeit angetan hatte, war es nicht verwunderlich, wenn Neumann sich nach seiner Entlassung in dem Zustand befand, den Markus Vogt beschrieben hatte.

Erstaunlich war allerdings, wie er es geschafft hatte, innerhalb eines Jahres, in dem er zudem abgetaucht war, von einem offensichtlich psychischen Wrack zu dem durchtriebenen Dreckskerl zu werden, den Max immer wieder am Telefon erlebte.

Vermutlich war es Hass, der Neumann angetrieben hatte. Hass auf die Menschen, die aus seiner Sicht Schuld an allem hatten, was ihm passiert war. Auf Verena Hilger, auf Burghard Palzer und am allermeisten auf ihn, Max Bischoff. Den Mann, der dafür gesorgt hatte, dass Neumann, ein Polizeikollege, nicht nur gefasst, sondern auch ins Gefängnis gesteckt worden war.

Er dachte an den letzten Fall, den er gemeinsam mit Böhmer gelöst hatte. Kaum zu glauben, dass es erst ein paar Tage her war, dass sie sich blind aufeinander verlassen und einander bedingungslos vertraut hatten.

Das Klingeln seines Handys holte Max zurück in die Realität. Instinktiv tastete er nach seinem Telefon, bis ihm schließlich bewusstwurde, dass es nicht sein Handy sein konnte, das so penetrant klingelte, weil er es ausgeschaltet hatte. Sein Blick fiel auf die rote Plastikkiste vor der Couch, auf der Kellers Smartphone lag und in kurzen Abständen vibrierte und gleichzeitig klingelte.

Max beugte sich nach vorn und betrachtete das Display.

Anonym … Mit einem mulmigen Gefühl griff er nach dem Gerät und nahm das Gespräch an. Als der Anrufer sich meldete, stockte Max der Atem.

»Bischoff!« Die dumpfe, nuschelnde Stimme. Neumann.

»Du hast dich wieder nicht an unsere Abmachung gehalten und doch jemandem von unserem Treffen heute Abend erzählt. Du …«

»Nein, warte! Sie hat das Telefonat mir dir …«

»Halt's Maul! Wage es nicht, mich noch einmal zu unterbrechen, sonst statte ich deiner Schwester sofort einen Besuch ab, klar? Deine Gehilfin hat mir von eurem Ausflug erzählt und von euren Gesprächen. Mit Vogt, dem Schwachkopf. Und mit dieser Frau, die mich irgendwann aus sich herausgepresst hat wie einen Klumpen Rotz … Aber ich kann dich beruhigen. Deine neue Freundin ist erst mit der Sprache herausgerückt, nachdem ich ihr alle Finger einer Hand gebrochen habe. Ich kann nicht leugnen, dass es mir eine gewisse Freude bereitet hat, da die Schlampe sich zu fein war, auch nur einen einzigen meiner Briefe aus dem Knast zu beantworten. Die gute Nachricht: An unserem Treffen wird sich nichts ändern. Die weniger gute: Strafe muss sein. Wie es aussieht, wirst du gleich noch einen weiteren Mord begehen. Aber das passt doch ganz ausgezeichnet.

Sie hilft dir, vor der Polizei zu fliehen, und kutschiert dich herum. Als sie dann mitbekommt, dass sie einem flüchtigen Mörder hilft, will sie abhauen. Also beseitigst du sie, damit sie nichts von dem verraten kann, was du ihr erzählt hast.«

»Du verdammter …«

»Jetzt kannst du dich schon mit zwei Morden schmücken, für die ich die ganze Arbeit übernommen habe. Wobei ich gestehen muss, dass der erste mir schon eine gewisse Genugtuung verschafft hat, der nun folgende aber ein Freudenfest für mich werden wird. Man könnte auch sagen, ein *Schlachtfest*.

Wie dem auch sei, es wird Zeit, dass du selbst aktiv wirst. Bei Palzer. Wie und wann, erfährst du um zehn. Sei pünktlich, sonst ist deine Schwester … na ja, du weißt schon.«

Das Telefon rutschte Max aus den kraftlosen Fingern und landete auf dem schmutzigen Teppich. Er registrierte es, war aber nicht in der Lage, auf irgendeine Weise zu reagieren. Er saß nur da, starrte vor sich hin und versuchte, den Wahnsinn zu begreifen, der gerade geschah.

Neumann hatte seiner ehemaligen Freundin, der er während seiner gesamten Haftzeit glühende Briefe geschrieben hatte, die Finger gebrochen und … freute sich darauf, sie umzubringen? Ein Schlachtfest …

Wie weit würde das noch gehen? Wie lange war er selbst noch dazu verurteilt, diesem abartigen Treiben tatenlos zuzusehen?

Und wie lange *durfte* er überhaupt noch zusehen, mit der Rechtfertigung, dass er seine Schwester beschützen musste? Machte er sich nicht zum Mittäter, wenn er nicht die erstbeste Gelegenheit nutzte, diesen Psychopathen aus dem Verkehr zu ziehen, koste es, was es wolle? Auch wenn das bedeutete, dass seine eigene Schwester es nicht überlebte?

Deine Schwester ist so gut versteckt, dass ihr sie niemals ohne meine Hilfe finden werdet. Sie hat weder Wasser noch etwas zu essen. Was aber für dich viel interessanter ist: Ich habe unter ihrem Rollstuhl eine Bombe befestigt …

Wenn er also versuchen würde, Neumann zu überwältigen, jagte er Kirsten in die Luft. Und auch wenn es ihm irgendwie gelingen würde, den Fernzünder sicherzustellen, gab es da noch eine Uhr, die tickte und die Bombe irgendwann detonieren ließ. So oder so … falls er etwas gegen Neumann unternahm und versuchte, dem Morden ein Ende zu setzen, würde er damit seine Schwester töten. Aber so hatte es ja auch schon in der ersten Nachricht von Neumann gestanden:

Du wirst bald einen Menschen töten. Entweder einen Fremden oder deine Schwester. Es liegt an dir.

Es lag an ihm. Weitere Menschen würden sterben. Auf jeden Fall. Und er musste entscheiden, wen es traf.

Ein Kitzeln auf den Wangen machte Max bewusst, dass sich Tränen aus seinen Augen gelöst hatten.

Er weinte. Um seine Schwester, um Verena Hilger, um Patrizia Keller … um sein Leben, das gerade endgültig aus den Fugen geriet. Ja, vielleicht würde es ihm gelingen, die Vorwürfe gegen ihn zu entkräften und zu beweisen, dass man ihn zu Unrecht verdächtigt hatte. Und dann?

Wie sollte er jemals wieder mit Böhmer zusammenarbeiten, nachdem dieser ernsthaft in Betracht gezogen hatte, nein, *glaubte*, Max könne ihre Kollegin erschossen haben? Wie sollte er mit der gleichen Überzeugung wie zuvor seine Energie in gemeinsame Ermittlungen stecken, nachdem die gesamte Polizei tagelang Jagd auf ihn gemacht hatte?

Nein. Was auch immer danach kommen würde, er konnte und er würde das Leben seiner Schwester auf keinen Fall riskieren, um nach Recht und Gesetz zu handeln oder für die trügerische Überzeugung, einer von den *Guten* zu sein.

Dennoch wollte er noch einen Versuch wagen. Er zog sein Handy und die SIM-Karte hervor und machte das Gerät betriebsbereit, ohne sich um das Smartphone zu kümmern, das neben seinen Füßen auf dem Boden lag. Ein Blick auf seine Uhr zeigte ihm, dass es mittlerweile fast halb acht war.

Kurz entschlossen schaltete er sein Handy ein, wartete, bis es sich im Netz angemeldet hatte, und wählte dann Böhmers Nummer.

Es dauerte eine Weile, bis sein Partner sich meldete.

»Was willst du?«

»Neumann hat gerade Patrizia Keller entführt«, erklärte Max ohne Umschweife. »Er wird sie umbringen.«

»Du meinst die Patrizia Keller, die verhindert hat, dass ein flüchtiger Mordverdächtiger gefasst werden konnte?«

»Nein, verdammt«, entgegnete Max schneidend, »ich meine die Frau, die meiner Schwester das Leben gerettet hat, das dir ja offensichtlich scheißegal ist.«

»Du weißt, dass das Blödsinn ist. Stell dich, und wir können über alles reden.«

»Nein, können wir nicht, denn wenn wir das könnten, würden wir es auch tun. Aber darum geht es gerade nicht. Hast du mir nicht zugehört? Er hat die Frau entführt und mir am Telefon gesagt, dass er sie jetzt umbringen und mir den Mord ebenfalls in die Schuhe schieben wird.«

»Sicher, dass es Neumann war, der sie entführt hat?«

»Was?«

»Du hast mich verstanden.«

»Du denkst tatsächlich … ich kann es nicht fassen.«

»Du kannst es also nicht fassen«, entgegnete Böhmer scharf. »Dann fällt es dir offenbar leichter, dich in die Köpfe von mordenden, kranken Psychopathen zu versetzen als in den eines logisch und folgerichtig denkenden Polizisten. In Anbetracht dessen, was in den letzten Tagen passiert ist, könnte man zu dem Schluss kommen, dass das daran liegt, dass dir die Gedanken dieser Wichser einfach näher sind. Also helfe ich dir mit ein paar Fakten aus. Fakt ist, dass der Kerl von dir verlangt hat, Verena zu erschießen, und dir damit drohte, deine Schwester zu Tode zu quälen, wenn du es nicht tust.« Böhmers Stimme klang jetzt wieder so unpersönlich, dass Max ihn vermutlich nicht erkannt hätte, hätte er nicht gewusst, mit wem er gerade telefonierte.

»Allein das war schon ein mehr als starkes Motiv für dich, es zu tun. Fakt ist auch, dass du am Tatort gesehen und identifiziert wurdest. Des Weiteren ist es Fakt, dass wir die Tatwaffe mit deinen Fingerabdrücken gefunden haben und zu guter Letzt per Telefonaufnahme sogar live dabei sind, wie du kaltblütig die Frau umbringst, mit der ich …« Seine Stimme brach, er räusperte sich, bevor er leise hinzufügte. »An welcher Stelle erwartest du jetzt mein Mitgefühl?«

Max spürte, wie eine Wut in ihm hochstieg, die er nur mit Mühe bändigen konnte.

»Verdammt, jetzt sei nicht so ein bornierter Idiot. Überleg doch mal, wie einfach es für Neumann war, es so aussehen zu lassen, als sei ich es gewesen. Und was ist mit dieser gefakten Aufnahme? Habt ihr sie analysieren lassen? Er hat sie zusammengesetzt aus Bruchstücken, die er aus dem Kontext gerissen hat. Ich kann mich an das Gespräch genau erinnern. Das müssen die Techniker doch feststellen können.«

»Natürlich haben wir das. Die Qualität ist gleichbleibend schlecht, aber es handelt sich ohne Zweifel um deine Stimme an einem Telefon. Seine Stimme konnten wir nicht zuordnen, weil sie verfälscht ist, aber die Hintergrundgeräusche stimmen exakt mit denen in deinen Parts überein.« Auch Böhmer wurde nun immer lauter. »Das, was ich dir bereits aufgezählt habe, reicht vor jedem Gericht für eine Verurteilung. Du hast nur eine Chance. Stell dich.«

»Merkst du eigentlich nicht, was du da für einen Unsinn erzählst? Du sagst, die Fake-Beweise reichen für eine Verurteilung aus, und verlangst im nächsten Augenblick, ich solle mich stellen? Damit ich verurteilt werde und in den Knast wandere für etwas, das ich nicht getan habe? Genau das also, was Neumann bezweckt? Da könnte einem doch glatt der Gedanke kommen, dass du mit dem Dreckskerl unter einer Decke steckst!«

29

Die eintretende Stille, die nur von ihrem stoßweisen Atmen unterbrochen wurde, dehnte sich wie ein Gummiband, das weiter und weiter gespannt wurde. Als Böhmer schließlich das Schweigen brach, schrak Max derart zusammen, dass ihm fast das Telefon aus der Hand gefallen wäre.

»Ruf mich nicht mehr an.«

»Fühlst du jetzt, was ich fühle?«, konnte Max noch wütend rufen, dann legte Böhmer auf.

Max horchte in sich hinein und stellte fest, dass er auf eine seltsame Art Genugtuung über Böhmers Reaktion empfand. Auf eine niedere, hässliche Art, und dennoch … Vielleicht konnte sein *Partner* nun eher nachempfinden, was es bedeutete, zu Unrecht einer Ungeheuerlichkeit verdächtigt zu werden.

Max schaltete das Telefon wieder aus, entfernte die Karte und stemmte sich hoch, nachdem er beides in seinen Taschen verstaut hatte. Zeit, aus der Wohnung und dem Stadtteil zu verschwinden. Es würde nicht lange dauern, bis Polizisten in der Gegend auftauchten.

Bei einem letzten Blick in die Wohnung überlegte er, was Neumann wohl gerade mit Patrizia Keller anstellte, und klammerte sich an die vage Hoffnung, dass der Mistkerl in diesem Fall nur geblufft hatte und seine Exfreundin verschonte. Dass sie in seiner Gewalt war, daran zweifelte Max allerdings keine Sekunde.

Er zog die Tür hinter sich ins Schloss und lief die Treppen hinab, indem er immer zwei Stufen auf einmal nahm. Im Erdgeschoss kam ihm eine junge Frau entgegen, die ein Baby auf dem Arm trug. Sie sah ihn an, ließ aber nicht erkennen, dass sie sein Foto in einem Fahndungsaufruf gesehen hatte. Max nickte ihr zu und eilte hastig an ihr vorbei. Bevor er das Haus verließ, sah er sich vorsichtig nach allen Seiten um. Noch schien alles ruhig zu sein.

Ohne eine Idee zu haben, welchen Weg er nehmen sollte, wandte er sich nach links und entfernte sich mit zügigen Schritten von dem Haus.

Bis nach Mülheim waren es etwa elf, zwölf Kilometer. Öffentliche Verkehrsmittel waren keine Option. Auch ein Taxi zu nehmen konnte gefährlich sein. Taxifahrer waren in der Regel bestens darüber informiert, wenn jemand gesucht wurde. Wahrscheinlich gab es kaum einen Fahrer, der sein Fahndungsfoto noch nicht kannte.

Es blieb ihm wohl nichts anderes übrig, als die Strecke zu Fuß zurückzulegen. Da er regelmäßig joggen ging, war er einigermaßen fit. Wenn er zügig marschierte, konnte er die Strecke in knapp zwei Stunden schaffen. Vorausgesetzt, Begegnungen wie die am Nachmittag blieben ihm erspart. Doch nur zehn Minuten später musste er feststellen, dass dies nicht der Fall war.

Die Kölner Kollegen hatten schnell reagiert. Als Erstes kamen ihm nacheinander zwei Streifenwagen entgegen, Sekunden später ein weiterer. Als er um die nächste Ecke bog, zuckte er zurück und beobachtete, wie in einiger Entfernung ein Mannschaftsbus am Rand des

Tierparks anhielt und eine ganze Horde Polizisten in Kampfanzügen ausspuckte. Hier würde er also nicht weiterkommen. Er musste zurück und einen anderen Weg ausprobieren. Max blickte auf die Uhr. Die Zeit lief ihm davon.

Er bog in einen kleinen Weg ein, der zwar in die falsche Richtung, aber erst einmal weg von den Polizisten führte, und zwang sich, nicht loszurennen. Hinter einem Fenster im Erdgeschoss des Hauses, an dem er gerade vorbeiging, wurden die Gardinen zur Seite geschoben. Das bleiche Gesicht einer sehr alten Frau tauchte auf, ein Blick aus stumpfen Augen klammerte sich für einen kurzen Moment an Max, bevor er die Straße zu beiden Seiten nach einem Ereignis absuchte, das vielleicht ein wenig Leben in die Tristesse des Daseins brachte.

Wie es schien, hatte sie ihn nicht erkannt.

Er verfluchte sich für den Gedanken, Böhmer noch einmal anzurufen. Das Gespräch und die daraus resultierende Treibjagd, die gerade begann, hätte er sich sparen können.

Max wusste, nun wurde es in jeder Beziehung eng für ihn. Er kannte die Mechanismen, die jetzt griffen. Wie es aussah, war ein großes Aufgebot an Kollegen in das Gebiet geschickt worden, diensteifrige Polizeibeamte, die es nicht erwarten konnten, dem feigen Mörder aus den eigenen Reihen Handschellen anzulegen, und die gerade dabei waren, die Umgebung um die Funkzelle dichtzumachen. Sie kreisten ihn ein, würden den Ring um ihn enger und enger ziehen, so lange, bis sie ihn auf einem überschaubaren Gebiet festgenagelt hatten. Dann würden sie jeden Stein nach ihm umdrehen.

So weit durfte er es nicht kommen lassen.

In einiger Entfernung waren mehrere Polizeisirenen zu hören, die schnell näher kamen. Max blickte in alle Richtungen und versuchte, die aufsteigende Panik zu unterdrücken.

Er würde es nicht rechtzeitig schaffen. Er *konnte* es nicht schaffen, wenn sein Hauptaugenmerk darauf liegen musste, Verstecken mit den Polizisten zu spielen.

Erneut brausten zwei Fahrzeuge heran, dieses Mal wieder zivile Limousinen des SEK. Max machte zwei Schritte zurück und drückte sich in eine Nische neben der Garage des Nachbarhauses der alten Frau. Die vollbesetzten Wagen rauschten vorbei, ohne die Geschwindigkeit zu verringern. Er wartete, bis sie abgebogen waren … geschafft. Zumindest für diesen kurzen Moment.

Erneut sah er sich gehetzt um, schaute auf die Uhr. Um zehn musste er auf dem Fabrikgelände sein. Noch eindreiviertel Stunden … Nein, so war das unmöglich, das konnte er nicht schaffen. Er musste nachdenken, irgendeine Lösung finden. Es gab immer eine Lösung, man musste nur lange genug überlegen. Hinter ihm schwoll erneut das Motorengeräusch eines näher kommenden Autos an. Max sah sich um, atmete erleichtert auf. Nur ein Taxi.

Ein Taxi. Und es schien leer zu sein. Er rang mit sich. Sollte er es trotz allem wagen? Das Fahrzeug war nicht mehr weit entfernt. Hatte er eine Wahl? Er konnte sich vielleicht verstecken, aber er würde es nie und nimmer rechtzeitig zu dem Treffen mit Neumann schaffen. Die Konsequenz daraus lag auf der Hand. Nur noch wenige Meter … Mit ein paar großen Schritten stand er am Straßenrand und hob die Hand. Der Fahrer bremste augenblicklich und kam nur wenige Meter weiter zum Stehen.

»Sind Sie frei?«, fragte Max, als das Fenster auf der Fahrerseite hinunterfuhr.

Der etwa fünfzigjährige Mann nickte. »Ja, wo soll's denn hingehen, Meister?«

Max musste nicht lange überlegen. »Zum Hauptbahnhof.«

Auf ein erneutes Nicken des Mannes hin öffnete er die hintere Tür und stieg ein. »Danke. Was ist denn hier los?«

Schulterzucken. »Weiß nicht. Die riegeln gerade alles ab. Vielleicht ein Banküberfall.«

»Mist!«, stieß Max theatralisch aus und war insgeheim froh, dass der Fahrer entweder nichts von der Fahndung nach ihm wusste oder die Verbindung zu dem plötzlichen Polizeiaufgebot nicht herstellen konnte.

»Ich hab's ziemlich eilig. Wenn ich den Zug verpasse, verliere ich meinen Job. Sehen Sie eine Chance, trotz dieses Aufmarsches schnell am Bahnhof zu sein? Ich lege einen Zwanziger drauf.«

Ihre Blicke trafen sich im Rückspiegel, drei Sekunden, vier … »Und wenn ich 'nen Bong kriege?«

»Übernehme ich.« Das dauerte alles zu lange. »Also gut, ich lege Ihnen fünfzig Euro auf den Fahrpreis drauf, wenn Sie jetzt sofort losfahren und mich schnellstmöglich zum Bahnhof bringen.«

Ohne weiteren Kommentar wendete der Fahrer den Wagen und fuhr zügig in die entgegengesetzte Richtung los. Max beugte sich ein Stück nach vorn. »Ist das der kürzeste Weg?«

»Nein, das ist der Weg, der an den ganzen Uniformen vorbeiführt. Schnallen Sie sich besser an.«

Max tat, was der Mann gesagt hatte, und ließ sich gegen die Rückenlehne fallen. Sein Herz hämmerte zum Zerspringen, aufgeregt rieb er die Handflächen aneinander. Die nächsten Minuten würden entscheidend sein. Für seine Zukunft und die seiner Schwester. Wenn der Fahrer es nicht schaffte, die Kontrollen zu umfahren, die mittlerweile mit Sicherheit bereits an allen größeren Straßen eingerichtet worden waren, war alles vorbei. Sie würden ihn festnehmen und in kürzester Zeit dem Haftrichter vorführen, der – daran zweifelte Max keine Sekunde – Untersuchungshaft anordnen würde. Neumann würde nicht lange auf dem alten Fabrikgelände auf ihn warten, sondern sich sofort auf den Weg zu Kirsten machen. Die Gedanken darüber, was dann geschehen würde, blockte Max rigoros ab.

»Kacke!«, stieß der Fahrer aus.

Max sah zwischen den Vordersitzen hindurch den Streifenwagen, der etwa dreihundert Meter vor ihnen die Straße zur Hälfte blockierte. Drei Beamte kontrollierten jedes der Fahrzeuge, die schon eine kleine Schlange bildeten.

»Okay, dann eben anders«, murmelte der Taxifahrer und bog nach rechts in eine schmale Seitenstraße ein, die Max erst sah, als sie sich unmittelbar davor befanden. Er hoffte, die Uniformierten hatten das verdächtige Manöver nicht bemerkt.

»Denken Sie, das schaffen wir, ohne von der Polizei aufgehalten zu werden?«

Der Mann drehte den Kopf ein wenig, so dass Max

ihn im Profil sehen und feststellen konnte, dass seine Nase die typisch eingedellte Form hatte, wie man sie von Profiboxern kannte.

»Können Vögel fliegen?«

Wenn Max das richtig interpretierte, klang es zumindest zuversichtlich genug, um ihn ein wenig zu beruhigen. Er ließ sich wieder zurücksinken. Das Gefühl, dazu verurteilt zu sein, dazusitzen und der Dinge zu harren, die da kamen, ohne sie aktiv beeinflussen zu können, machte ihn fast verrückt. Aber es blieb ihm nichts anderes übrig.

Sie kamen durch Wohngebiete, schlichen über Spielstraßen und erreichten einen Friedhof, den sie auf einem unbefestigten Feldweg umfuhren. Schon nach kurzer Zeit hatte Max vollkommen die Orientierung verloren und wusste nicht einmal mehr ansatzweise, ob sie überhaupt noch in die richtige Himmelsrichtung unterwegs waren.

Am Ende des schmalen Weges kamen sie wieder in ein Wohngebiet, das sie im Zickzackkurs durchquerten, bis sie schließlich auf eine breite Hauptstraße einbogen.

»Wo sind wir hier?«, fragte er den Fahrer, der ein meckerndes Lachen ausstieß.

»Schätze mal, außerhalb der Kontrollen und damit in meiner Fünfzigeurozone. Das ist Ehrenfeld. In zehn Minuten sind wir am Bahnhof, Meister.«

Max hatte das Gefühl, eine zentnerschwere Last von den Schultern genommen zu bekommen. Er befand sich zwar noch immer in einer recht ausweglosen Situation, aber die akute Gefahr, überhaupt keine Chance mehr zu haben, war erst einmal abgewendet.

Als der Fahrer nach einer Weile vor dem Hauptbahnhof anhielt, gab Max ihm zwei Fünfziger und klopfte ihm auf die Schulter. »Das stimmt so. Vielen Dank noch mal.«

Der Mann grinste breit und steckte das Geld ein. »Jederzeit wieder, Meister.«

Max wartete, bis der Wagen außer Sichtweite war, dann machte er sich auf den Weg. Mittlerweile hatte die Dämmerung eingesetzt, in einer halben Stunde würde es dunkel sein.

Max wollte den Rhein über die Hohenzollernbrücke überqueren, dann ginge es fast nur noch geradeaus. Wenn seine Ortskenntnisse von Köln ihn nicht im Stich ließen und nichts dazwischenkam, würde er die Adresse, die Neumann ihm gegeben hatte, etwa in einer halben bis Dreiviertelstunde erreichen.

Er sah auf die Uhr. Viertel vor neun. Er lag gut in der Zeit.

Schon bald stünde er dem Mann gegenüber, der seine Schwester entführt und bestialisch gequält hatte. Max hatte keine Vorstellung, wie es dann weitergehen würde.

Der Weg bis zu der Fabrik verlief ohne weitere Zwischenfälle. Er erreichte das von einem hohen Bauzaun umgebene Gelände um kurz vor halb zehn. Offenbar sollten die alten Hallen und Verwaltungsgebäude dahinter bald abgerissen werden.

Max sah sich kurz um und schritt dann den Zaun ab auf der Suche nach einer Stelle, an der er hindurchschlüpfen konnte. Er fand sie nach etwa fünfzig Metern. Zwei der Zaunpfähle waren dort weit genug auseinandergebogen.

Auf der anderen Seite angekommen, zog er sein Shirt zurecht und betrachtete die düsteren Backsteinbauten, an denen fast alle Fenster eingeworfen waren. Die dunklen Öffnungen glotzten ihm bedrohlich entgegen. Kurz kam ihm der Gedanke, dass Neumann Kirsten vielleicht in einem der alten Fabrikgebäude gefangen halten könnte, doch das erschien ihm dann doch zu unwahrscheinlich. Als so leichtsinnig schätzte er den Mistkerl nicht ein.

Max entdeckte das Gebäude, das Neumann ihm beschrieben hatte. Es war zweistöckig und stand etwas zurückgesetzt zwischen zwei halbverfallenen Hallen.

Er überlegte, ob er schon hineingehen und drinnen auf Neumann warten sollte, entschied sich aber dagegen. Wenn er sich draußen irgendwo in Sichtweite des Eingangs versteckte, konnte er Neumann vielleicht sehen, sobald er über das Gelände lief. Womöglich hatte er den Fernzünder noch nicht scharf gemacht, und es ergab sich tatsächlich eine Gelegenheit, den Mann zu überwältigen.

Max wusste selbst, dass dieses Szenario eher unwahrscheinlich war, aber er brauchte zumindest die vage Hoffnung, etwas unternehmen zu können, um nicht vollkommen verrückt zu werden.

Also duckte er sich hinter einen Schuttberg etwa dreißig Meter neben dem Eingang und wartete auf Neumann.

Er kam nicht. Zumindest nicht durch den Bereich, den Max einsehen konnte. Um fünf Minuten vor zehn richtete er sich auf. Entweder war Neumann die ganze Zeit über schon in dem Gebäude gewesen, oder er hatte es geschafft, das Gelände von der anderen Seite her unbemerkt zu betreten. Oder er kam überhaupt nicht.

Max zog seine Waffe und ging auf das Gebäude zu. Mit jedem Schritt, mit dem er sich dem Eingang näherte, wurde sein Puls schneller.

Als er an der schräg in den Angeln hängenden, morschen Holztür vorbei das Innere betrat, pochte ihm jeder Schlag seines Herzens in den Ohren.

Er stand in einem Flur, dessen Boden mit Schutt und Müll bedeckt war, zumindest soweit er es sehen konnte, denn nach ein paar Metern wurde der Gang von einer bedrückenden Dunkelheit verschluckt. Max tastete nach seinem Telefon, als ihm einfiel, dass das Billiggerät, das er benutzte, eine Taschenlampenfunktion hatte. Die Lampe warf zwar auch nur einen schwachen Schein, war aber besser als nichts.

Er schaltete das Gerät an, ohne die Karte vorher einzusetzen, woraufhin auch prompt eine entsprechende Warnung erschien. Ohne Karte würde er in dem Menü nicht weiterkommen, aber das schwache Leuchten genügte ihm ja.

Den Arm nach unten ausgestreckt, tastete er sich langsam vorwärts. Schon nach wenigen Schritten konnte er nur noch vage erkennen, wohin er die Füße setzte.

»Neumann?«, rief er und erschrak über seine eigene Stimme, die in der Dunkelheit lauter klang, als er es beabsichtigt hatte. Er blieb stehen, lauschte. Nichts.

Also weiter, einen Schritt nach dem anderen, möglichst ohne auf Steine oder Müll zu treten. Auf der rechten Seite schälte sich eine Türöffnung aus der Schwärze. Ausläufer des Mondlichts drangen von draußen durch das winzige glaslose Fenster in den Raum und ließen erahnen, dass er bis auf den obligatorischen Müll auf dem Boden leer war.

Max wollte sich gerade abwenden, als von hinten etwas Weiches auf seinen Mund gepresst wurde, während gleichzeitig ein starker Arm sich um seine Brust legte und erbarmungslos zudrückte. Er wand sich in dem Griff, stemmte die Beine schräg gegen den Boden und versuchte, seinen Gegner zu Fall zu bringen, doch er hatte keine Chance. Die Kräfte verließen ihn rasend schnell. Das Letzte, was er wahrnahm, war ein ekelerregend süßlicher Geruch, dann versank die Welt in einem schwarzen Morast.

30

Der Geschmack in seinem Mund war das Erste, was Max wahrnahm, und er war so intensiv und übelkeiterregend, dass er alle anderen Empfindungen erst einmal unterdrückte. Max musste sich darauf konzentrieren, sich nicht zu übergeben, schaffte es schließlich und wagte es, vorsichtig tief durchzuatmen.

Die Erinnerung kam nicht nach und nach, sondern mit einem Schlag. Das alte Gebäude, der zugemüllte Gang, dann der Raum. Jemand hatte ihn überwältigt und betäubt. Dem Geschmack in seinem Mund nach zu urteilen mit Chloroform.

Er hob den Kopf ein Stück an und sah sich um. Es war dunkel. Nein, das stimmte nicht. Es war schummrig, aber nicht so dunkel, wie es hätte sein müssen. Sein Blick fiel auf das kleine Fenster, das nicht mehr war als ein Loch von der Größe eines DIN-A4-Blattes, durch das zumindest ein wenig Tageslicht hereinfiel. Tageslicht …

Max setzte sich auf und stöhnte vor Schmerzen. Seine Knochen fühlten sich an, als wären sie mit einem Hammer bearbeitet worden, dem gleichen, der mittlerweile in seinen Kopf geschlüpft war und nun von innen gegen die Schädeldecke drosch. Als er den Arm hob, um auf die Uhr zu sehen, sendete auch seine linke Armbeuge einen dumpfen Schmerz aus.

Seine Uhr war verschwunden. War er etwa von einem Penner überfallen und beraubt worden? Blödsinn! Welcher Stadtstreicher trug Chloroform mit sich herum?

Ihm wurde schwindlig, er schüttelte den Kopf. Eine dumme Idee. Max schaffte es gerade noch, sich zur Seite zu beugen, dann würgte er, doch es kam nur Galle, sein Magen war leer.

»Scheiße«, keuchte er, wischte sich den Mund ab und richtete sich wieder auf. »Neumann, du verdammter Dreckskerl.«

Von plötzlich aufwallender, unbändiger Wut getrieben, rappelte er sich mühsam auf die Füße und ignorierte das Schwindelgefühl und das Zittern seiner Beine. Einen Moment lang stand er schwankend da und blickte sich um, dann stapfte er zu der geschlossenen Tür. Er drückte die Klinke herunter, zerrte vergebens daran, versuchte es erneut. Abgeschlossen. Das Zylinderschloss sah neu aus. Wahrscheinlich war es gerade erst eingebaut worden. Ihn zu betäuben und in diesem Raum einzuschließen, das war also kein spontaner Entschluss gewesen, sondern gehörte zu einem ausgetüftelten Plan. Er war nichts als eine Marionette, die an Neumanns Fäden zappelte.

Max ballte die Fäuste, drosch gegen das glatte massive Material der Tür, das das Geräusch zu einem lächerlich dumpfen Dröhnen abschwächte. »Lass mich sofort raus, du abartiges Schwein«, brüllte er und ließ die Fäuste wieder und wieder gegen die Tür donnern. »Ich bring dich um, das schwöre ich! Du glaubst, was sie im Knast mit dir gemacht haben, war schlimm? Ja? Glaubst du das? Warte ab, was ich mit dir mache, wenn du mich nicht sofort hier rauslässt!«

Er wusste selbst, wie lächerlich seine Drohungen waren. Irgendwann gab er auf, drehte sich um und ließ sich an der glatten Oberfläche der Tür nach unten sinken, bis er auf dem Boden saß.

»Du elendes, geisteskrankes Dreckschwein«, wiederholte er, doch es war nur noch ein Flüstern.

Er untersuchte seine schmerzenden Fäuste, blickte hinüber zum Fenster. Zu klein, um sich hindurchzuzwängen. Tageslicht. Wie war das möglich? Als er das Gebäude betreten hatte, war es kurz vor zweiundzwanzig Uhr gewesen.

Wieder dieser stechende Schmerz im linken Arm. Er schob den Stoff seines Shirts ein Stück nach oben und betrachtete die Stelle. In der Armbeuge hatte er einen großflächigen Bluterguss, in seinem Zentrum waren deutlich drei Einstichstellen zu sehen.

Max ließ den Arm wieder sinken. Betäubungsmittel.

Neumann hatte ihm ein Betäubungsmittel gespritzt. Deshalb war er so lange bewusstlos gewesen.

Aber warum? Warum bestellte der Dreckskerl ihn zu einem Treffen und überwältigte ihn dann, um ihn in dieser Bruchbude einzusperren? Obwohl er wollte, dass er Palzer umbrachte. Oder wollte er das gar nicht wirklich? Hatte das zu seinem perversen Spiel gehört, war aber nicht wirklich Teil seines Plans? Reichte es ihm, dass Max für den Mörder von Verena Hilger gehalten und deshalb auch verurteilt werden würde, wenn es Max nicht gelang, das Gegenteil zu beweisen?

Aber was war dann mit Kirsten? Falls seine Überlegungen zutrafen, brauchte Neumann sie nicht mehr. Er brauchte sie nicht mehr ... Mit einem Satz war Max wieder auf den Beinen.

Er drehte sich um, packte die Türklinke mit beiden Händen und begann, wie ein Verrückter daran zu rütteln. Das Ergebnis war das gleiche wie zuvor. Er drehte sich um, machte ein paar Schritte in den Raum hinein und suchte den Boden nach irgendetwas ab, das er verwenden konnte, um diese gottverdammte Tür aufzustemmen. Doch dort lagen nichts als Bruchsteine, zerbrochene Holzlatten, Plastiktüten und sonstiger Müll. Vereinzelt dazwischen leere Bier- und Schnapsflaschen. Hinterlassenschaften der letzten Bewohner, die das baufällige Gebäude als Herberge genutzt hatten. Nichts davon half ihm weiter. Er ging zum Fenster, stellte sich auf die Zehenspitzen und lugte hinaus. Nebelschwaden als Vorboten des Herbstes zogen über das einsame Gelände.

Max machte einen Schritt zurück, betrachtete die Fensternische. Keine Chance, sie war definitiv zu klein, als dass er sich hätte hindurchzwängen können.

Er überlegte, ob er um Hilfe rufen sollte, ließ es aber sein. Was, wenn derjenige, der es hörte, die Polizei alarmierte? Max wandte sich vom Fenster ab. Nein, es *musste* eine andere Möglichkeit geben.

Er konnte Böhmer anrufen, konnte ihm seine Lage schildern und ihn anflehen, ihm endlich zu glauben. Oder ihm zumindest um Kirstens willen zu helfen. Max wusste, dass Böhmer sie sehr mochte. Ihr Leben konnte ihm doch nicht völlig egal sein, unabhängig davon, was er über Max dachte.

Falls sein Partner allerdings beschloss, zwar nach Kirsten zu suchen, ihn aber trotzdem festzunehmen, hatte er keine Chance mehr zur Flucht. Wenn er Böhmers Nummer wählte, war er ihm ab diesem Moment ausgeliefert. Nein, entschied er, zu unsicher. Zu gefährlich. Max konnte Böhmers Reaktionen seit Hilgers Tod nicht mehr einschätzen. Das Risiko durfte er nicht eingehen.

Aber was war mit Palzer? Wenn er den Oberkommissar anrief, konnte der herkommen und ihn befreien. Allerdings würde man sofort registrieren, in welcher Zelle sein Telefon sich einloggte. Dann wäre es ein Wettlauf gegen die Zeit. Würde es Palzer schaffen, ihn aus diesem Gebäude rauszuholen, bevor ein Team des SEK ihn fand? Es war riskant, aber zumindest eine Chance. Er musste es versuchen.

Entschlossen tastete Max nach dem Handy und stutzte. Es war weg. Ebenso wie seine Waffe. Er versuchte es erneut … nichts. Mit drei schnellen Schritten war er an der Stelle, an der er auf dem Boden gelegen hatte, suchte den Bereich ab, drehte Steine um, schob Müll zur Seite, aber weder das Telefon noch die Pistole waren auffindbar. Also tastete er bis zu den Seitenwänden akribisch Zentimeter für Zentimeter ab, doch auch dort hatte er keinen Erfolg. Neumann musste ihm beides weggenommen haben, nachdem er ihn betäubt hatte. Wutentbrannt hob Max einen Bruchstein von der Größe einer Zigarrenkiste auf und schleuderte ihn mit aller Kraft gegen die Tür, wo er nicht mehr als einen dumpfen Knall erzeugte. »Du perverses, elendes Schwein!« Er bückte sich, griff einen weiteren Stein und warf ihn hinterher. »Du Arschloch!« Und gleich noch einen und noch einen. Schließlich gab er auf, beugte sich schwer atmend nach vorn und stützte die Hände auf seinen Oberschenkeln ab.

Wie es aussah, hatte Neumann gewonnen, und er, Max, hatte versagt. Auf der ganzen Linie. Seine Schwester war in der Gewalt dieses Irren, und er würde sie töten, daran zweifelte Max keine Sekunde. Verena Hilger hatte Max helfen wollen und dafür mit ihrem Leben bezahlt. Blieb noch Burghard Palzer. Wenn Max Neumanns Denkweise richtig einschätzte, wollte er sich an seinem ehemaligen Kumpel genauso rächen wie an Hilger und an ihm. Warum, zum Teufel, hatte Neumann ihn dann in diesem Gebäude eingeschlossen? Das ergab – zumindest aus Max' Perspektive – keinen Sinn. Andererseits wusste er aber auch, dass Psychopathen wie Neumann nichts ohne Grund taten.

Seit Kirstens Entführung trieb er seine Spielchen mit Max, und alles, was dieser Kerl tat, war darauf ausgelegt, ihn psychisch zu quälen. Ihn zu einem Treffen zu bestellen und dann einfach nur einzuschließen passte nicht in dieses Muster. Es *musste* irgendetwas in diesem Raum geben.

Max ging wieder zur Tür und betrachtete den Boden um den Eingang herum. Dieser Bereich war neben dem unterhalb des Fensters der einzige, den er noch nicht akribisch abgesucht hatte. Er bückte sich und begann auch dort damit, Stein für Stein umzudrehen, Tüten zur Seite zu räumen, Flaschen aufzuheben und in die Ecke zu legen. Er fand nichts. Also ging er zum Fenster und wiederholte die Prozedur auch dort. Das Ergebnis war das gleiche. Als er sicher war, jeden Zentimeter abgesucht zu haben, gab er schließlich auf, setzte sich auf einen Stein und lehnte sich gegen die Wand. Also noch einmal: Welchen Grund konnte Neumann haben, ihn einzuschließen? Ihn daran zu hindern zu flüchten. Eine heiße Welle zog durch seinen Körper. Flucht … Was, wenn Neumann den Kollegen verriet, wo Max sich aufhielt? Das würde zumindest einen Sinn ergeben. Erst lenkte er den Verdacht, Verena Hilger ermordet zu haben, auf Max, anschließend spielte er der Polizei die manipulierten Beweise dafür zu und dann … lieferte er ihn aus. Und Max wusste, dass die Wahrscheinlichkeit, dass er nach dem aktuellen Stand der Dinge im Gefängnis landen würde, recht hoch war.

Üble Ficker … Max' Magen zog sich bei dem Gedanken zusammen.

Wenn seine Vermutung tatsächlich zutraf, stellte sich allerdings die Frage, warum die Polizei nicht schon längst eingetroffen war und ihn festgenommen hatte.

Weil Neumann erst noch eine Weile mit mir spielt, sagte sich Max.

Vielleicht gab es sogar irgendwo ein winziges Loch in der Wand, durch das Neumann ihn beobachten und sich an seiner Verzweiflung aufgeilen konnte. Oder eine Kamera.

Max suchte die Decke und die Wände ab, konnte aber nichts Verräterisches entdecken. Er lehnte sich wieder gegen die Mauer neben dem Fenster und steckte die Hände in die Hosentaschen. Die Finger seiner rechten Hand berührten ein Stück zusammengeknülltes Papier. Vorsichtig zog er es hervor und betrachtete es. Er hatte es nie zuvor gesehen, da war er sicher.

Als er begann, die Ecken auseinanderzuziehen, fiel etwas heraus, wurde mit einem hohen *Bling* von einem der Bruchsteine abgelenkt und landete neben einer leeren Tüte auf dem Boden.

Max starrte fassungslos auf den Gegenstand. Es war ein Schlüssel, und er zweifelte keine Sekunde daran, dass es *der* Schlüssel war, mit dem er hier herauskommen würde. Er hatte ihn also die ganze Zeit über in der Tasche gehabt.

Bevor er sich weiter um das beschriebene Papier kümmerte, hob er ihn auf.

Das kalte Metallstück fest in der Hand, zog er schließlich das Papier vollständig auseinander und drehte sich zum Fenster, um die wenigen Zeilen besser lesen zu können.

Bischoff! Du bist überrascht? Pläne ändern sich. Ich habe es mir anders überlegt.
Schalte dein Handy am Mittag um Punkt zwölf Uhr ein, dann sage ich dir, was du als Letztes zu tun hast, bevor sie dich in den Knast stecken. Ach so … dein Handy. Es liegt in einem der Nachbarräume. Beeil dich. Wenn ich dich nicht erreichen kann, tickt die Bombe unter dem Stuhl deiner Krüppel-Schwester weiter und dann … bumm!

Max sah instinktiv auf sein Handgelenk und stellte erneut fest, dass seine Uhr fehlte. »Mist!«, stieß er aus, stopfte sich den zerknüllten Zettel in die Tasche und ging zur Tür. Er benötigte zwei Anläufe, bis er es geschafft hatte, mit fahrigen Bewegungen den Schlüssel ins Schloss zu stecken. Er passte tatsächlich, und nachdem

Max ihn zweimal herumgedreht hatte, konnte er die Tür aufdrücken. Durch einen Raum auf der rechten Seite fiel dämmriges Licht in den Flur.

Dein Handy liegt in einem der Nachbarräume … Beeil dich …

Max rannte darauf zu, blieb im Türrahmen stehen. Der Raum hatte etwa die Ausmaße seines Nachtlagers, aber ein größeres Fenster. Außerdem lag weniger Müll herum. Nachdem er den Boden von seinem Standort aus abgesucht und nichts entdeckt hatte, ging er hinein und schritt, den Blick nach unten gerichtet, Meter für Meter systematisch ab. Hier und da bückte er sich und schob etwas zur Seite oder hob einen größeren Stein an. Nach einer Weile stand fest, dass er das Handy hier nicht finden würde. Fluchend wandte er sich ab und folgte dem Gang, der nach etwa fünf Metern nach rechts abbog. Kurz vor der Biegung blieb Max stehen und lauschte angestrengt, doch bis auf den pfeifenden Wind, der durch zerborstene Fenster eindrang, herrschte eine geradezu gespenstige Stille. Er atmete tief durch, ging bis zur Biegung weiter und lugte vorsichtig um die Ecke.

Dann vergaß er zu atmen.

Etwa zwei Meter vor ihm auf dem Boden lag, mit dem Gesicht nach unten, eine Gestalt. Reglos. Der Statur nach war es ein Mann. *Gott sei Dank, ein Mann.* Max stand wie versteinert da und starrte auf den Körper. Erst als der Atemreflex ihn zwang, den Mund aufzureißen und gierig die muffige Luft in seine Lungen zu pumpen, kamen seine Muskeln wieder in Bewegung. Mit rasendem Puls trat er vorsichtig näher, bis er die Gestalt erreichte, verharrte einige Sekunden lang, beugte sich dann hinunter. Er fasste den Mann an der Schulter, drehte den Körper herum und … stieß einen dumpfen Schrei aus.

In der Mitte der Stirn des Mannes, der dort vor ihm auf dem Boden lag, klaffte ein kreisrundes Einschussloch, die toten Augen starrten blicklos an ihm vorbei. Doch das war es nicht, was Max zu Tode erschreckte, sondern die Tatsache, dass er den Toten kannte.

Es war Alexander Neumann.

31

Max hatte mit einem Mal nicht mehr genügend Kraft, um sich auf den Beinen zu halten. Er sackte in sich zusammen, versuchte noch, sich irgendwo abzustützen oder Halt zu finden, doch seine Hände fuchtelten nur durch die Luft, bis er inmitten von zerbrochenen Steinen auf dem Boden aufschlug. Sein rechter Oberschenkel prallte gegen die Kante eines Betonbrockens, der Ballen der linken Hand drückte sich bei dem Versuch, den Sturz abzuschwächen, auf etwas Spitzes. Max stieß einen Schmerzensschrei aus.

Er wollte sich gleich wieder aufrichten, was ihm aber erst im zweiten Anlauf gelang. Er hob die schmerzende Hand, begutachtete die Verletzung. Eine blutige Spur verlief vom Handballen bis zu den Fingern und zog sich bis etwa zur Mitte seines Unterarms. Von dort lösten sich ein, zwei Tropfen Blut und verschwanden irgendwo zwischen dem Unrat auf dem Boden. Dann hörte die Wunde auf zu bluten. Sie war zwar tief und schmerzte entsprechend, es schienen aber keine größeren Blutgefäße verletzt worden zu sein. Verbluten würde er also nicht.

Max wandte sich wieder dem Toten zu und legte ihm eine Hand auf die Stirn, ohne die Schusswunde zu berühren. Die Haut fühlte sich kalt an. Er musste also schon eine Weile dort liegen. War Neumann erschossen worden, nachdem dieser ihn mit Chloroform betäubt und eingeschlossen hatte? Aber von wem? Wer konnte von ihrem Treffen wissen? Max versuchte fieberhaft, seine Gedanken zu ordnen. Wer wusste davon, dass er sich … Patrizia Keller. Aber warum sollte sie so etwas tun? Zumal Neumann sie ja abgefangen und in seine Gewalt gebracht hatte. Oder hatte er sie hier festgehalten, und sie konnte sich befreien und ihn überwältigen? Quatsch, sagte Max zu sich selbst. Dann hätte sie ihn sicher nicht einfach in diesem Dreckloch zurückgelassen. Dennoch … es war im Moment die einzig schlüssige Erklärung. Wenn Neumann Patrizia Keller aber hier festgehalten hatte, war es dann nicht naheliegend, dass auch Kirsten hier … Die Bombe! Ein heißer Schauer erfasste Max' Körper. Wie spät mochte es sein? Er brauchte sein Handy! Oder irgendein Handy. Mit fahrigen Fingern tastete er Neumanns kalten Körper ab und fand tatsächlich dessen Smartphone. Allerdings nutzte es ihm reichlich wenig, weil das Display gesperrt war und er den Code nicht kannte. Aber immerhin sah er, wie spät es war.

9.12 Uhr
Neumann hatte ihm angedroht, den Zeitzünder der Bombe unter Kirstens Rollstuhl weiterlaufen lassen, bis er die Explosion auslöste, falls Max um zwölf Uhr mittags nicht erreichbar wäre.

9.12 Uhr. Er hatte also etwa drei Stunden, in denen Kirsten zumindest von der Bombe noch keine Gefahr drohte. Drei Stunden, das war verdammt wenig. Und die Zeit zerrann ihm zwischen den Fingern.

Max richtete sich auf und sah sich verzweifelt um. Er *musste* sein Telefon finden. Er betrachtete das Display von Neumanns Handy, das er noch immer in der Hand hielt. Wie einfach wäre es, wenn er aus der Anrufliste die Nummer seines Telefons wählen könnte. Dann bräuchte er nur noch dem Klingelton zu folgen.

Dreimal konnte er versuchen, den Code zu erraten, danach war das Gerät gesperrt und nur noch mit der PIN freizuschalten. Dreimal. Was hatte er zu verlieren?

Er schloss die Augen und dachte nach, zermarterte sich das Hirn nach einer Idee, welche Zahlenkombination Neumann verwendet haben könnte. Vielleicht sein Entlassungsdatum aus dem Gefängnis. Aber wann genau war das gewesen? Max wusste es nicht. Oder vielleicht sein Geburtsdatum? Das kannte er auch nicht.

»Verdammter Mist!«, stieß Max wütend aus und steckte das Smartphone in die Tasche. Irgendwelche Zahlen einzugeben wäre vollkommener Blödsinn. Dann könnte er das Gerät auch gleich wegwerfen. Aber vielleicht fiel ihm ja später noch etwas ein. Jetzt musste er dringend versuchen, sein eigenes Telefon zu finden.

Er sah sich um. Wenige Schritte hinter Neumann stand eine weitere Tür offen.

Der Raum war nur etwa halb so groß wie die beiden anderen Räume, die er bisher gesehen hatte, und neben der Tatsache, dass kaum etwas herumlag, hatte er einen entscheidenden Vorteil: Auf dem Boden in der Mitte des Raumes sah Max sein Telefon.

Mit einigen schnellen Schritten hatte er die Stelle erreicht, hob das Gerät auf und drückte eine Taste, um das Display einzuschalten, doch es tat sich nichts. Bereits als er es erneut versuchte, dämmerte ihm, was passiert war. Wieder blieb der winzige Monitor schwarz. Der Akku war leer. Und das Ladekabel lag im Hotel, in das er auf keinen Fall mehr zurückkehren konnte. Die Verzweiflung überkam ihn mit solcher Wucht, dass er alle Kraft aufwenden musste, um sich nicht einfach auf den Boden zu setzen und aufzugeben. Bereits nach kurzer Zeit wurde dieser Zustand jedoch abgelöst von einer unbändigen Wut darüber, was Neumann ihm angetan hatte und sogar im Tod noch antat. Der Wunsch, in den Gang zurückzulaufen und auf den leblosen Körper einzuschlagen, brandete in ihm auf, und er war kurz davor, es tatsächlich zu tun. Doch schnell hatte er sich wieder unter Kontrolle. Er musste nachdenken. Handeln. Etwas tun, um Kirsten zu finden, bevor die Zeit abgelaufen war. Er zog das Telefon des Mistkerls aus der Tasche und warf einen Blick darauf.

9.36 Uhr
Max schob beide Geräte in die Hosentaschen und verließ den Raum. Er hatte bis auf Neumanns Nachricht über den eingewickelten Schlüssel nichts anderes bei sich gehabt, als er aufgewacht war. Auch kein Geld. Wenn aber Neumann es ihm weggenommen hatte, musste er es eigentlich noch bei sich tragen, ebenso wie seine Waffe. Es sei denn, sein Mörder hatte das Geld gefunden und an sich genommen. Und seine Waffe benutzt, um Neumann damit zu erschießen … Nein, mit diesen Gedanken durfte er sich jetzt nicht aufhalten.

Max beugte sich über Neumanns Leiche und begann, ihn akribisch zu durchsuchen. Er fand absolut nichts. Die

Taschen waren leer. Der Täter hatte offensichtlich alles mitgenommen außer Neumanns Smartphone. Dass er das Gerät dagelassen hatte, mochte daran liegen, dass man ein Telefon auch mit einer anderen SIM-Karte anhand der einzigartigen Identifikationsnummer orten konnte, sobald es eingeschaltet wurde.

Max richtete sich auf. Er musste das restliche Gebäude durchsuchen, das geradezu prädestiniert dafür war, jemanden zu verstecken, den man entführt hatte.

Er trat an Neumanns Leiche vorbei und folgte dem Gang, an dem noch zwei weitere, leere Räume lagen, bevor er in ein kleines Treppenhaus gelangte. Von hier aus ging es sowohl nach oben als auch hinunter in den Keller. Max musste nicht lange überlegen, welcher Treppe er folgen sollte. Kirsten hatte von einem Kellerraum gesprochen, in dem sie gefangen war.

Je weiter er nach unten kam, umso düsterer wurde es um ihn herum. Nachdem die Treppe einen 180-Grad-Knick gemacht hatte, sah er fast gar nichts mehr. Also zog er Neumanns Handy hervor und betätigte eine Taste. Die Displaybeleuchtung genügte, um zumindest vage erkennen zu können, wohin er die Füße setzte.

Die Treppe mündete an einer angelehnten Stahltür ohne Griff und Schloss. Max legte die Hand auf das kalte Material und drückte dagegen. Die Tür gab nach, schwang mit einem knarzenden Geräusch nach innen auf und gab den Blick auf eine schwarze Wand frei.

Max richtete das Display schräg nach unten und betrat den Gang. Schon nach den ersten Schritten schlug ihm ein süßlicher Geruch nach Fäulnis entgegen, so penetrant, dass sein Magen rebellierte. Langsam setzte er einen Fuß vor den anderen. Fünf Schritte, sechs … Auf der linken Seite schälten sich die Umrisse einer Tür aus der Dunkelheit. Er blieb stehen, hielt den Atem an, lauschte. Nichts.

Gerade als er die Hand ausstrecken wollte, hielt er erschrocken inne. War da ein Geräusch hinter der Tür gewesen? Nicht laut, aber in der bedrückenden Stille doch deutlich vernehmbar. Da war es wieder. Ein seltsames Knistern, als stochere jemand mit dem Finger in einer Tüte mit Gummibärchen herum.

Nur kurz dachte Max daran, was ihn hinter der Tür alles erwarten konnte, dann sah er Kirsten vor sich, gefesselt auf ihrem Rollstuhl, eine tickende Zeitbombe unter dem Sitz.

Ohne weiteres Zögern legte er die Hand auf die Klinke, drückte sie langsam nach unten und stieß dann die Tür auf. Im gleichen Moment flog ein Schatten mit einem undefinierbaren Kreischen auf ihn zu. Max stieß einen überraschten Schrei aus, etwas streifte schmerzhaft sein Gesicht und prallte gegen seine Schulter, bevor es fast lautlos auf dem Boden auftraf und schon in der nächsten Sekunde verschwunden war.

Eine Katze. Er hatte eine Katze befreit.

Max wartete einen Moment, bis sein Puls sich wieder beruhigt hatte, dann betrat er den kleinen Raum. Anders als im Erdgeschoss war der Boden nicht mit Bruchsteinen und Müll, sondern mit alten, schmutzigen Plastikplanen bedeckt. Das erklärte die Geräusche, die er von draußen gehört hatte. Durch ein schmales Fenster unmittelbar unter der Decke drang ein wenig Tageslicht in den Raum. Aus einer Ecke der Scheibe war ein Stück von der Größe einer Pampelmuse herausgebrochen, an den gezackten Rändern hingen Fellbüschel.

Max wandte sich ab und ging zurück in den Flur. Die Tür ließ er offen, so dass nun auch der Gang nicht mehr in völliger Dunkelheit lag.

Es gab fünf Kellerräume in dem Gebäude. Bis auf den herumliegenden Müll waren alle leer.

Entmutigt stieg Max die Treppe wieder nach oben und weiter ins Obergeschoss, doch auch dort fand er nichts, so dass er, etwa fünfzehn Minuten nachdem er mit der Durchsuchung begonnen hatte, frustriert wieder im Erdgeschoss stand.

Es nutzte nichts, wenn er sich noch länger in dem alten Gebäude aufhielt. Er musste eine Möglichkeit finden, sein Telefon aufzuladen. Und er musste irgendwie auf dem schnellsten Weg nach Marienburg zur Wohnung von Patrizia Keller kommen. Er war gespannt, was er dort vorfinden würde.

Als Max ins Freie trat, hatten die Nebelschleier sich verzogen, der Himmel allerdings war bedeckt von einer Schicht aus verwaschenen Grautönen.

Er betrachtete die große Fabrikhalle, die zwanzig Meter weiter begann. Sollte er seine Suche dort fortsetzen? Konnte er es riskieren, nicht nachzusehen, da er schon einmal hier war? Nein, entschied er. Auch wenn es ihn Zeit kosten würde, er musste sich vergewissern, dass Kirsten nicht hier gefangen gehalten wurde, bevor er das Gelände verließ. Mit schnellen Schritten stapfte er zu der Halle, die etwa die Abmessungen eines halben Fußballfeldes hatte, und betrat sie durch ein offenstehendes Tor, das groß genug war, um Lkws hindurchfahren zu lassen.

Die Halle bestand aus einem Raum, von dem nur im hinteren Bereich ein Stück mit einer Mauer abgetrennt war. Hier und da standen große Maschinen mit schmieriger Oberfläche herum, die verrostet waren und bei denen aus zerstörten Schaltkästen Kabelstränge heraushingen wie Därme aus einem aufgebrochenen Leib.

Unter dem Dach waren zu beiden Seiten gewaltige Eisenträger angebracht, auf denen früher sicher mal ein Laufkran seine Arbeit getan hatte.

Max riss seinen Blick los und durchquerte die Halle, um in den hinteren Räumen nachzusehen.

Auch dort fand er keine Spur von Kirsten und keinerlei Anzeichen dafür, dass in letzter Zeit jemand einen der Räume betreten hätte.

Wenige Minuten später stand er wieder im Freien. Er lief über das Fabrikgelände bis zu der Stelle am Bauzaun, an der er am Vorabend durchgeschlüpft war, und stand kurz darauf wieder auf dem Gehweg. Nun musste er zusehen, dass er nach Marienburg kam, und es gab dazu nur eine Möglichkeit, wenn er darauf verzichten wollte, es per Anhalter zu versuchen: die Straßenbahn. Und er würde schwarzfahren müssen.

Auf der gegenüberliegenden Straßenseite kam ihm eine ältere Frau mit einer Einkaufstasche entgegen. Max überquerte die Straße und ging auf sie zu.

»Entschuldigen Sie, können Sie mir bitte sagen, wo die nächste Haltestelle der Straßenbahn ist?«

Als die Frau ihn von Kopf bis Fuß musterte, wurde Max bewusst, dass er keinen sehr vertrauenerweckenden Eindruck machte. Seine Jeans war schmutzig, das Shirt würde auf dem Rücken nicht viel besser aussehen.

»In der Stegerwaldsiedlung«, antwortete die Alte dennoch, entweder weil verschmutzte Kleidung sie nicht störte oder weil sie ihn schnell loswerden wollte.

»Und wie komme ich dahin?«

Sie erklärte ihm den Weg, wobei sie sich selbst zweimal korrigieren musste, und endete mit der Bemerkung, dass es nur ein paar Minuten dauere. Damit wandte sie sich ab und ließ Max stehen.

Er sah ihr noch einen Moment lang nach, dann klopfte er Jeans und Shirt ab und machte sich auf den Weg.

Als er die Straßenbahnhaltestelle erreicht hatte, warf er einen Blick auf die Uhr.

10.27 Uhr

Nach einer Wartezeit von knapp fünf Minuten stieg Max in die Straßenbahn mit der Nummer vier und fand einen freien Platz im hinteren Bereich des Wagens. Um kurz nach halb elf betrat in der Schönhauser Straße ein Kontrolleur den Wagen. Max' Herzschlag beschleunigte sich.

Das konnte doch nicht wahr sein. Bis zum Heinrich-Lübke-Ufer, wo er aussteigen wollte, waren es nur noch wenige Minuten. Wenn er jetzt ohne Fahrkarte erwischt wurde und die fällige Strafe nicht zahlen konnte, würde der Mann die Polizei rufen. Das wäre das Ende.

Der Kontrolleur hatte im vorderen Bereich des Wagens damit begonnen, sich die Fahrscheine zeigen zu lassen, kam schnell näher und war höchstens noch ein bis zwei Minuten von ihm entfernt.

Max zwang sich, ruhig sitzen zu bleiben, und versuchte, einen möglichst unbeteiligten Eindruck zu machen, während er dem Mann bei seiner Arbeit zusah. Drei

Sitzreihen trennten sie nur noch voneinander, als die Straßenbahn mit quietschenden Bremsen zum Stehen kam. Eine sonore Stimme aus den Lautsprechern wies darauf hin, dass sie den Bayenthalgürtel in Marienburg erreicht hatten. Kurz bevor die Türen sich zischend öffneten, stand Max auf und ging nicht hastig, aber zielstrebig auf diese zu. Als der Blick des Kontrolleurs sich auf ihn richtete, nickte Max ihm zu und verließ den Wagen, bereit, sofort loszusprinten, falls der Mann ihm nachrufen würde. Erst als die Straßenbahn mit lautem Getöse wieder anfuhr, fiel die Anspannung von ihm ab.

Er sah sich um. Diesen Teil von Marienburg kannte er nicht, also fragte er einen Passanten nach dem Weg zu der Straße, in der Patrizia Keller wohnte. Laut Auskunft des Mannes war die Wohnung nur etwa zehn Minuten entfernt.

Und der Zeitzünder tickte …

32

10.44 Uhr
Als Patrizia Keller auf Max' Klingeln hin die Wohnungstür öffnete, starrte er sie fassungslos an. »Wieso bist du hier?«

Keller stemmte die Hände in die Hüften. »Die Frage sollte ich dir stellen. Oder besser noch: Wo, zum Teufel, warst du gestern, als ich zurückkam?«

»Moment …« Max versuchte, seine Gedanken zu ordnen. »Neumann rief mich auf deinem Handy an und behauptete, er hätte dich in seiner Gewalt.«

»Was? Wie kommt der … Ach, jetzt kapiere ich. Dann war *er* das mit den Reifen.«

»Mit welchen Reifen? Verdammt, ich verstehe kein einziges Wort.«

Keller warf einen Blick in den Flur und trat dann einen Schritt zur Seite. »Komm erst mal rein. Ich befürchte, Alex hat uns beide reingelegt.«

Max ging an ihr vorbei direkt ins Wohnzimmer. Ein großes Kissen und zwei Decken auf der Couch deuteten darauf hin, dass jemand dort gelegen hatte.

Max drehte sich zu Keller um. »Also? Was jetzt?«

»Hey!«, entgegnete sie harsch. »Wie redest du denn mit mir? Ich kann nichts dafür, wenn du dich von dem Kerl verarschen lässt.«

Max sah ein, dass es nichts brachte, seine Verzweiflung und Wut an Keller auszulassen, und dass es ratsam war, sich erst einmal anzuhören, was sie zu sagen hatte.

»Du hast recht, tut mir leid.«

»Gut. Also: Als ich aus dem Laden kam, in dem ich eingekauft hatte, waren an meinem Auto zwei Reifen platt. Als mir dann noch einfiel, dass ich mein Handy bei dir in der Wohnung vergessen hatte, war meine Begeisterung groß, wie du dir vorstellen kannst. Klar hätte ich mir von irgendjemandem ein Telefon ausleihen können, um dich anzurufen, aber das wäre sinnlos gewesen. Ein Auto, mit dem du mich hättest abholen können, gibt es ja auch nicht. Also habe ich mich zu Fuß auf den Weg gemacht. Als ich nach etwa zwanzig Minuten endlich in der Wohnung angekommen bin, warst du verschwunden. Und ich hatte keine Möglichkeit, dich zu erreichen. Da habe ich mich natürlich schon gefragt, was das soll. Ich helfe dir und nehme dich mit in meine Wohnung, und du machst dich bei der erstbesten Gelegenheit aus dem Staub.«

»Das verstehe ich. Wie gesagt, Neumann hat mir erzählt, er hätte dich in seiner Gewalt. Daraufhin habe ich die Wohnung verlassen und bin schon früher zu dem vereinbarten Treffpunkt gegangen, weil ich dachte, ich könnte ihn vielleicht überwältigen, wenn er dort eintrifft. Allerdings war das Gegenteil der Fall. Erst einmal.«

Sie kniff die Augen zusammen. »Was heißt das?«

»Er hat mich mit Chloroform betäubt und in einem Raum in dem Gebäude eingeschlossen.«

»Dieses Arschloch. Und wie bist du da wieder rausgekommen?«

»Er hat mir einen Schlüssel in die Tasche gesteckt. Und jetzt ist er tot.«

Keller riss die Augen auf. »Was?«

»Ja, er lag erschossen auf dem Gang.«

Keller ging zu einem der Sessel und setzte sich. »Das ist ja ein Ding. Nicht, dass ich ihm groß nachtrauern würde, aber ...«

»Das eigentlich Wichtige an der Sache ist, dass er eine Bombe mit Zeitzünder unter dem Rollstuhl meiner Schwester befestigt hat. Ich muss sie also schnellstmöglich finden, es bleibt nicht mehr viel Zeit.«

»Scheiße.«

»Kann man so sagen. Denk mal scharf nach. Hast du irgendeine Idee, wo er sie eingesperrt haben könnte? Sie sagte, sie sitzt in einem verdreckten Keller.«

»Nein, als er damals hier in Köln war, hat er in dieser Polizeikaserne gewohnt. Sollte ja nur für ein paar Monate sein. Von einer anderen Wohnung oder einem Haus weiß ich nichts.«

Das überraschte Max nicht sonderlich. So kam er nicht weiter. Er brauchte Hilfe, wenn er auch nur den Hauch einer Chance haben wollte, Kirsten zu finden.

»Kann ich mal dein Telefon benutzen?«

»Klar.« Sie zog ihr Smartphone aus der Gesäßtasche ihrer Jeans, entsperrte es und reichte es Max. Der tippte eine Nummer ein und lauschte angespannt auf den Klingelton.

»Böhmer«, meldete sein Partner sich gewohnt kurz.

»Horst, ich bin's, Max.«

»Was willst du?«

»Es hat einen weiteren Toten gegeben. In einer alten Fabrik in Mülheim.«

»Wer?«

»Neumann.«

Böhmer zögerte nur kurz. »Warst du es?« Er fragte es in einem Ton, als hätte er sich nach der Uhrzeit erkundigt.

»Nein, verdammt! Er ist erschossen worden, aber nicht von mir.«

»Warte!«

Max konnte hören, wie Böhmer die Information über Neumann und den Fundort an Kollegen weitergab, dann war er wieder am Apparat.

»So. Und was hattest du dort zu suchen?«

Max erzählte Böhmer von dem geplanten Treffen mit Neumann und den Ereignissen auf dem Fabrikgelände. Patrizia Keller erwähnte er dabei nicht.

»Und wer kann außer dir von diesem Treffen gewusst haben?«

»Niemand.« Was nicht stimmte. »Horst, er sagte, er hat unter Kirstens Rollstuhl eine Bombe mit Zeitzünder befestigt, und wollte diesen deaktivieren, sobald er mir heute Mittag um zwölf Uhr neue Instruktionen gegeben hat. Das kann er aber jetzt nicht mehr. Das heißt, wenn ich Kirsten nicht finde …«

»Ja, schon klar.«

»Und? Hilfst du mir?«

»Die Suche nach Kirsten läuft auf Hochtouren, mehr kann ich nicht tun.«

»Verdammt, Horst!«, entgegnete Max aufgebracht, und es war ihm egal, dass Keller neben ihm stand und alles mitbekam. »Ich habe deine Verena nicht umgebracht und auch sonst niemanden. Aber ich schwöre dir, wenn Kirsten stirbt, weil du gottverdammter Mistkerl einer angeblichen Aufnahme aus Gesprächsfetzen, die dieser psychopathische Wichser zusammengebastelt hat, mehr glaubst als deinem Partner, dann solltest *du* derjenige sein, der weit wegläuft. Denn wenn ich dich dann in die Finger bekomme, schrecke ich vor einem Mord vielleicht nicht mehr zurück.«

»Kann sein, dass die Aufnahme manipuliert wurde.«

»Was? Das erzähle ich dir doch schon die ganze Zeit.«

»Ich habe einen unserer Spezialisten drangesetzt. Der hat feine Unterschiede in den Hintergrundgeräuschen bei verschiedenen Teilen der Aufnahme festgestellt.«

»Na also. Da hast du deinen Beweis. Glaubst du mir jetzt vielleicht, *Partner*?«

»Das beweist noch nichts, aber …«

»Moment, stopp!«, unterbrach Max ihn mit leiser Stimme, woraufhin Böhmer tatsächlich verstummte.

»Du sagst, die Tatsache, dass euer Spezialist deutliche Anzeichen dafür gefunden hat, dass ich die Wahrheit sage und die Aufnahme manipuliert wurde, reicht für dich immer noch nicht aus zu glauben, dass ich, dein Partner, *kein* Mörder bin? Ist das so?«

Neben ihm sog Keller geräuschvoll die Luft ein.

»Nein, das ist nicht so«, entgegnete Böhmer. »Und wenn du mich nicht unterbrochen hättest, hätte ich es dir auch erklären können. Es ist so, dass es immer noch genügend andere Indizien gibt, die auf dich als Täter hindeuten, wie du weißt, und solange du dich nicht stellst und dich nicht vernehmen lässt, muss zumindest ernsthaft in Betracht gezogen werden, dass du der Täter bist. Muss ich dir das wirklich erklären? Du bist doch immer noch Ermittler.«

»Meine Schwester sitzt auf einer tickenden Bombe, ich habe keine Zeit für diesen Scheiß, Horst. Mir geht es nicht darum, was *man* denkt oder in Betracht ziehen muss. Mich interessiert, was *du* denkst. Und das will ich jetzt von dir wissen.«

»Das ist nicht relevant. Was zählt, sind Fakten, und die weisen nun mal auf dich hin.« Max spürte, dass er in diesem Moment keine eindeutige Aussage von Böhmer bekommen würde.

»Übrigens … wer hat dir mit dem Auto geholfen, um vor den Kollegen abzuhauen?«

Max konnte nicht glauben, dass die uniformierten Kollegen sich das Kennzeichen von Kellers Wagen nicht gemerkt hatten, aber offensichtlich war das der Fall.

»Jemand, der nicht der Meinung ist, ich hätte eine Kollegin erschossen.«

»Bis dann«, sagte Böhmer knapp und legte auf. Max schob seine Enttäuschung über das Gespräch und die Überraschung über das abrupte Ende schnell beiseite. Er konnte es sich nicht erlauben, sich jetzt mit Böhmers Verhalten zu beschäftigen.

Wer kann außer dir von dem Treffen gewusst haben …

Er sah Patrizia Keller an, die sich mittlerweile auf die Lehne eines Sessels gesetzt hatte. Sie zuckte mit den Schultern. »Und?«

Max überging die Frage. »Was hast du gestern Abend eigentlich gemacht, nachdem du festgestellt hast, dass ich nicht mehr in der Wohnung war?«

»Ich bin kurz nach Hause gefahren und habe mich dann mit meiner Freundin getroffen.«

»Wo?«

»In einer Kneipe.« Sie legte den Kopf schief. »Hey, was soll das? Ist das ein Verhör? Schon vergessen, wer gestern verhindert hat, dass die Bullen dich hopsnehmen?«

»Nein, das habe ich nicht. Aber du bist die Einzige, die wusste, dass ich mich mit Neumann auf dem Fabrikgelände treffen wollte. Und du bist vom Einkaufen nicht zurückgekommen. Ich muss dich das fragen, um sicherzugehen. Von wann bis wann warst du mit deiner Freundin zusammen, und in welcher Kneipe wart ihr?«

Keller stand auf und stemmte die Hände in die Hüften. »Du undankbares Arschloch. Glaubst du echt, ich hätte Alex gekillt? Hast du noch alle Latten am Zaun?«

»Nein, aber versteh doch …«

»So, wie du deinen Partner verstehst, meinst du das? Habe ich mich verhört, oder hast du dich gerade tierisch darüber aufgeregt, dass er so unverschämt sein könnte zu glauben, du hättest jemanden erschossen? Nur, weil eine Menge Dinge darauf hindeuten?«

Max verstand genau, was sie meinte, aber es nutzte nichts. Er musste wissen, ob er ihr trauen konnte.

»Von wann bis wann?«, wiederholte er unbeirrt.

Sie sahen sich eine Weile in die Augen, dann nickte sie. »Okay. Ich mache dieses dämliche Spielchen mit. Aber danach möchte ich, dass du verschwindest. Wir waren etwa von zehn bis halb zwei in der Kneipe. Danach ist sie mit hierhergekommen, weil sie eine ziemlich nervige Mitbewohnerin hat.«

»Wie kann ich sie erreichen?«

Kellers Mundwinkel verzogen sich zu einem schiefen Grinsen, als sie zur Zimmertür deutete. »Indem du in mein Schlafzimmer gehst.«

Max überlegte einen Moment, ob er es dabei belassen sollte, entschied sich aber dafür nachzusehen. Er durfte keine Möglichkeit außer Acht lassen.

Als er die Tür zu Kellers Schlafzimmer öffnete, schlug ihm der Geruch von Schlaf und Schweiß entgegen. Noch während er registrierte, dass zwei nackte Körper in dem Bett lagen, knurrte ein Mann: »Hey! Was soll'n der Scheiß?«

Ein Kopf hob sich, ein bärtiges Gesicht wandte sich ihm zu.

»Entschuldigung, ich muss nur Ihre … Freundin etwas fragen«, erklärte Max.

Der athletisch gebaute Kerl von vielleicht dreißig Jahren richtete sich noch ein Stück weiter auf und blinzelte Max aus verschlafenen Augen an, während die Frau neben ihm nicht reagierte.

»Sag mal, Alter, tickst du nicht sauber?«

»Kripo Düsseldorf«, entgegnete Max scharf. Er hatte keine Nerven mehr für irgendwelche Erklärungen oder Diskussionen. »Entweder ich kann die Fragen jetzt gleich hier stellen oder später auf dem Revier, wohin Sie beide mich dann begleiten müssten. Also?«

Zum ersten Mal regte sich nun auch die Frau. Sie strich sich die langen blonden Haare aus dem Gesicht, stützte sich murmelnd auf die Ellbogen und blickte Max verständnislos an. Dass sie ihm dabei ihre nackten Brüste entgegenreckte, schien sie nicht im Geringsten zu stören. »Was'n los?«

»Er sagt, er ist ’n Bulle«, klärte der Bärtige sie brummend auf und ließ sich zurücksinken. Während er Max den Rücken zudrehte, ergänzte er: »Er will dir irgendwelche Fragen stellen.«

»Stimmt es, dass Sie gestern Abend mit Frau Keller unterwegs waren?«

Sie starrte Max an, als sei sie mit der Frage hoffnungslos überfordert, bevor sie plötzlich ein helles Kichern ausstieß. »Frau Keller. Wie geil ist das denn?«

Max bemühte sich, ruhig zu bleiben. »Würden Sie bitte meine Frage beantworten?«

»Ja klar war ich mit *Frau Keller* gestern Abend unterwegs. Warum? Hat sie die Zeche nicht bezahlt?«

»Von wann bis wann war das?«

Sie sah an Max vorbei zu Patrizia Keller, die hinter ihm stand.

»Sag’s ihm«, forderte Keller sie auf, woraufhin die Blonde eine nachdenkliche Miene aufsetzte. »Weiß nicht genau. Ab zehn ungefähr. Wann wir da raus sind, weiß ich nicht mehr, ich hatte das Schnuckelchen hier im Arm. Muss aber schon ziemlich spät gewesen sein. Vielleicht zwei oder so? Kann mir mal jemand sagen, was das soll?«

»Danke, Sie können weiterschlafen. Oder was auch immer.«

Max verließ den Raum und wartete im Flur auf Keller, die gerade die Schlafzimmertür hinter sich zuzog. »Na, zufrieden?«

»Ja. Tut mir leid, aber …«, setzte Max an, stockte jedoch, als Keller an ihm vorbeiging, die Wohnungstür öffnete und zur Seite trat. »Dann raus hier. Verschwinde.«

33

11.17 Uhr

Als Max das Haus ein Stück weit hinter sich gelassen hatte, blieb er stehen. Patrizia Keller hatte sich strikt geweigert, auch nur noch ein einziges Wort mit ihm zu reden. Nun hatte er es also geschafft, einen von den zwei Menschen, die ihm noch geholfen hatten, zu vergraulen.

Ihm war danach zumute, mit dem Kopf voran gegen eine Wand zu laufen. Er musste Palzer anrufen, aber sein Handyakku war noch immer leer. Also galt es, sofort eine Möglichkeit zu finden, wo er ihn aufladen konnte.

Nach einer guten Viertelstunde entdeckte er einen kleinen Laden für Handyzubehör. Er war der einzige Kunde und wurde von dem Mann hinter der Theke, einem etwa Sechzigjährigen mit Halbglatze und Schnurrbart, vermutlich der Inhaber, mit einem freundlichen Lächeln begrüßt.

Während Max ihm das Mobiltelefon zeigte und fragte, ob er ein Ladekabel dafür haben konnte, bemerkte er, dass der Blick, mit dem der Mann ihn ansah, sich veränderte. Er betrachtete ihn mit gerunzelter Stirn, als würde er Max kennen, könne ihn aber nicht einordnen.

Nachdem er das zusammengerollte Ladekabel auf der Ladentheke vor Max abgelegt hatte, sagte er: »Entschuldigen Sie, vielleicht werden Sie das ja öfter gefragt, aber …

sind Sie beim Fernsehen oder so was? Ich habe das Gefühl, sie zu kennen, weiß aber nicht, woher.«

Das wunderte Max nicht. Mittlerweile musste sein Foto in jeder Zeitung abgebildet sein und hatte mit Sicherheit die Runde auf Facebook und Instagram gemacht.

Trotz des heißen Prickelns auf seiner Stirn zwang Max sich zu einem Lächeln. »Nein, aber ich werde das tatsächlich öfter gefragt. Bisher konnte ich allerdings noch nicht herausfinden, wem ich ähnlich sehe.«

»Hm …«, machte der Mann und zuckte mit den Schultern. »Vielleicht fällt es mir wieder ein. Kann ich sonst noch etwas für Sie tun?«

»Ja, also … das mag Ihnen vielleicht merkwürdig vorkommen, aber dürfte ich mein Handy kurz an das Kabel hängen?«

»Hier?«, fragte der Mann verwundert.

»Ja, ich … Also eigentlich habe ich schon mehrere von diesen Kabeln zu Hause und müsste das Telefon nur mal fünf Minuten laden.«

»Sie wollen das Kabel gar nicht kaufen, sondern nur benutzen, um hier Ihr Telefon aufzuladen?«

»Ja, tut mir leid. Das Problem ist, dass ich kein Geld dabeihabe.«

Max konnte dem Mann ansehen, dass er nicht so recht wusste, ob er über ihn lachen oder ihn für verrückt erklären sollte, doch zu seiner Überraschung verzog sich das Gesicht des Mannes zu einem Lächeln. »So was habe ich in all den Jahren, die ich mein Geschäft jetzt führe, zwar noch nicht erlebt, aber wissen Sie was? Bitte, laden Sie Ihr Telefon auf. Die Steckdose ist gleich hinter Ihnen an der Wand.«

»Danke!«, sagte Max erleichtert und griff sich das Kabel. »Ich werde es wiedergutmachen. Versprochen.«

Der Mann winkte kopfschüttelnd ab. »Schon in Ordnung.«

Während Max neben der Steckdose wartete, bis sein Telefon zumindest so weit aufgeladen war, dass er ein paar Gespräche damit führen konnte, bemerkte er, dass er die ganze Zeit über beobachtet wurde. Nachdem er wenige Minuten später das Kabel vom Handy getrennt und wieder auf der Theke abgelegt hatte, bedankte er sich nochmals und war heilfroh, den Laden verlassen zu können, bevor dem Mann einfiel, dass er Max von einem Fahndungsfoto der Polizei kannte.

Draußen angekommen, schaltete er das Gerät ein. Es war

11.48 Uhr.

Max wusste nicht, auf welche Uhrzeit der Zünder der Bombe eingestellt war, aber es wurde verdammt eng.

Als die Karte sich mit dem Telefonnetz verbunden hatte, zeigte eine Meldung auf dem Display an, dass er sechs verpasste Anrufe hatte. Zwei davon waren von Burghard Palzers Handy gekommen, die anderen vier von einer Nummer, die Max nicht kannte.

Also tippte er sie an und war gespannt, wer sich melden würde.

Es war Markus Vogt, Neumanns ehemaliger Kumpel aus Neuss.

»Ah, gut, dass Sie anrufen«, begann er. »Ich habe schon ein paarmal versucht, Sie zu erreichen.«

»Ja, mein Akku war leer. Ist Ihnen noch etwas zu Neumann eingefallen?«

»Ja, ähm … also, ich weiß ja nicht, ob es wichtig ist, aber wissen Sie, dass Alex eine Schwester hatte?«

»Ja, das habe ich gehört. Soweit ich weiß, starb sie an einer Überdosis.«

»Ja, das stimmt. Das war, als Alex noch im Knast saß. Ist jetzt fast vier Jahre her. Aber wissen Sie auch, dass sie zuvor keine Drogen genommen hat?«

Max dachte kurz darüber nach, ob er Vogt von Neumanns Tod erzählen sollte, hielt es aber für besser, noch damit zu warten.

»Nein, woher sollte ich das wissen? Und was hilft mir das?«

»Lena hat erst mit den Drogen angefangen, als sie erfahren hat, was die im Knast mit Alex angestellt haben. Sie …«

»Woher hat sie das erfahren? Hat er ihr Briefe geschrieben?«

»Das hat er zwar, aber da hat er mit keinem Wort erwähnt, wie dreckig es ihm wirklich ging. Wahrscheinlich hat er geahnt, wie sehr sie das belasten würde. Erst als ein Mithäftling über seinen Anwalt Nachrichten an Lena nach draußen schmuggeln ließ, wurde ihr klar, was da drin abgeht.«

»Und woher wissen *Sie* das alles?«

»Sie hat es mir erzählt. Sie hat mir sogar einen der Briefe gezeigt. Was da drinstand … abartig. Ich war damals ihr bester Freund. Zumindest bis etwa ein Jahr vor ihrem Tod. Da hat sie sich plötzlich von mir abgewandt. Von heute auf morgen konnte ich sie nicht mehr erreichen. Sogar wenn ich sie irgendwo gesehen habe, ist sie weggelaufen. Ich glaube, sie hat jemanden kennengelernt. Jemanden, der keinen guten Einfluss auf sie hatte.«

»Wissen Sie denn, wie der Mithäftling hieß, der Lena die Briefe geschrieben hat?«

»Nein, leider nicht.«

»Ich dachte, sie hat Ihnen einen der Briefe gezeigt. Stand da kein Name drauf?«

»Das weiß ich wirklich nicht. Darauf habe ich nicht geachtet. Das hätten Sie auch nicht, wenn sie die Schilderungen über diese Abscheulichkeiten gelesen hätten. Mir hat es den Magen umgedreht bei der Vorstellung …«

»Okay, aber ich verstehe immer noch nicht, wie mir das helfen könnte, meine Schwester zu finden.«

»Lena hat Alex quasi aufgezogen«, redete Vogt weiter, als hätte er die Frage nicht gehört. »Sie war sechs Jahre älter als er und hat sich um ihn gekümmert, obwohl sie selbst noch ein Kind war. Wenn sie nicht gewesen wäre, hätte Alex seinen ersten Geburtstag nicht erlebt. Die Alte hat nur gesoffen und herumgehurt, und sein Vater, dieser Idiot, hat das alles mit angesehen und sich selbst jeden Tag mit Schnaps weggeschossen. Jedenfalls hatten Alex und Lena ein ganz besonders enges Verhältnis zueinander.«

»Und sie hat nichts von seinen … Eigenarten gewusst?«

»Doch, das hat sie, aber sie hat es verdrängt. Ihr gegenüber war er natürlich ganz anders. Ich denke, irgendwann hat sie die Berichte aus dem Knast nicht mehr ausgehalten und sich eine Überdosis verpasst. Ich kann mir noch nicht mal vorstellen, was das mit Alex gemacht hat, als er davon erfahren hat.«

Max konnte es sich ungefähr vorstellen. So, wie er Neumanns Gedankenwelt einschätzte, hatte er die Schuld am Tod seiner Schwester auch ihm, Max, zugeschrieben. Der Hass, den er sowieso schon gegen ihn gehabt hatte, musste ins Unendliche gewachsen sein. Damit bekam Kirstens Entführung natürlich einen ganz anderen Stellenwert.

»Und Sie wissen nicht, mit wem sie damals zusammen war?«

»Nein, wie gesagt, sie hat sich plötzlich vollkommen von mir abgewandt.«

»Hm … okay. Sonst noch was?«

»Nein, ich dachte nur, das könnte Sie vielleicht interessieren.«

»Eine Frage noch. Wie ging es Ihnen, als sie vom Tod Ihrer ehemals besten Freundin erfahren haben?«

»Ich habe … also … das war schlimm für mich.«

»Haben Sie sie geliebt?«

»Ähm … nein. Wir waren gute Freunde, mehr nicht.«

»Haben Sie Alexander Neumann die Schuld für ihren Tod gegeben?«

»Nein!« Er klang entsetzt. »Er konnte doch nichts dafür, dass er im Gefängnis so gequält worden ist.«

»Da sind wir definitiv unterschiedlicher Meinung. Er konnte sehr wohl was dafür, dass er im Knast gelandet ist. Er war ein irrer Mörder.«

»War? Hat es etwas zu bedeuten, dass Sie von ihm in der Vergangenheitsform sprechen?«

»Ja, war. Alexander Neumann ist gestern erschossen worden.«

»Oh!« Pause. »Na ja, irgendwie musste man mit so was ja fast rechnen.«

Das war allerdings eine Reaktion, mit der Max nicht gerechnet hatte.

»Finden Sie?«

»Er hat ja davon gesprochen, dass er abtauchen möchte, um sich vor jemandem zu verstecken. Sie wissen schon, die … *üblen Ficker.*«

»Ja, wer weiß.« Max stellte fest, dass das alles nichts brachte, außer dass es Zeit kostete.

»Also gut, danke für die Information.«

»Gerne. Wenn mir noch etwas einfällt …«

»Ja, vielen Dank.«

Max legte auf und blickte auf die Anzeige der Uhrzeit.

12.09 Uhr

Kirsten. Er hoffte, dass die Bombe noch nicht hochgegangen war, aber da Neumann vorgehabt hatte, erst um zwölf mit ihm zu telefonieren und danach – von wo auch immer – zu dem Versteck zurückzukehren, war die Wahrscheinlichkeit recht hoch, dass er den Zeitzünder entsprechend eingestellt hatte.

Max wählte Palzers Nummer.

Es dauerte eine Weile, bis der Oberkommissar abhob. »Da bist du ja. Wo hast du denn gesteckt?«

»Lange Geschichte. Neumann ist tot.«

»Was? Was ist passiert?«

Max fasste die Geschehnisse so knapp wie möglich zusammen und beendete den Bericht bei seinem Anruf bei Böhmer.

»Dein Partner scheint eine harte Nuss zu sein.«

»Wie man's nimmt. Ich halte die Bezeichnung Idiot für passender. Kannst du mir vielleicht noch …«

Ein Schatten tauchte von der Seite auf, griff nach dem Handy und riss es Max aus der Hand.

Jemand schrie: »Stehen bleiben!«, während ein Mann in der typischen Ausrüstung eines Sondereinsatzkommandos vor ihm auftauchte und mit einer Pistole auf ihn zielte.

Max' Arme wurden gepackt und schmerzhaft nach hinten gerissen, in der nächsten Sekunde schnitt das dünne Plastik von Kabelbinder-Fesseln in seine Gelenke. Bevor er vollkommen realisiert hatte, was geschehen war, umringten ihn bereits vier Polizisten. Hände tasteten ihn – wenig rücksichtsvoll – von Kopf bis Fuß ab. »Sauber!«, erklärte einer der Männer knapp.

»Mach keine Mätzchen, *Kollege*«, knurrte jemand neben ihm und packte ihn grob am Oberarm.

»Was soll das?«, protestierte Max. »Verdammt nochmal, ich muss meine Schwester suchen. Wenn ich sie nicht schnellstmöglich finde, wird sie sterben.«

Der Mann stellte sich vor ihn, so dicht, dass ihre Gesichter nur Zentimeter voneinander entfernt waren. »Max Bischoff, Sie sind festgenommen. Ihnen wird vorgeworfen, Oberkommissarin Verena Hilger durch einen Schuss in den Kopf getötet zu haben.« Er beugte sich noch etwas näher zu Max vor und zischte ihm zu: »Wenn du dich nicht widerstandslos abführen lässt, muss ich dir leider weh tun. Ich stehe nicht auf Kollegen, die andere Kollegen umbringen.«

Nachdem er den Abstand zwischen ihnen wieder etwas vergrößert hatte, fügte er in normaler Lautstärke hinzu: »Sie haben das Recht, sich zur Sache zu äußern oder nicht auszusagen. Sie haben jederzeit, auch vor einer Vernehmung, das Recht, einen Verteidiger ihrer Wahl zu befragen, weiterhin können Sie einzelne Beweiserhebungen beantragen.«

Der Polizist, der ihm das Telefon entrissen hatte, hielt ihm das Gerät entgegen. »Aufgelegt. Mit wem hast du gerade telefoniert?«

»Ich hab versucht, einen ehemaligen Freund von Alexander Neumann zu kontaktieren. Neumann hat meine Schwester entführt. Nun ist er tot, und ich …«

»Anrufen!«, befahl derjenige, der Max gerade gedroht hatte, und machte einen weiteren Schritt zurück.

»Ja, hallo, mit wem spreche ich? … Welche Dienststelle? … Aha. Sie haben gerade mit Max Bischoff telefoniert. Was wollte er von Ihnen? … Hauptkommissar Peters, Sondereinsatzkommando … Ja. Kennen Sie Bischoff? … Aha … Also gut. Ein Kollege wird bei Ihnen vorbeikommen und sich mit Ihnen unterhalten. Danke.«

Er ließ die Hand mit dem Telefon sinken und nickte dem Hauptkommissar zu. »Scheint zu stimmen, was er gesagt hat.«

Palzer schien genau richtig reagiert zu haben.

»Okay, auf geht's.«

Max wurde am Arm zur Seite gezogen und registrierte, dass um sie herum etliche Passanten stehen geblieben waren und sie anstarrten. Einige hatten ihre Smartphones hochgehoben und filmten das Schauspiel.

Sie waren erst ein paar Meter weit gekommen, als eine Stimme hinter ihnen rief: »Halt!«

Es war eine Stimme, die Max gut kannte.

Es war die von Horst Böhmer.

34

12.24 Uhr
»Lassen Sie ihn los, ich mache das.« Böhmer wurde von zwei uniformierten Beamten in schusssicheren Westen begleitet, die sich aber hinter ihm hielten. Es schien fast so, als hätten sie großen Respekt vor den Männern des Sondereinsatzkommandos.

Böhmer blieb vor dem Leiter des Trupps stehen und zeigte ihm seinen Dienstausweis. »Hauptkommissar Böhmer, Kripo Düsseldorf. Und wer sind Sie?«

Der Mann warf einen langen, prüfenden Blick auf den Ausweis. »Hauptkommissar Peters. Was heißt hier, Sie *machen das*? Bischoff kommt mit uns aufs Präsidium. Sie können uns von mir aus begleiten.«

Obwohl Böhmer ihm gegenüber in den letzten Tagen alles andere als loyal gewesen war, war Max erleichtert, ihn zu sehen. Allerdings erschien es ihm besser, sich erst einmal zurückzuhalten.

»Ja, er kommt aufs Präsidium, aber nach Düsseldorf. Die Tat, derer er verdächtig ist, hat in Düsseldorf stattgefunden.«

Eine Weile sahen sie sich in die Augen, dann deutete Peters mit dem Kopf in die Richtung, in der sie unterwegs gewesen waren, und sah dann seine beiden Kollegen an, die Max links und rechts flankierten und ihn an den Oberarmen festhielten. »Wir bringen ihn zum Präsidium. Abmarsch.«

Böhmer hob eine Hand. »Einen Moment noch, bitte.« Er nahm sein Telefon und wandte sich ab, während er darauf herumtippte.

»Wir gehen«, entschied Peters erneut und setzte sich in Bewegung. Max konnte noch einen Blick auf Böhmers Rücken erhaschen, dann wurde er von seinen beiden Bewachern grob mitgezogen.

»Hey, was soll das?«, protestierte er. »Horst?«

Böhmer hielt sein Telefon in der ausgestreckten Hand, während er auf Peters zuging. »Hier, der Staatsanwalt möchte Sie sprechen.«

Mit genervtem Gesichtsausdruck nahm der Hauptkommissar das Handy und hielt es sich ans Ohr. »Peters hier … Ja, das ist mir klar. Aber wir haben ihn … Ja. Kann er ja. Aber erst nehmen wir Bischoff mit aufs Präsidium … Nein, warum sollte … Ja, verstanden … Ja, verdammt.«

Er reichte das Telefon an Böhmer zurück und schüttelte verärgert den Kopf. »Übergebt ihn an die Kollegen aus Düsseldorf. Er untersteht nun Ihrer Verantwortung.«

Die beiden Polizisten in Böhmers Begleitung kamen auf Max zu und warteten, bis die SEK-Beamten ihn losgelassen hatten. Dann nahmen sie deren Platz ein.

»Gehen wir«, sagte Böhmer und wandte sich um, ohne Max oder den SEK-Trupp noch eines Blickes zu würdigen.

Mittlerweile hatte sich ein Pulk Neugieriger um sie herum gebildet. Eine ganze Armada von Handys war auf sie gerichtet und verfolgte jede ihrer Bewegungen.

Böhmer ging auf die Gaffer zu und trieb sie mit einigen harschen Worten auseinander.

»Das ist doch der Polizist, der seine Kollegin erschossen hat«, sagte jemand ganz in der Nähe. »Ich habe sein Bild im Internet gesehen.«

»Gott sei Dank, dass sie den so schnell gefasst haben.« Eine Frauenstimme daneben. »Nicht auszudenken, dass so einer frei herumläuft. Ein Polizist!«

Böhmers Audi und ein Streifenwagen parkten ganz in der Nähe.

»Wo kommst du plötzlich her?«, wollte Max wissen, als sie auf die Fahrzeuge zugingen.

Böhmer drehte sich zu ihm um. »Ich habe mir Neumanns Leiche angesehen, als mir mitgeteilt wurde, dass der Inhaber eines Ladens dich identifiziert hat.«

Der Inhaber des Geschäftes. Es war ihm also doch wieder eingefallen, woher er Max kannte.

»Horst, ich muss Kirsten finden. Wenn ich …«

»Setzt ihn zu mir ins Auto. Ich nehme ihn mit«, sagte Böhmer, an die beiden Uniformierten gewandt, die Max zu dem Streifenwagen manövrieren wollten. Sie blieben stehen und tauschten an Max vorbei einen fragenden Blick miteinander.

»Aber …«, begann einer von ihnen, doch Böhmer schnitt ihm das Wort ab. »Das ist mein Partner. Ich weiß, was ich tue. Also, setzen Sie ihn in mein Auto.«

»Soll nicht wenigstens einer von uns mitfahren?«

»Nein, danke, ich komme schon klar.«

Als die beiden noch immer zögerten, rollte Böhmer mit den Augen, öffnete die Beifahrertür und deutete darauf. »Na los jetzt, worauf warten Sie denn noch?«

Widerwillig zerrten die Polizisten Max auf das Auto zu und versuchten, ihn trotz der hinter dem Rücken gefesselten Hände auf den Beifahrersitz zu schieben, während Böhmer um den Wagen herum zur Fahrerseite ging.

»Au, verdammt!«, schrie Max, als ein schmerzhafter Stich durch seine Schulter fuhr. »So geht das nicht.«

»Machen Sie ihn los«, befahl Böhmer.

»Sicher?«

»Ja, verdammt. Muss ich denn alles zweimal sagen?«

Einer der beiden trat einen Schritt zur Seite, zog seine Dienstpistole und richtete sie auf den Boden vor Max' Füße. »Machen Sie keinen Blödsinn«, warnte er.

Max spürte, wie das schmale Plastikband für einen kurzen Moment noch tiefer in sein Fleisch schnitt, dann wurde es mit einem Ruck durchtrennt und seine Hände waren frei.

Der Polizist ging ein Stück um ihn herum und blieb neben ihm stehen. »Die Hände nach vorn.«

»Hören Sie, ich werde …«

»Nun mach schon«, forderte Böhmer ihn auf. Max sah ein, dass er keine Wahl hatte, und streckte die Arme mit zusammengelegten Händen nach vorn. Erneut wurde ein Kabelbinder um seine Gelenke gezogen, der allerdings etwas lockerer saß als der zuvor, anschließend drückte der Beamte ihn auf den Beifahrersitz, schnallte ihn an und nickte Böhmer zu.

»Danke.« Böhmer klemmte sich hinter das Lenkrad, zog seine Tür zu und schnallte sich an.

»Horst, ich *muss* Kirsten finden. Du machst dich mitschuldig, wenn ihr etwas passiert.«

»Halt die Klappe.« Böhmer startete den Motor und fuhr langsam an.

»Verdammt nochmal. Ich habe Verena nicht getötet.«

»Du warst in Neuss, oder?«

»Ja.«

»Hast du auch mit Markus Vogt gesprochen?«

»Ja, habe ich. Horst, was soll das? Bitte! Wir müssen alle Hebel in Bewegung setzen, um Kirsten zu finden.«

»Dann weißt du auch, dass er ein Verhältnis mit Neumanns Schwester hatte?«, redete Böhmer unbeirrt weiter.

»Nein. Ich habe ihn danach gefragt, aber er hat behauptet, sie seien nur gute Freunde gewesen.«

Böhmer lenkte den Wagen vom Parkplatz herunter und fädelte ihn in den Verkehr ein. »Das wundert mich nicht. Seine Tochter muss zu diesem Zeitpunkt etwa vier Jahre alt gewesen sein.«

»Und woher weißt du das?«

»Das habe ich im Protokoll des Gesprächs der Kollegen mit Neumanns Mutter gelesen. O-Ton: *Die beiden haben oben in ihrem Zimmer gerammelt wie die Karnickel.*«

»Oh«, entfuhr es Max. »Ich weiß nicht, ob man allzu viel auf das geben sollte, was sie erzählt. Auf mich hat sie nicht gerade einen vertrauenswürdigen Eindruck gemacht. Können wir jetzt bitte über Kirsten reden?«

»Ja, die Alte ist ein echtes Sahneschnittchen. Aber sie scheint sich die Hirnzellen noch nicht vollständig weggesoffen zu haben. Immerhin hat sie damals für alle Fälle schnell ein paar Fotos gemacht, die sie vielleicht einsetzen wollte, um sich von Markus Vogt hier und da mal einen *Gefallen* zu erbitten.«

»Hast du diese Fotos gesehen?«

»Ja, Kopien davon. Und wie es ausgesehen hat, *haben* die beiden gerammelt wie die Karnickel.«

»Okay, und selbst wenn …«

»Ja, ich weiß, was du sagen möchtest, aber meine Erfahrung aus über dreißig Jahren *sagt* mir nicht nur, dass dieser ganze Scheiß etwas mit Neuss zu tun hat und dort die Lösung zu finden ist, sie *brüllt* mich regelrecht an.«

Böhmer spürte offenbar, dass Max ihn ansah. »Was ist?«

»Ich verstehe dich nicht mehr. Erst willst du mir helfen, dann tauchen fingierte Indizien auf, die gegen mich sprechen, und du verhältst dich, als würdest du die Gefängnistür am liebsten eigenhändig hinter mir abschließen, und jetzt …«

Böhmer setzte den Blinker, lenkte den Wagen mit zwei Rädern auf den Bürgersteig der wenig befahrenen Straße und hielt an.

»Diese Sache mit Verena hat mich ziemlich von den Füßen geholt. Ich … war unglaublich wütend. Nein, ich *bin* unglaublich wütend, weil es so verdammt ungerecht ist.«

»Ich weiß ganz genau, wie sich das anfühlt.«

»Ja, das ist mir klar. Und dann deutet nicht nur alles darauf hin, dass du das warst, du hast sogar noch ein äußerst überzeugendes Motiv, nämlich deine Schwester zu retten.«

»Aber ich …«

»Warte! Ich habe mich von dieser unglaublichen Wut leiten lassen, weil ich dringend ein Ventil dafür gebraucht habe und du dich geradezu aufgedrängt hast.

Sauberer kann man einen Täter ja fast nicht mehr auf einem Tablett serviert bekommen. Im Grunde genommen wusste ich tief in mir die ganze Zeit, dass du das nicht getan haben kannst und dass die Indizien viel zu einfach und zu deutlich waren. Aber … wie auch immer. Ich habe mich nach deinem letzten Anruf heute mit Manfred unterhalten.«

Hauptkommissar Manfred Hauck war nicht nur ihr dienstältester Kollege, sondern auch der besonnenste.

»Er hat mir die Augen geöffnet und mir geraten, mehr auf meine innere Stimme zu hören als auf vordergründige Indizien. Etwas, das ich normalerweise immer tue, nur dieses Mal …«

»Und was ist jetzt?«

Sie sahen sich in die Augen. »Ich glaube nicht, dass du Verena umgebracht hast.«

»Danke!« Max fiel auf, dass er sich zwar die ganze Zeit über Böhmer geärgert hatte, aber erst jetzt spürte, wie schmerzlich die Erkenntnis tatsächlich gewesen war, dass sein Partner ihm einen Mord zutraute.

»Und was hast du jetzt vor? Es geht für Kirsten wirklich um jede Minute.«

»Na ja …« Böhmer legte eine Hand auf das Lenkrad und sah nach vorne. »Ich denke, wir fahren nach Neuss.«

»Was? Du weißt, dass du Ärger bekommen wirst. Dieser SEK-Mensch, Peters, ist nicht allzu gut auf dich zu sprechen, weil du ihm seine Beute abspenstig gemacht hast. Wenn du mir jetzt auch noch hilfst, statt mich auf direktem Weg ins Präsidium zu bringen …«

»Ich muss ja sowieso nach Neuss, Neumanns Mutter

ein paar Fragen stellen, die die Kölner Kollegen ihr sicher auch schon gestellt haben. Und Ärger bekomme ich spätestens dann, wenn Peters herausfindet, dass der *Staatsanwalt*, der ihm in die Parade gefahren ist, in Wirklichkeit Hauck heißt.«

Max riss die Augen auf. »Du hast … Manfred hat so getan, als sei er der Staatsanwalt? Ausgerechnet Manfred?«

»Ja. Er war die ganze Zeit über von deiner Unschuld überzeugt. Versprich mir, dass du nicht abhaust, was auch passiert.«

»So ganz traust du mir offensichtlich doch nicht.«

»Versprich es.«

»Ja, gut, ich verspreche es. Kannst du jetzt bitte diese Scheißdinger aufschneiden? Ich habe schon kein Gefühl mehr in den Händen.«

»Das würde ich gerne, aber … ich habe kein Messer dabei.«

»Herrgott, dann nimm irgendwas anderes. Eine Zange, eine Schere … etwas vom Bordwerkzeug.«

»Die neuen Autos haben so was nicht mehr, weil es auch kein Reserverad mehr gibt.«

»Dann beiß es durch, verdammt nochmal. Du wirst doch wohl eine Möglichkeit finden, diesen scheiß Kabelbinder durchzutrennen.«

Böhmer legte den Automatikhebel um und fuhr los.

»Das machen wir in Neuss.«

35

13.31 Uhr
Max tröstete sich damit, dass Böhmer noch keine Meldung über eine Bombenexplosion erhalten hatte. Dennoch wurde er von Minute zu Minute nervöser. Bis zu Markus Vogts Haus in Neuss waren es noch etwa zehn Minuten. Die Uhr des Zeitzünders tickte und tickte. Wann würde sie die Detonation auslösen und damit Kirstens Leben auslöschen? Wie mochte es ihr gehen, nun, wo niemand mehr nach ihr sah? Sie musste verrückt werden vor Angst.

»Habt ihr schon irgendwas über Neumanns Tod herausgefunden?«, fragte Max Böhmer.

»Der Kölner Doc meinte, er sei wahrscheinlich seit dem späten Abend tot. Näheres kann er aber erst nach der Obduktion sagen, du kennst das ja.«

»Das würde passen. Ich schätze mal, er ist erschossen worden, nachdem er mich eingesperrt hat.«

»Was, wenn er schon vorher getötet wurde, und jemand anderes hat dich betäubt und eingeschlossen?«

»Hm …« Max dachte darüber nach. »Möglich wäre das natürlich. Aber warum sollte jemand das tun? Und mir den Schlüssel in die Tasche stecken.«

»Damit du Neumann findest, wenn du aufwachst.«

»Noch mal: warum? Was hätte derjenige davon?«

»Tja, das ist die große Frage. War auch nur so ein Gedanke.«

»Ich bin gespannt, wie Vogt reagiert, wenn er von den Fotos erfährt.«

Max musste nicht lange nachdenken. »So wie ich ihn einschätze, wird er sich in die Hose machen vor Angst. Ich habe das Gefühl, er steht ziemlich unter dem Pantoffel seiner Frau.«

»Die Kollegen, die bei ihm waren, meinten auch, er hätte auf sie sehr zurückhaltend gewirkt, fast schüchtern.«

»Mal sehen, ob er das immer noch ist.«

Sie erreichten das Haus der Familie Vogt um

13.44 Uhr.

Dieses Mal öffnete nicht Vogts Tochter die Tür, sondern seine Frau Christine. Als sie Max erkannte, weiteten sich ihre Augen, und sie machte einen Schritt zurück. »Was wollen Sie hier? Ich rufe die Polizei!«

»Die ist schon da.« Böhmer zog seinen Ausweis hervor und zeigte ihn der Frau, die ihn sichtlich verwirrt betrachtete.

»Aber ich dachte, der da wird gesucht?«

»*Der da* ist Kriminaloberkommissar Max Bischoff, der aufgrund fingierter Indizien zu Unrecht verdächtigt wurde.«

Nun erst fiel ihr auf, dass Max' Hände mit Kabelbinder zusammengebunden waren. »Warum ist er dann gefesselt?«

»Weil ich kein Messer im Auto habe. Wenn Sie so freundlich wären, mir eines zu geben, kann ich ihn endlich davon befreien.«

Sie kniff die Augen zusammen. »Zeigen Sie mir bitte noch mal Ihren Ausweis.«

Böhmer zog ihn erneut hervor und streckte ihn der Frau entgegen. Sie beugte sich ein Stück nach vorn und betrachtete ihn so genau, als könne sie einen gefälschten Ausweis von einem echten unterscheiden.

»Wir möchten uns mit Ihrem Mann unterhalten. Ist er zu Hause?«

»Nein, warum? Was wollen Sie von ihm?«

Sie log nicht sonderlich gut.

»Wer ist das denn?« Vogts Tochter tauchte neben der Frau auf. Nele, erinnerte sich Max.

»Niemand für dich«, erklärte ihre Mutter. »Geh wieder rein.«

»Aber das ist doch der Mann aus dem Internet. Der Mörder. Und er ist gefesselt.«

»Nein, Schatz, er ist kein Mörder. Das war …«

»Aber er ist gefesselt.«

»Ja, das … verstehst du nicht.«

»Soll ich Papa sagen, dass der Mann ihn wieder besuchen möchte?«

Christine wurde blass. »Geh jetzt rein.«

Nele machte einen Schmollmund, wandte sich aber um und verschwand im Haus. Max und Böhmer sahen die Frau wortlos an.

»Ja, gut, er ist zu Hause. Ich wollte einfach, dass sie ihn in Ruhe lassen. Er hat gerade erfahren, dass sein früherer Kumpel Alex getötet worden ist. Dieser Geisteskranke.«

»Ach, woher weiß er das denn schon?«, fragte Max scheinheilig. »Es steht noch nichts davon in den Zeitungen oder im Internet.«

»Keine Ahnung.«

»Können wir ihn dann jetzt bitte sprechen?«, fragte Böhmer.

»Muss er mit Ihnen reden?«

»Nein, aber ich kann ihn als Zeugen vorladen lassen, und Sie gleich mit.«

Diese Vorstellung schien ihr noch weniger zu gefallen. »Also gut, kommen Sie rein.«

Sie betraten das Haus, aber Böhmer blieb im Eingangsbereich stehen. »Würden Sie jetzt bitte ein Messer holen?«

Eine Minute später massierte Max sich die schmerzenden Handgelenke.

Das Wohnzimmer sah noch genauso aus wie bei Max' letztem Besuch. Vogt lag auf der Couch und richtete sich hastig auf, als sie den Raum betraten.

Max bahnte sich einen Weg durch das Durcheinander aus Puppen und Plastikspielzeug auf dem Boden. Schließlich hatten Böhmer und er es geschafft und standen nebeneinander vor Vogt, der sich erhob.

»Herr Vogt, wir würden Ihnen gerne ein paar Fragen zu Lena Neumann stellen«, erklärte Böhmer und warf einen Blick zum Eingang des Wohnzimmers, wo Vogts Frau und seine Tochter nebeneinanderstanden und sie beobachteten.

»Vielleicht wäre es besser, wenn wir uns mit Ihnen allein unterhalten.«

»Nele, geh auf dein Zimmer«, befahl Christine Vogt ihrer Tochter, machte aber selbst keine Anstalten, sich von der Stelle zu bewegen, nachdem Nele verschwunden war.

Als Böhmer sie fragend ansah, erklärte Markus Vogt: »Ist schon okay, ich habe vor meiner Frau keine Geheimnisse.«

»Sind Sie sicher?«, hakte Max nach. »Vielleicht wäre es trotzdem besser, wir unterhalten uns allein mit Ihnen.«

Vogts Frau setzte sich in Bewegung und nahm den gleichen, schmalen Pfad zwischen dem Spielzeug hindurch, den auch Böhmer und Max benutzt hatten. »Wenn Sie Fragen haben, dann fragen Sie oder gehen Sie wieder.«

Böhmer hob beide Hände. »Also gut. Als wir uns das letzte Mal mit Alexander Neumanns Mutter unterhalten haben, erzählte sie uns, dass Sie, Herr Vogt, vor etwa vier Jahren ein Verhältnis mit Lena Neumann gehabt hatten.«

Die Stille, die entstand, fühlte sich an wie ein dicker, zäher Brei, der gegen die Ohren drückte. Max wusste nicht, wie lange es dauerte, bis Christine Vogt sagte: »Ja, und? Ich weiß davon. Mein Mann hat es mir erzählt.«

Sie log wirklich verdammt schlecht.

»Warum haben Sie mich belogen, als ich Sie genau danach gefragt habe?«, wollte Max von Markus Vogt wissen.

Ihm konnte man die Anstrengung ansehen, die es ihn kostete, den Blick von seiner Frau abzuwenden. So ungefähr musste eine Maus eine Schlange ansehen.

»Ach, ich … das war, weil …«, druckste er herum.

»Weil er sich geschämt hat«, antwortete erneut Vogts Frau an seiner Stelle, während sich auf seiner Stirn kleine Schweißperlen bildeten. »Wer gibt schon freiwillig zu, dass er eine verkommene Schlampe gevögelt hat, während seine Frau zu Hause gesessen und auf die gemeinsame Tochter aufgepasst hat? So was sagt man einfach nicht gerne, weil man weiß, dass man sich damit als Schwein outet.«

»Es ist Ihnen vielleicht entfallen«, fuhr Max sie an, »aber es geht noch immer um das Leben meiner Schwester, die von Neumann entführt worden ist und gerade wahrscheinlich verrückt wird vor Angst, weil sie auf einer tickenden Zeitbombe sitzt. Einer Bombe, die Neumann jetzt nicht mehr abschalten kann, weil er tot ist.«

»Und was hat mein Mann damit zu tun?«

»Das will ich Ihnen gerne sagen. Er war Neumanns Kumpel. Ihn hat Neumann besucht, nachdem er aus dem Knast gekommen ist, und es war Neumanns Schwester, die Ihr Mann beglückt hat, während Sie zu Hause saßen, wie Sie gerade so treffend geschildert haben.« Max wandte den Blick von ihr ab und richtete ihn auf Vogt. »Ich erwarte von Ihnen, dass Sie uns jetzt die vollständige Wahrheit sagen, ist das klar? Sie sind ein Zeuge, und als solcher müssen Sie – im Gegensatz zu einem Beschuldigten – die Wahrheit sagen, sonst kann das juristische Konsequenzen für Sie nach sich ziehen.«

»Ja, ich habe verstanden.«

»Gut, fangen wir mit Neumann an. Haben Sie ihn seit Ihrem Treffen mit ihm vor rund einem Jahr noch einmal gesehen?«

»Nein.«

»Sie erzählten mir, Lena Neumann habe etwa ein Jahr vor ihrem Tod plötzlich nichts mehr mit Ihnen zu tun haben wollen. Sie wäre sogar vor Ihnen davongelaufen, wenn Sie ihr irgendwo begegneten. Stimmt das so?«

»Ja, das stimmt. Es stimmt alles, was ich Ihnen gesagt habe, bis auf diese eine Sache.«

»Wo waren Sie gestern Abend? Ich erinnere Sie noch einmal daran, dass es für Sie ernsthafte Konsequenzen haben kann, wenn Sie nicht die Wahrheit sagen.«

»Er war hier bei mir«, erklärte Christine Vogt, für Max' Geschmack etwas zu schnell, woraufhin Böhmer sie anfuhr. »Jetzt halten Sie, verdammt nochmal, den Mund. Wir reden hier mit Ihrem Mann, und ich denke, er ist alt genug, für sich selbst sprechen zu können.«

Ihre Augen schossen Feuerblitze auf Böhmer ab, doch falls sie eine Entgegnung auf den Lippen hatte, schaffte sie es, sie zurückzuhalten.

»Also, Herr Vogt«, wiederholte Max, »sagen Sie mir jetzt bitte, wo Sie gestern Abend und gestern Nacht waren.«

»Es stimmt. Ich war zu Hause.«

Was Max daran störte, war der Blick, den Vogt mit seiner Frau getauscht hatte, bevor er antwortete.

13.56 Uhr

»Wenn ich auf die Uhr schaue, wird mir ganz schlecht«, sagte Max, als sie wieder im Auto saßen. »Falls es irgendwo in Düsseldorf oder Köln eine Explosion gegeben hätte, wüsstest du davon, oder?«

»Ja. Ich werde sofort benachrichtigt, sobald etwas Derartiges passiert.«

»Okay. Glaubst du Vogt wegen gestern Abend?«

Böhmer wiegte den Kopf hin und her. »Schwer zu

sagen. Seine Frau hat großen Einfluss auf ihn, er hat einfach wiederholt, was sie gesagt hat. Andererseits … wenn er Neumann wirklich umgebracht hätte, woher hätte er wissen sollen, wo er ihn findet?«

»Vielleicht hat er sich doch noch mal bei ihm gemeldet?«

»Und ihm erzählt, dass er sich mit dir in dieser Fabrik treffen will? Ich weiß nicht … Lass uns mal hören, was Neumanns Mutter zum Tod Ihres Sohnes sagt.«

Elvira Neumann machte nicht den Eindruck, als sei sie über den Besuch der beiden Kommissare erfreut. Wenn Max das richtig sah, trug sie den gleichen schmuddeligen Kittel wie am Vortag.

»Schon wieder Bullen?«, keifte sie los, nachdem sie die Tür geöffnet hatte. Dabei lallte sie deutlich. »Was, zum Henker, ist hier eigentlich los? Muss dieser Versager mir sogar noch auf die Nerven gehen, wenn er ins Gras gebissen hat? Was seid ihr denn für ein bescheuerter Verein? Wisst ihr nicht, dass eure idiotischen Kollegen schon hier waren und mir mit bemühten Mitleidsmienen gesagt haben, dass ich den Deppen endgültig los bin? Die haben sich vor lauter gespielter Trauer fast vollgepisst.«

»Wir wissen, dass unsere Kollegen bereits hier waren, Frau Neumann«, setzte Böhmer an.

»Was, zum Teufel, wollt ihr dann noch? Ich weiß nichts und will auch nichts wissen, also könnt ihr euch auch gleich wieder verziehen.«

»Bitte, Frau Neumann«, versuchte es Max, »es ist wirklich wichtig. Meine Schwester ist in großer Gefahr und stirbt, wenn wir sie nicht finden.«

Die Frau kniff die in faltigen Höhlen liegenden Augen zusammen.

»Du warst schon mal hier, Bulle, hab ich recht?«

Max nickte. »Ja, das war gestern.«

»Und? Was hab ich dir erzählt?«

»Nicht viel.«

»Und warum glaubst du, das könnte sich heute ändern?«

»Weil wir hoffen, Sie können uns dabei helfen, den Mörder Ihres Sohnes zu finden.«

»Warum soll ich das tun? Wenn ich wüsste, wer es war, würde ich mit ihm 'nen Schnaps trinken. Aber ich weiß gar nichts. Und jetzt verschwinden Sie. Wenn mir noch was einfällt, rufe ich Sie an.«

»Sie haben unsere Nummern doch gar nicht«, entgegnete Böhmer, woraufhin sie ein meckerndes Lachen ausstieß.

»Ja, eben.«

Damit wandte sie sich ab und knallte ihnen die Tür vor der Nase zu.

»So eine Schlampe«, entfuhr es Böhmer, und Max fand, das war der einzig passende Ausdruck.

Noch während sie zum Auto gingen, hatte er wieder dieses seltsame Gefühl, dass er in den letzten Tagen irgendetwas Wichtiges übersehen hatte. Der Unterschied war nur, dass ihm jetzt bewusst war, dass im Gespräch mit Neumanns Mutter der Hinweis darauf gefallen war.

36

Sie waren noch nicht weit gekommen, als Böhmers Handy klingelte.

»Chef!«, sagte Böhmer überrascht, nachdem er das Gespräch angenommen hatte. »Ich … ja, das stimmt … Der Staatsanwalt, ja also, das ist kompliz… ja … er sitzt neben mir … nein, ich bin erst noch schnell nach Neuss gefahren, weil ich … Ich weiß, aber ich wollte noch mit Neumanns Mutter sprechen … Ja, das habe ich verstanden, aber … Verdammt nochmal!« Die letzten Worte hatte er so laut ausgestoßen, dass Max erschrocken zusammenfuhr. »Jetzt lassen Sie mich gefälligst mal zu Wort kommen. Ja, ich weiß, dass ich Max sofort zum Präsidium hätte bringen müssen, aber er ist immer noch mein Partner, und ich bin überzeugt, dass er Verena nicht umgebracht hat. Und Sie wissen das auch. Was soll also das ganze Theater? … Ja, ja, die Vorschriften. Es tut mir leid, aber ich habe langsam die Schnauze voll von dieser Paragraphenreiterei, wenn gleichzeitig das Leben von Max' Schwester auf dem Spiel steht. Und wenn Sie mir deshalb ein Diszi an den Hals hängen wollen, bitte schön … Ja, gut, ich bringe ihn jetzt zum Präsidium. Ende.«

»Du willst mich wirklich zum Präsidium bringen?«, fragte Max ungläubig, kaum, dass Böhmer das Gespräch beendet hatte. »Du weißt doch, dass ich mich um …«

»Ich habe *gesagt*, ich bringe dich dahin. Wenn du mir allerdings an einer Kreuzung aus dem Auto springst und wegläufst, ist das Pech. Ich bin zu alt, um dich noch einholen zu können.«

Max nickte. Es war zwar enttäuschend, dass er gleich wieder auf sich allein gestellt sein würde, er wusste aber andererseits, dass Böhmer auch so schon eine Menge Ärger bekam, weil er ihm geholfen hatte.

»Wo soll ich dich raus… also, ich meine, wo wirst du fliehen?«

Max dachte an das Gespräch mit Neumanns Mutter und dieses drängende Gefühl, dass etwas, was sie gesagt hatte, wichtig sein könnte. »Wenn es dir nichts ausmacht, könntest du mich wieder ein Stück zurückbringen. Ich muss noch mal mit der Alten reden.«

»Okay. Aber was erhoffst du dir davon? Du hast doch gesehen, wie die drauf ist.«

Max zuckte mit der Schulter. »Ich weiß es noch nicht, ist nur so ein Gefühl.«

»Also gut.« Böhmer hielt an, warf einen Blick in den Seitenspiegel und wendete den Wagen. »Ich setze dich an der Kreuzung vor der Straße ab, in der die Alte wohnt, okay? Sie muss nicht unbedingt mitbekommen, wie du gemütlich aus meinem Auto steigst.«

»Ja, okay.« Max blickte auf seiner Seite aus dem Fenster, wo die Häuser wie an einer Kette aufgereiht an ihm vorbeizogen.

Er musste herausfinden, was es war, das ihn die ganze Zeit über beschäftigte. Eine Kleinigkeit, ein Nebensatz, den irgendjemand in den letzten Tagen gesagt hatte, der aber enorm wichtig sein konnte.

»Kann ich dir noch irgendwie helfen? Ich meine, jetzt und hier. Du kannst mich natürlich jederzeit anrufen.«

Max stieß ein kurzes, humorloses Lachen aus. »Da liegt das Problem. Ich habe kein Telefon mehr. Das haben mir die SEK-Typen weggenommen.«

»Okay, ich geb dir meines. Das hast du dir dann offiziell noch schnell geschnappt, bevor du aus dem Auto geflohen bist.«

Er zog sein Smartphone aus der Innentasche der Jacke und reichte es Max.

»Danke. Und wenn du vielleicht noch ein bisschen Bargeld hast …«

»Oje … das sieht schlecht aus. Ich glaube, ich habe noch etwas über zwanzig Euro in der Hosentasche. Die kannst du aber natürlich haben.«

»Immerhin, besser als nichts.«

»Der Code für das Handy ist übrigens mein Geburtsdatum. Wenn du das nicht weißt, hast du allerdings Pech gehabt.«

Max schaffte ein kurzes Lächeln. »Danke, ich kenne es.«

Zehn Minuten später stieg er aus Böhmers Auto und sah noch einmal hinein, bevor er die Tür schloss. »Ich danke dir, Horst. Für alles.«

»Schon gut. Ruf an, wenn sich irgendwas ergibt. Ich melde mich.«

Max schlug die Richtung zum Haus von Neumanns Mutter ein. Eigentlich hätte er sich ein stilles Plätzchen suchen müssen, um sich in Ruhe darüber klarzuwerden, was genau er bei der Alten zu finden hoffte. Aber so viel Zeit hatte er nicht. Es grenzte sowieso schon an ein

Wunder, dass die Bombe, auf der Kirsten saß, noch nicht hochgegangen war. Zumindest hoffte er das.

Bevor er den Finger auf die Klingel legte, atmete er noch einmal tief durch und befahl sich selbst, hochkonzentriert auf alles zu achten, was die Frau sagte.

Als Elvira Neumann ihn erkannte, schüttelte sie ungläubig den Kopf. »Ja, jetzt scheiß doch einer die Wand an. Sag mal, Bulle, bist du eigentlich vollkommen durch, oder was? Und wo hast du deinen Kumpel gelassen?«

»Jetzt machen Sie mal halblang mit Ihren Beleidigungen, Frau Neumann«, sagte Max unter Aufbietung aller Beherrschung. »Auch wenn Sie vielleicht denken, Sie könnten sagen, was Sie wollen, dann stimmt das noch lange nicht. Also, beherrschen Sie sich!«

Sie versuchte, ihre schwabbeligen Arme vor der gewaltigen Brust zu verschränken, was allerdings misslang und geradezu lächerlich aussah. »Sonst noch was? Wollen Sie mir eine Geldstrafe aufbrummen? Nur zu. Die können Sie selber zahlen. Ich hab nämlich nichts. Und jetzt, Bürschchen?«

Max sah ein, dass er so nicht weiterkam.

»Hören Sie, Frau Neumann, ich möchte einfach nicht glauben, dass Ihnen ein Menschenleben wirklich so egal ist. Sie hatten doch auch eine Tochter. Wissen Sie noch, wie Sie sich gefühlt haben, als sie gestorben ist?«

»Sie ist nicht gestorben, Herr Polizist. Sie hat sich das Hirn mit irgendwelchem Dreck weggeballert, die dämliche Kuh.«

Appelle an ihr Gewissen funktionierten also auch nicht. Es würde ihm wohl nichts anderes übrigbleiben, als das Gespräch von zuvor zu wiederholen und dabei zu hoffen, dass das, wonach er suchte, noch einmal zur Sprache käme.

»Frau Neumann, meine Schwester wird sterben, wenn ich sie nicht schnell finde. Wissen Sie irgendetwas, das mir weiterhelfen könnte?«

Sie rollte mit den Augen. »Nein, ich weiß nichts. Das nervt.«

Max dachte nach, wie die Unterhaltung von eben weiter verlaufen war. »Dann helfen Sie mir wenigstens, den Mörder Ihres Sohnes zu finden.«

»Und der ist mir immer noch egal. Ich frage noch mal: Bist du irgendwie verblödet oder so?«

Noch hatte sie nichts geäußert, was Max hätte aufhorchen lassen. Aber viel mehr hatten sie zuvor auch nicht mit ihr geredet. Es war zum Verrücktwerden. Max spürte deutlich, dass er ganz nah dran war, und doch hatte er keine Ahnung, wo der Schlüssel zur Lösung lag.

»Ich geh jetzt rein. Wenn du wiederkommst, mach ich nicht mehr auf, spar dir also den Weg. Und sag das auch deinen Polizistenkumpels.«

Max stand noch eine Weile da, starrte die geschlossene Tür an und horchte in sich hinein. Da war nichts.

Er ballte die Fäuste und wandte sich ab. Er hätte schreien können vor Wut und Enttäuschung. Irgendwo saß Kirsten im Keller eines Hauses auf einer Bombe und konnte nichts anderes tun, als auf den Tod durch die Explosion oder durch Verdursten zu warten – ein schneller oder ein qualvoller Tod.

So oder so würde seine Schwester sterben, wenn es Max nicht endlich gelang, mehr über Alexander Neumann herauszufinden.

14.41 Uhr
Max zermarterte sich den Kopf. Über dieses gottverdammte Wort oder den Satz oder die Situation oder was, zum Teufel, auch immer es war, das ihm einfach nicht einfallen wollte.

Wer konnte ein Interesse daran haben, Neumann zu töten? Und vor allem – woher konnte derjenige wissen, dass Neumann sich an diesem bestimmten Abend in der alten Fabrik aufhalten würde? Warum hatte er Max am Leben gelassen? Er musste doch mitbekommen haben, dass Neumann ihn überwältigt und eingesperrt hatte.

Alles mündete in diese eine Frage: Was sollte, was *konnte* er tun? Er drehte sich so sehr im Kreis, dass ihm schwindlig wurde. Sollte er noch einmal bei Vogt vorbeigehen? Aber was könnte er von ihm erfahren? Max blieb stehen. Palzer! Er musste sich bei Palzer melden. Vielleicht hatte der mittlerweile etwas herausgefunden. Außerdem wusste Palzer wahrscheinlich noch gar nicht, dass er wieder auf freiem Fuß war.

Er hatte Glück und erreichte den Oberkommissar gleich.

»Du?«, stieß Palzer überrascht aus, als Max sich meldete. »Aber … wieso kannst du mich anrufen?«

Max erklärte ihm, was geschehen war, und fragte nach, ob es irgendwelche Neuigkeiten zu Neumann gab.

»Nein, nichts Neues. Ich bekomme hier zwar auch nicht alles mit, aber ich kenne den einen oder anderen Kollegen in der Mordkommission. Wenn es irgendwelche bahnbrechenden Neuigkeiten gegeben hätte, wüsste ich es.«

»Mist. Ich bin in Neuss und drehe mich im Kreis. Ich komme einfach keinen Schritt weiter. Und Kirsten sitzt irgendwo auf einer Bombe, die jeden Moment hochgehen kann.«

»Und wie läuft das jetzt mit der Fahndung nach dir? Ich schätze, dein Partner wird mächtig Ärger bekommen.«

»Kann sein. Aber was mich betrifft – ich denke, die Kollegen werden bald begreifen, dass alles nur fingiert ist. Sie haben herausgefunden, dass mit der Aufnahme etwas nicht stimmt. Allein das entlastet mich schon sehr.«

»Na, das hört sich doch gut an. Und wie geht es jetzt weiter?«

Eine Frage, die Max sich mittlerweile im Minutentakt stellte.

»Ich weiß es nicht. Ich bin ziemlich am Ende mit meinem Latein.«

»Hm …«, machte Palzer.

»Was?«

»Ach, nur so ein Gedanke. Versteh mich nicht falsch, aber ich versuche, in alle Richtungen zu denken, okay?«

»Okay, aber was meinst du?«

»Dein Partner, Böhmer … kommt es dir nicht ein bisschen seltsam vor, dass er so plötzlich vollkommen umgeschwenkt hat? Wenn ich mir überlege, wie er sich in den letzten Tagen dir gegenüber verhalten hat.«

Max wehrte sich innerlich dagegen, sich einzugestehen, dass irgendwo in einem Winkel seines Verstandes genau die gleiche Frage schon aufgetaucht war. »Hilgers Tod hat ihn vollkommen aus der Bahn geworfen, da verhält man sich nicht immer rational. Das weiß keiner besser als ich. Aber er ist immer noch mein Partner.«

»Ja, wahrscheinlich hast du recht. Ich finde es nur seltsam, dass er ausgerechnet nach Neumanns Tod plötzlich eine 180-Grad-Wende macht und rechtzeitig zur Stelle ist, als du geschnappt wirst.«

Max spürte ein ungutes Ziehen in der Magengegend. »Das hat sich so ergeben, weil er sowieso gerade in Köln war.«

»Ja, wirklich ein glücklicher Zufall. Und was hat er hier gemacht?«

»Er war auf dem Fabrikgelände.«

»Ah, okay. Hm ... die Kollegen der Kölner Mordkommission waren zwar vor Ort, außerdem ist das nicht sein Zuständigkeitsbereich, aber wahrscheinlich ist er dort aufgetaucht, weil du in der Sache drinhängst.«

»Ja, das denke ich auch.«

Nach einer kurzen Pause sagte Palzer: »Scheiße, tut mir leid. Ich versuche nur, alle Möglichkeiten in Betracht zu ziehen.«

»Schon gut, der Gedanke ist ja auch naheliegend. Aber ich kann mir nicht vorstellen, dass Horst irgendetwas tun würde, das mir schadet.«

»Ja, du hast sicher recht. Ich kenne ihn ja auch nicht. Was hast du jetzt vor?«

»Ich weiß es ehrlich nicht. Ich bin ziemlich verzweifelt, und der Countdown für Kirsten läuft. Nützt es dir etwas, wenn ich zu dir komme?«

»Ich weiß nicht ...« Max dachte daran, dass er irgendwie wieder zurückmusste, wobei er noch keine Ahnung hatte, was *Zurück* bedeutete. Köln ... Düsseldorf? Jedenfalls konnte es nicht schaden, ein Auto zur Verfügung zu haben. Zumal, wenn er herausfinden würde, wo Kirsten steckte. Palzer war der Einzige, der ihm noch half. Außer Böhmer. Und dennoch fühlte sich der Gedanke, dass Palzer nach Neuss kam, nicht richtig an.

»Danke für das Angebot, aber ich denke, du kannst hier nicht viel tun.«

»Gut. War nur so eine Idee.«

»Ich werde mich nachher noch mal bei dir melden. Vielleicht erfahre ich ja endlich etwas, das mich weiterbringt.«

»Okay, mein Handy ist immer eingeschaltet. Bis später.«

Max beendete das Gespräch und steckte Böhmers Telefon weg, zog es aber gleich darauf wieder hervor und betrachtete es genauer. Was, wenn eine App darauf lief, die alle Gespräche aufzeichnete? Den genauen Standort des Handys konnte Böhmer sowieso jederzeit abrufen. Mit einem Kopfschütteln steckte er das Gerät wieder in die Hosentasche und machte sich auf den Weg.

Er durfte nicht anfangen, Gespenster zu sehen. Er würde sich noch mal mit Vogt unterhalten. Schon nach wenigen Schritten hatte er aber Palzers Gedanken über Böhmer wieder im Ohr.

Ich finde es nur seltsam, dass er ausgerechnet nach Neumanns Tod plötzlich eine 180-Grad-Wende macht und rechtzeitig zur Stelle ist, als du geschnappt wirst … Wirklich ein glücklicher Zufall, was hat er hier gemacht? … Außerdem ist das nicht sein Zuständigkeitsbereich. Max blieb stehen und schalt sich einen Narren. Was tat er da gerade? Hatte er nicht genau das an Böhmer so verurteilt? Dass er ihm nicht vertraute?

Er ging weiter und zwang sich dazu, sich auf das bevorstehende Gespräch mit Vogt zu konzentrieren.

Ein flaues Gefühl blieb trotzdem.

15.17 Uhr

Max war gerade in die Straße eingebogen, in der das Haus der Familie Vogt lag, als Böhmers Handy in seiner Hosentasche klingelte. Es war Böhmer selbst, der von einer Max unbekannten Nummer aus anrief.

»Ich bin in der Uniklinik in Köln. Ich …«

»Was tust du denn da?«, unterbrach Max ihn verwundert.

»Ich hatte den Doc gebeten, sich wegen der akuten Gefahr, in der Kirsten schwebt, besonders mit der Autopsie von Neumann zu beeilen, und wollte nachsehen, wie weit sie sind. Ein Handy habe ich ja gerade nicht, aber … ist auch egal. Viel wichtiger ist etwas, das der Doc bei der feingeweblichen Untersuchung herausgefunden hat, die gemacht wurde, um eine konkurrierende Todesursache auszuschließen.«

»Und?«

»Er hat festgestellt, dass das ganze Gewebe durchsetzt ist von ungewöhnlichen Hohlräumen.«

»Mann, nun mach es nicht so spannend. Was hat das zu bedeuten?«

»Diese Hohlräume entstehen, wenn sich Eiskristalle gebildet haben, die dann wieder abgetaut sind. Max, das bedeutet, Neumanns Leiche war eingefroren.«

37

Es dauerte einige Augenblicke, bis Max' Verstand die Information in ihrer ganzen Tragweite erfasst und die entsprechenden Schlussfolgerungen gezogen hatte.

»Er war … eingefroren? Aber er hat gestern Abend noch mit mir telefoniert. Und heute Vormittag habe ich ihn gefunden. Vollkommen aufgetaut.« Max erinnerte sich an die Grundlagen der Rechtsmedizin, die er einmal hatte pauken müssen. »Das ist aber unmöglich, wenn er eingefroren war. Wenn man ihn kurz nach unserem Telefonat erschossen und dann eingefroren hätte, um ihn gleich danach wieder aufzutauen, was sowieso eine schwachsinnige Aktion wäre … nein, unmöglich. Ein gefrorener Körper braucht bei einer Umgebungstemperatur von achtzehn Grad mindestens zwölf Stunden, bis er aufgetaut ist.«

»Richtig. Und wenn er es nicht war, der gestern Abend mit dir telefoniert hat, dann war es wahrscheinlich auch die ganze Zeit über jemand anderes.«

»Das würde ja bedeuten …« Max schnappte nach Luft. Die Erkenntnis war so ungeheuerlich, dass ihm schwindlig wurde. »Das bedeutet, Alexander Neumann hat mit Kirstens Entführung nichts zu tun, weil er wahrscheinlich schon seit längerem tot ist.«

»Genau. Und er wurde extra eingefroren, um ihn heute

Morgen als frische Leiche zu präsentieren. Wer immer sich das alles ausgedacht hat, hat sich wirklich viel Mühe gegeben, aber die Kleinigkeit übersehen, dass das bei der Autopsie aufgedeckt wird.«

»Da treibt also jemand ein Spiel mit mir, das noch viel abartiger und perfider ist, als ich es die ganze Zeit über gedacht habe.«

»Sieht ganz danach aus. Es stellt sich allerdings die Frage nach dem Motiv. Warum macht er das? Bei Neumann lag es auf der Hand, aber jetzt …«

»Aber es muss etwas mit Neumann zu tun haben. Es muss jemand dahinterstecken, der nicht nur Neumann kannte, sondern auch mich und Verena.«

»So sieht es aus.«

»Ich melde mich nachher wieder.« Max' Gedanken überschlugen sich geradezu. »Ich wollte mich sowieso noch mal mit Markus Vogt unterhalten. Das bekommt dadurch natürlich einen ganz anderen Stellenwert.«

»Da ist noch was, Max.«

»Was?«

»Ein Gedanke. Wer immer das war, wird schon bald feststellen, dass sein Plan nicht aufgeht. Was denkst du, wird er dann tun?«

Max musste nicht lange überlegen, um zu wissen, was Böhmer meinte. »Ich schätze, er wird versuchen, mich umzubringen.«

»Das denke ich auch. Du musst jetzt noch mehr auf dich aufpassen als zuvor.«

»Ja, das tue ich. Bis später.«

Max steckte das Telefon ein und marschierte los. Er war verwirrt. Neumann war also wahrscheinlich schon eine ganze Weile tot. Aber wer hatte ihn umgebracht? Wer machte sich die Mühe, dieses ganze Theater zu inszenieren?

Alex hat gesagt, er müsse sich vor den Fickern *verstecken,* hatte Vogt bei ihrem ersten Gespräch erzählt. *Sie seien hinter ihm her, und er brauche Geld, um sich vor ihnen in Sicherheit zu bringen.*

War es einer dieser *Ficker,* der ihn umgebracht hatte? Aber wenn Max es richtig deutete, handelte es sich bei den *Fickern* um diejenigen, die Neumann im Gefängnis immer wieder vergewaltigt hatten. Welchen Grund könnte einer dieser Männer haben, solch ein perverses Spiel mit ihm zu treiben?

Kirstens Anruf aus dem Kellerloch fiel ihm ein. Sie hatte den Mann beschrieben, der sie gefangen hielt. Groß und schlank sei er, hatte sie gesagt, mit kurzgeschnittenen schwarzen Haaren. Die Beschreibung hatte genau auf Neumann gepasst.

Max erreichte Vogts Haus und klingelte.

Wie bei ihrem Besuch zuvor öffnete Christine Vogt die Tür. Als sie ihn sah, verzog sie das Gesicht und schüttelte den Kopf. »Das glaube ich jetzt nicht. Sind Sie eigentlich noch bei Trost? Wissen Sie, was? Ich werde jetzt bei der Polizei anrufen und mich beschweren. Das grenzt ja schon an Stalking, was Sie hier treiben.«

Max hob beschwichtigend die Hände. »Nein, bitte, Frau Vogt, ich weiß, dass Sie genervt sind, und ich verstehe Sie sehr gut, aber es gibt neue Erkenntnisse, über die ich unbedingt mit Ihrem Mann sprechen muss. Können Sie denn nicht nachvollziehen, dass ich alles versuche, um das Leben meiner Schwester zu retten? Das kann Ihnen doch nicht gleichgültig sein.«

Sie betrachtete ihn eine Weile mit kritischem Blick, nickte dann aber. »Also gut, ein letztes Mal. Kommen Sie rein.«

Vogt kam ihm mit einer Tasse Kaffee in der Hand in der Diele entgegen. »Oh«, stieß er aus, als er Max sah, »Sie schon wieder. Haben Sie noch etwas vergessen?«

»Ich bin hier, um nachzufragen, ob *Sie* vielleicht etwas vergessen haben. Und um Ihnen etwas mitzuteilen, das ich selbst gerade eben erfahren habe. Alexander Neumann wurde nicht erst gestern getötet. Sein Körper war eingefroren, was bedeutet, er ist schon länger tot. Vielleicht sogar schon ein Jahr.«

Es schien, dass Vogt nur allmählich begriff, was Max gesagt hatte. Erst nach einer ganzen Weile weiteten sich seine Augen, und sein Mund klappte auf. »Seit … einem Jahr? Sie meinen, er könnte schon getötet worden sein, nachdem er hier bei mir war?«

»Ganz genau.«

»Haben Sie dafür auch einen Anhaltspunkt?«, schaltete Christine Vogt sich ein.

»Nein, aber es ist möglich. Das erweitert das Spektrum an potentiellen Tätern natürlich enorm. Das Wichtigste für mich ist aber: Wenn ich weiß, wer Neumann umgebracht hat, dann weiß ich mit hoher Wahrscheinlichkeit auch, wer meine Schwester entführt hat.«

»Aber Sie denken jetzt nicht ernsthaft, mein Mann könnte etwas mit der Sache zu tun haben, oder?«

»Ich denke noch gar nichts. Die Information ist für mich ebenso neu wie für Sie. Ich kann nur darauf hoffen, dass Sie mir helfen.«

Vogt zuckte die Schultern. »Aber ich habe Ihnen doch

schon alles gesagt, was ich weiß. Wie könnte ich Ihnen sonst noch helfen?«

»Mit der Erkenntnis, dass Neumann schon länger tot ist, ändert sich die Fragestellung. Was ich von Ihnen wissen möchte, ist, ob sie den Mann, mit dem Lena Neumann in dem Jahr vor ihrem Tod zusammen war, einmal gesehen haben, und sei es auch nur kurz.«

»Nein, nie.«

»Sicher?«, hakte Max enttäuscht nach.

»Ja, ganz sicher.«

»Können Sie sich an den genauen Inhalt des Briefes erinnern, den sie von dem Mithäftling ihres Bruders bekommen hat?«

»Welchen Brief?«, fragte Christine Vogt ihren Mann, doch zu Max' Überraschung ignorierte er sie.

»Nicht an Einzelheiten, aber es war furchtbar. Da drin stand, dass ...« Nun sah er doch kurz zu seiner Frau hinüber, bevor er weitersprach. »Da stand, dass einer der Häftlinge sein Zuhälter war und dass er Alex für besonders abartige Dinge *vermietete*. Dass sie ihn mit allen möglichen Gegenständen vergewaltigten und ...« Er brach ab und schüttelte den Kopf.

»Und?«, hakte Max nach.

»Sie haben ihn ... also ... als Toilette benutzt, wenn Sie verstehen, was ich meine.«

Vogts Frau presste sich die Hand auf den Mund und murmelte dumpf »O Gott« gegen die Handfläche. Auch Max spürte Übelkeit in sich aufsteigen, und zum ersten Mal empfand er so etwas wie Mitleid mit Neumann. Und mit dessen Schwester. »Und das alles musste Lena lesen.«

»Ja. Es hat sie kaputtgemacht.«

»Wen wundert das?«

»Es muss einen ganzen Stapel von diesen Briefen gegeben haben. Vielleicht hat Lenas Mutter sie ja noch.« Vogts Augen weiteten sich. »Ihre Mutter … ich weiß es zwar nicht genau, aber *die* müsste den Typen doch gesehen haben, mit dem Lena zusammen war.«

Da war etwas dran, gestand Max sich ein, obwohl er wusste, ein weiteres Gespräch mit der Alten würde schwierig werden. »Ich werde mich noch mal mit ihr unterhalten. Zumindest werde ich es versuchen. Haben Sie vielleicht einen Zettel und einen Stift für mich? Ich schreibe Ihnen meine neue Telefonnummer auf. Für alle Fälle.«

Vogts Frau deutete auf das kleine Bord, das hinter ihnen an der Wand stand. Neben einer Schale mit einem Schlüsselbund darin lagen ein Notizblock und ein Bleistift.

Max notierte Böhmers Nummer und wandte sich noch einmal Vogt zu. »Bitte, denken Sie weiter nach. Was immer Ihnen vielleicht noch einfällt, kann wichtig sein. Rufen Sie mich an.«

Dann machte er sich auf den Weg zurück zu Neumanns Mutter.

15.42 Uhr

Bevor er bei Elvira Neumann eintraf, wollte Max noch mal mit Böhmer reden. Er wählte die Nummer, unter der sein Partner ihn aus der Uniklinik angerufen hatte. Eine Frau meldete sich und erklärte ihm, Hauptkommissar Böhmer habe die Rechtsmedizin bereits vor einiger Zeit verlassen.

Also versuchte er es unter Böhmers Büronummer, wo sich aber Manfred Hauck meldete. Es hätte Max auch gewundert, wenn Böhmer so schnell in Düsseldorf gewesen wäre.

»Horst, was gibt's?«

»Nein, ich bin es, Max. Ich habe Horsts Telefon.«

»Max, gut, von dir zu hören. Deshalb hat Horst eben von einem Apparat der Rechtsmedizin aus angerufen. Dass du sein Handy hast, hat er allerdings nicht erwähnt. Wie geht es dir? Gibt es was Neues wegen Kirsten?«

»Nein. Und es wäre leichter, wenn nicht der gesamte Polizeiapparat hinter mir her wäre«, entgegnete Max. »Horst ist noch nicht zurück?«

»Nein, er ist auf dem Weg. Gorges wird die Fahndung nach dir wohl abblasen. Mittlerweile haben wir die genaue Analyse der Aufnahme vorliegen, und es ist eindeutig, dass sie zusammengebastelt worden ist.«

»Ja, das habe ich von Anfang an gesagt, aber man hielt mich ja plötzlich lieber für einen Mörder.«

»Ach, Max, das musst du …«

»Damit werde ich mich befassen, wenn ich Kirsten gefunden habe. Und Gorges soll beten, dass sie dann noch lebt.«

Er hörte selbst die Verbitterung in seiner Stimme, aber es war ihm egal.

»Kannst du Horst bitte ausrichten, er soll mich anrufen, wenn er zurück ist? Und er soll sich ein Handy zulegen.«

Elvira Neumann öffnete auch nach dem zweiten Klingeln nicht, doch davon ließ Max sich nicht beeindrucken. Er drückte den Daumen auf den Klingelknopf, während er gleichzeitig mit der freien Hand gegen die Tür schlug. Es dauerte nicht lange, da ging die Tür des Nachbarhauses auf, und ein Mann im fleckigen Unterhemd, das sich über seinen kugelförmigen Bauch spannte, erschien in der Tür und sah vorwurfsvoll zu Max herüber.

»Polizei«, sagte Max und hämmerte weiter gegen die Tür, bis sie plötzlich aufgerissen wurde.

»Verdammte Scheiße, was soll denn das Theater? Muss man sich von euch Bullen denn alles gefallen lassen?«

»Ich muss noch mal mit Ihnen reden«, erklärte Max so ruhig, wie es ihm möglich war.

»Ich hab dir schon mal gesagt, dass wir fertig sind, und dabei bleibt es, kapiert? Und jetzt verpiss dich, bevor ich ein paar Jungs rufe, die dir die Fresse polieren.«

»Jetzt reicht's«, fuhr Max sie an. »Nun reißen Sie sich gefälligst mal zusammen. Auch wenn es Ihnen egal ist, sage ich Ihnen trotzdem, dass Ihr Sohn schon vor langer Zeit getötet worden ist. Sie werden mir jetzt meine Fragen beantworten, oder ich schwöre Ihnen, Sie wandern in den Knast. Ich werde Sie so mit Klagen wegen Beihilfe zum Mord, Behinderung der Justiz und noch ein paar Dingen überziehen, dass Sie die nächsten Jahre hinter Gittern verbringen. Da können Sie dann so lange herumfluchen, wie Sie wollen.«

Elvira Neumann verstummte und glotzte ihn mit großen Augen an. Max konnte nur hoffen, dass sein Bluff funktionierte.

»Wenn du glaubst, du kannst mir Angst machen, hast

du dich geschnitten, Bürschchen«, sagte sie, allerdings bedeutend ruhiger. »Aber was heißt hier, der Versager ist schon länger tot? Ich dachte, er hat deine Schwester entführt?«

»Das dachte ich auch, aber das hat offensichtlich jemand anderes getan. Frau Neumann, ich weiß, dass Ihre Tochter Briefe aus dem Gefängnis bekommen hat.«

»Ja, ihr schwachsinniger Bruder hat ihr öfter mal geschrieben.«

»Das meinte ich nicht. Sie hat auch Briefe von einem Mithäftling bekommen.«

Sie schüttelte den Kopf. »Keine Ahnung. Davon weiß ich nichts. Glaubst du vielleicht, sie hat mit mir über irgendwas geredet? Vergiss es.«

Woran das wohl gelegen haben mag, dachte Max.

»Kann es sein, dass es diese Briefe noch gibt? Sie haben Lenas Sachen doch sicher irgendwo aufbewahrt.«

Nicht zum ersten Mal sah sie Max an, als käme er von einem anderen Planeten. »Sonst noch was? Was noch halbwegs in Ordnung war, hab ich verhökert, der Rest ist auf den Müll gewandert. Was soll ich mit dem Scheiß anfangen?«

»Sie haben gar nichts mehr?«

»Bürschchen, du scheinst echt ziemlich begriffsstutzig zu sein. Nein! Überhaupt nichts mehr! Also, war es das?«

»Nein, noch nicht ganz. Im letzten Jahr vor ihrem Tod hatte Ihre Tochter einen Freund. Haben Sie ihn mal gesehen?«

Sie schien zumindest kurz nachzudenken. »Keine Ahnung. Da kam mal der und mal der. Woher soll ich wissen, wer davon ihr Freund war?«

»Vielleicht ist Ihnen aufgefallen, dass jemand Ihre Tochter in dieser Zeit öfter besucht hat?«

»Kann schon sein, aber wenn das so war, hab ich es mir nicht gemerkt. Ich hab genug mit mir selbst zu tun, wissen Sie. Um mich kümmert sich nämlich auch keine Sau. Sind wir jetzt endlich fertig?«

Es war wirklich zum Verzweifeln. Max war sicher, dass die Frau ihm entscheidend hätte helfen können. Aber es hatte keinen Zweck. Er vergeudete nur seine Zeit.

»Ja, das sind wir. Und damit Sie mich diesmal auch tatsächlich anrufen können, wenn Ihnen noch etwas einfällt, lasse ich Ihnen meine Telefonnummer da. Haben Sie etwas zu schreiben für mich?«

»Kannst du dir sparen. Ich ruf dich nicht an.«

»Ich bitte Sie. Nur für alle Fälle.«

Sie schüttelte den Kopf und stieß ein zischendes Geräusch aus. »Ich sag's ja, begriffsstutzig.« Damit drehte sie sich um und knallte die Tür hinter sich zu.

38

16.03 Uhr
Während Max ohne ein bestimmtes Ziel die Straße entlanglief, ging er in Gedanken wieder und wieder die Unterhaltungen mit Markus Vogt und Elvira Neumann durch, doch nichts von dem, was sie gesagt hatten, brachte ihn weiter.

Es war deprimierend. Er zermarterte sich den Kopf darüber, wer sonst noch etwas über Neumann wissen konnte, und schlug sich im nächsten Moment an die Stirn. Patrizia Keller! Wie hatte er sie vergessen können.

Er musste noch mal mit ihr reden, auch wenn sie ziemlich sauer auf ihn war. Sie hatte Neumann zumindest halbwegs gekannt und damit wahrscheinlich besser als seine eigene Mutter. Erneut dachte er daran, wie furchtbar diese Frau war, als er plötzlich so abrupt stehen blieb, als sei er gegen eine Wand gelaufen.

Das, wonach er die ganze Zeit gesucht hatte, lag mit einem Mal ganz klar vor ihm. So klar, dass es geradezu verrückt war, dass es ihm nicht schon viel früher aufgefallen war.

»Das gibt's doch nicht«, sagte er laut und dachte angestrengt darüber nach, ob er nichts übersehen hatte und sich auch bestimmt nicht irrte, doch er kam immer wieder zum gleichen Ergebnis. Und war sich damit ziemlich sicher, dass er wusste, wer hinter alldem steckte. Und dieses Wissen machte ihm auf gewisse Weise Angst. Böhmers Befürchtung, der Täter könne nun versuchen, Max umzubringen, fiel ihm wieder ein, und er schätzte, dass sein Partner damit recht hatte. Aber genau darin konnte auch seine Chance liegen.

Max nestelte das Smartphone aus der Tasche und stellte fest, dass seine Hände zitterten, dann drückte er die Wahlwiederholung. Erneut meldete sich Hauck.

»Manfred«, sagte Max enttäuscht. »Hat Horst sich noch immer nicht gemeldet? Ich muss ihn unbedingt sprechen.«

»Nein, tut mir leid, aber ich denke, er wird bald hier auftauchen. Kann ich dir weiterhelfen?«

»Sag ihm bitte, er soll mich ganz dringend anrufen, danke.«

Ohne eine Antwort abzuwarten, legte Max auf und wählte sofort danach die nächste Nummer. Er konnte zwar eigentlich jede Hilfe brauchen, musste jetzt aber extrem vorsichtig sein.

»Palzer«, meldete der Oberkommissar sich.

»Hallo, hier ist Max. Ich brauche deine Hilfe. Die Ereignisse überschlagen sich gerade, und ich weiß nicht mehr so recht, wo mir der Kopf steht. Die Fahndung nach mir wird zwar abgeblasen, weil unsere Techniker herausgefunden haben, dass die Aufnahme zusammengeschnitten war, aber ich bin mir nicht mehr sicher, wem ich noch trauen kann. Ich befürchte, Patrizia Keller ist in diese Sache verwickelt. Aber nicht nur sie. Hör zu und rede bitte mit keinem darüber …«

Drei Minuten später legte er auf, behielt das Telefon aber in der Hand und hoffte inständig, dass Böhmer ihn schnell zurückrief. Davon hing sein ganzer Plan ab.

Kurz darauf klingelte es tatsächlich. Max nahm das Gespräch an und hielt sich das Telefon ans Ohr.

»Manfred sagte mir, du wolltest, dass …«

»Horst, ich brauche deine Hilfe. Hör zu und rede bitte mit niemandem darüber …«

16.28 Uhr

Als das Taxi in die Straße einbog, machte Max zwei Schritte auf die Fahrbahn und winkte dem Fahrer zu. Der Wagen hielt neben ihm an, und das Beifahrerfenster öffnete sich. »Ich bin hierhergeschickt worden. Sind Sie der, den ich abholen soll? Karsten Maurer?«

»Ja, der bin ich.« Max öffnete die hintere Tür, stieg ein und nannte die Adresse am Stadtrand von Köln. Dann sah er auf die Uhr.

Nach genau achtunddreißig Minuten stieg er mit heftig klopfendem Herzen aus.

Als er die Klingel an dem schon etwas in die Jahre gekommenen, frei stehenden Einfamilienhaus drückte, war es 17.27 Uhr.

Palzer öffnete die Tür und trat sofort zur Seite, als er Max erkannte. »Komm rein.«

Max betrat den dunklen Flur und wartete, bis Palzer die Tür geschlossen hatte und vorausging.

Der Raum, in den er Max führte, war recht klein und hatte mit einer Eckcouch, einem Tisch und einer wuchtigen Eichenschrankwand sein Aufnahmevermögen für Möbel erreicht.

»Setz dich doch.« Palzer deutete auf die abgewetzte Sitzfläche der Couch.

Max schüttelte den Kopf. »Nein, ich bleibe lieber stehen, ich bin zu aufgewühlt.«

»Das verstehe ich. Aber jetzt noch mal: Du glaubst also wirklich, Patrizia Keller macht mit deinem Partner gemeinsame Sache?«

»Ja, leider. Dieses Arschloch. Ich habe mich die ganze Zeit schon darüber gewundert, wie es sein kann, das jemand, mit dem ich seit Jahren so eng zusammenarbeite, so schnell glauben kann, ich sei ein Mörder. Bis ich auf den Trichter gekommen bin, dass er alles von langer Hand geplant hat. Sogar die Liaison mit Verena Hilger hat er angefangen, weil es zu seinem Plan gehörte. Es ist alles so … scheiße.«

Palzer nickte mit ernster Miene. »Das kann man wohl sagen.«

»Weißt du, was mich am meisten nervt? Dass ich selbst nicht darauf gekommen bin. Dass ich ihm trotz allem noch vertraut habe. Wenn du mir nicht die Augen geöffnet hättest, würde ich ihm wahrscheinlich immer noch vertrauen. Dieses Schwein war die ganze Zeit über auf dem neuesten Stand, weil ich ihm brühwarm alles erzählt habe. Er muss sich jedes Mal totgelacht haben. Und jetzt zuletzt hat er noch versucht, dich in ein schlechtes Licht zu rücken, damit ich überhaupt niemanden mehr habe außer ihm. Dreckiger geht es ja wohl nicht mehr. Aber ich werde ihn in eine Falle locken.«

»Er hat versucht, mich in ein schlechtes Licht zu rücken? Wie das?«

»Ach, das fing schon früh an. Gleich, als ich dich kennenlernte, machte er dich madig. Er erzählte mir, du hättest Probleme mit Vorgesetzten und was weiß ich noch alles. Aber jetzt am Schluss hat er den Vogel abgeschossen. Als ich ihm ein paar unangenehme Fragen stellte, hat er behauptet, du hättest das alles inszeniert und Kirsten entführt und in deinem Keller eingeschlossen.«

»Was? Ausgerechnet ich?«

»Ja, verrückt, oder?«

Palzer nickte. »Allerdings. Puh! Und wie soll es jetzt weitergehen? Weiß Böhmer, wo du im Moment bist?«

»Nein, Gott bewahre!« Max sah Palzer fest in die Augen. »Kann ich wenigstens dir vertrauen?«

»Denk mal an die letzten Tage. Klar kannst du mir vertrauen.«

»Und du hast meine Schwester wirklich nicht entführt und in deinem Keller eingesperrt?«

»Natürlich nicht«, erwiderte Palzer empört.

»Gut. Ist das Haus unterkellert?«

Auf der Stirn des Oberkommissars bildeten sich Falten. »Ja. Was soll die Frage?«

»Ich … ich habe gerade ein Problem damit, überhaupt noch jemandem zu vertrauen, kannst du das verstehen? Würdest du mir deinen Keller mal zeigen?«

»Sag mal, spinnst du? Du kannst doch nicht ernsthaft glauben …«

»Natürlich glaube ich das nicht, aber trotzdem. Tust du mir bitte den Gefallen und zeigst mir deinen Keller?«

Palzer stieß ein kurzes Lachen aus, das seine Augen nicht erreichte. »Lass mich das noch mal zusammenfassen. Du weißt, dass dein Partner ein übles Spiel mit dir treibt, möchtest aber trotzdem … Na, okay, wie du willst. Wenn es dir so wichtig ist, bitte.«

Er zeigte in Richtung Flur. »Nach dir. Nach links.«

Max verließ den kleinen Raum und bog in den Flur ein, an dessen Ende es auf der rechten Seite in die Küche ging. Gegenüber gab es eine ziemlich vergammelte Holztür.

»Durch die Tür links«, sagte hinter ihm Palzer.

Max öffnete die Tür und blickte auf kahle, ausgetretene Betonstufen, die steil nach unten in die Dunkelheit führten. Neben dem Türrahmen verlief ein weißes Stromkabel über dem Putz und mündete in einen Lichtschalter, der provisorisch an der Wand befestigt war. Max betätigte ihn, woraufhin eine Neonröhre den Treppenabgang in kaltes Licht tauchte.

»Na los, geh schon runter und überzeug dich selbst«, drängelte hinter ihm Palzer.

Als Max den Fuß auf die erste Stufe setzte, glaubte er, von unten ein Geräusch zu hören, und blieb stehen.

»Was ist los?«, wollte Palzer wissen.

»Ach, nichts. Ich dachte, ich hätte was gehört.«

»Wahrscheinlich eine Maus. Ist alles schon recht alt hier.«

Die Treppe endete in einem Raum von etwa fünfzehn Quadratmetern, an dessen Wänden alte Möbel standen und mit Werkzeug, Dosen, Flaschen und sonstigem Kram vollgestellte Regale. Zwei graue Türen, allem Anschein nach aus Metall, von denen der Lack an manchen Stellen vom Rost zu körnigen Erhebungen hochgedrückt worden war, waren in die Wand zu ihrer Linken eingelassen.

»Kann ich da mal reinschauen?«, fragte Max, woraufhin Palzer zum wiederholten Mal den Kopf schüttelte. »Das ist lächerlich, aber bitte, wie du möchtest.«

Max ging zu der rechten Tür und öffnete sie. Die warme Wolke, die ihm entgegenschlug, erinnerte ihn an eine Tankstelle. Er warf einen kurzen Blick in den Heizungsraum und verschloss ihn dann wieder. Die zweite Tür ließ sich nicht öffnen, doch im Schloss steckte der Schlüssel. Ohne Zögern griff Max danach und drehte ihn um. Dann legte er erneut die Hand auf die Klinke, drückte sie nach unten und stieß die Tür auf. In der nächsten Sekunde flog ein Schatten auf ihn zu und prallte schwer gegen ihn.

39

Max taumelte ein Stück zurück und schlug hart auf dem Boden auf. Die Luft wurde aus seinen Lungen gepresst, als etwas Schweres ihm den Brustkorb eindrückte, für einen Moment verlor er die Orientierung, dann war er plötzlich wieder frei. Er sog gierig die Luft ein, sah sich um und blickte auf vier Beine.

»Na los, hoch mit dir.«

Er kannte die Stimme. Sie gehörte Patrizia Keller.

Max richtete sich stöhnend in eine sitzende Position auf und sah, dass Keller eine Waffe auf ihn gerichtet hatte. Palzer stand grinsend daneben.

»Tja, du hattest schon recht, man kann wirklich niemandem trauen.«

»Du?«, stieß Max überrascht aus. »Und ich dachte …«

»Ja, du dachtest, dein Partner ist der böse Junge. Was du aber nicht bedacht hast: Dein Partner hat keinen Grund, dich leiden zu lassen, im Gegensatz zu mir.«

»Zu uns«, korrigierte Keller ihn.

»Aber … was habe ich dir denn getan? Oder euch?«

»Das werde ich dir sagen, bevor ich dich dabei zusehen lasse, wie ich deine Schwester Stück für Stück von ihren Extremitäten befreie. Als kleine Wiedergutmachung dafür, dass mein Plan nicht funktioniert hat, dich in den Knast zu schicken.«

»Was immer du gegen mich hast, Kirsten hat doch nichts damit zu tun. Quäl mich, aber lass sie aus dem Spiel.«

Ein kurzes, gehässiges Lachen. »Genau das siehst du eben falsch.«

Max drehte den Kopf und versuchte, einen Blick in den angrenzenden Kellerraum zu werfen.

»Ja, da ist sie drin. Und sie lebt. Noch.«

Palzer lehnte sich gegen eine Werkbank, die hinter ihm an der Wand stand, und sah Max kalt an.

»Es gab einmal eine Frau, die ich mehr geliebt habe als mein eigenes Leben. Wir hatten große Pläne für die Zukunft, wollten Kinder bekommen, die in einer Geborgenheit aufwachsen sollten, die sie nie gekannt hat. Sie nicht und ihr Bruder auch nicht.«

Max ahnte, von wem Palzer sprach, und mit dieser Ahnung verstand er mit einem Mal alles, was geschehen war.

»Im Gegensatz zu ihrem Bruder ist aber trotzdem ein guter Mensch aus ihr geworden. Doch dann baute dieser Bruder erheblichen Mist, weil er ein großes psychisches Problem hatte, weil sein Leben nur aus Qual und Härte bestand. Weil er so absolut ohne jede Liebe und Mitgefühl aufgewachsen war, dass er selbst zu diesen Gefühlen nicht fähig war. Er hat sein ganzes Leben lang gelitten. Als er dann durch dich geschnappt wurde, wollte er nur noch eines: sterben. Aber das hast du zu verhindern gewusst, und damit nicht genug. Er hätte dringend in eine Therapie gemusst, aber es gab da ein paar Leute, die auch das verhinderten. Dazu gehörten Verena Hilger und einige andere Kollegen und wieder einmal du. Du hast dich dermaßen in Paragraphen verbissen und in dein Schwarzweißdenken aus Gut und Böse verrannt, du warst so vernarrt in deine Rolle als Gutmensch, dass es dir egal war, was ihn zu dem gemacht hat, der er war, und was letztendlich zu seiner Tat führte.«

»Aber ich …«, setzte Max an, doch Palzer schrie ihm mit hochrotem Kopf entgegen: »Halt die Fresse, du scheinheiliges Arschloch, jetzt rede ich.« Er atmete tief durch, dann fuhr er fort: »Sie haben ihn im Knast so sehr gequält, dass er sie am liebsten angefleht hätte, sie mögen ihn endlich töten. Aber das hat er nicht getan, denn es gab da etwas, das ihn am Leben hielt und ihm die Kraft gab, alle Abartigkeiten zu überstehen, die sie ihm angetan haben: der Hass auf dich.

Irgendwann hat einer seiner *Gönner* sich einen besonderen Spaß erlaubt und Lena an den Spielchen teilhaben lassen, die sie mit Alex trieben. Sie wusste nichts davon, weil Alex es ihr nicht schrieb. Ihm war klar, wie sehr sie das quälen würde.

Jedenfalls hat dieser Kerl Briefe an sie aus dem Knast geschmuggelt, in denen er ihr bis ins kleinste Detail schilderte, was mit ihrem Bruder im Knast geschah. Lena hat alles versucht, um Alex verlegen zu lassen, doch sie hatte keine Chance. Ich habe das alles mit ansehen müssen und konnte nichts tun, um ihr oder ihm zu helfen. Jedes Mal wenn ich von ihr nach Hause gefahren bin, habe ich in meinem Auto herumgebrüllt vor Verzweiflung, ich habe angehalten und irgendetwas zerstört vor Wut, weil ich miterleben musste, wie die Frau, die ich über alles geliebt habe, vor die Hunde ging.

Irgendwann, nach einem besonders widerlichen Brief,

hielt Lena es nicht mehr aus und hat sich einen Cocktail gemixt, der sie für eine Weile aus dieser Welt voller Qualen katapultieren sollte. Aber sie hat sich bei der Menge verschätzt.

Damals habe ich mir geschworen, dass du dafür bezahlen wirst. Ich wollte Alex helfen, sich an dir zu rächen, wenn er aus dem Knast kam.«

Max warf einen Blick auf Patrizia Keller, die noch immer die Waffe auf ihn richtete.

»Sie hat mir geholfen, weil sie Alex mal geliebt hat.«

»Ich zögere aber trotzdem keine Sekunde, dir das Hirn wegzupusten, wenn du dich muckst«, presste Keller zwischen den Zähnen hervor. »Also tu mir den Gefallen und beweg dich …«

»Dann kam Alex endlich aus dem Knast«, redete Palzer weiter, »aber es war niederschmetternd, ihn zu sehen. Er war nur noch ein Wrack, seelisch wie körperlich. Er konnte sich kaum noch bewegen vor Schmerzen. Seine Mithäftlinge haben zum Abschied im Knast eine Party gefeiert, bei der er die Hauptattraktion war. Sie haben ihn so oft vergewaltigt, bis er ohnmächtig wurde, und sogar dann noch nicht aufgehört. Die Gefängnisleitung hat ihn ein paar Tage auf die Krankenstation verlegt und danach entlassen.

Alex hat in all den Jahren nie jemanden verraten und zu allen Taten geschwiegen, warum auch immer.

So stand er plötzlich vor mir, und all der Hass, der ihn die ganzen Jahre über am Leben erhalten hatte, konnte nichts daran ändern, dass er nur noch eines wollte, und das war sterben.

Er hat mich angefleht, ihm zu versprechen, dass ich

dich dafür bezahlen lasse, was du ihm und Lena angetan hast, und ich habe ihm das Versprechen gern gegeben. Und dann bat er mich, ihn zu töten, und hat mir den Plan erzählt, den er sich in den letzten Monaten im Gefängnis ausgedacht hat, als ihm klarwurde, dass er selbst nicht mehr dazu fähig war, sich an dir zu rächen. Seine Leiche spielte dabei eine Rolle, wie du weißt. Er wollte, dass du in absolute Panik gerätst, wenn du realisierst, dass er tot und deine Schwester irgendwo eingesperrt ist, wo du sie nicht finden wirst. Bevor du dann als Bulle in den Knast wanderst und das Gleiche erlebst, was er durchmachen musste.«

»Dieser ganze Plan ist genauso krank, wie Neumann es war und wie du es bist«, sagte Max leise. »Und wie bei allen Geistesgestörten war er von Anfang an zum Scheitern verurteilt.«

»Du riskierst eine ganz schön dicke Lippe angesichts des Schauspiels, das du gleich mit deiner Schwester geboten bekommst. Wie hat dir übrigens mein kleiner Trick mit dem Anruf von Kirsten gefallen? Den habe ich mir ausgedacht, damit du sicher bist, dass Alex selbst hinter alldem steckt. Eine schwarze Perücke, das Telefon an der richtige Stelle *verloren*, und schon hattest du eine Beschreibung, die auf Alex passte.«

Palzer grinste gemein. »Und du bist mir auf den Leim gegangen. So viel zum Thema geistesgestört, Herr Oberkommissar.«

»Und doch hast du einen peinlichen Anfängerfehler gemacht, der mich auf deine Spur gebracht hat«, sagte Max und zwang sich zu einem Grinsen.

»Ach ja?«

»Ja. Erinnerst du dich, dass du mich angerufen hast, um mir Kellers Adresse zu geben?«

»Ja klar, das war der Plan.«

»Ja, nur, dass du meine Nummer nicht haben konntest. Ich hatte da gerade das neue Handy, und dessen Nummer kannte nur einer: der Entführer.« Und nach einer kurzen Pause fügte Max hinzu: »Du Trottel.«

Palzer wollte sich wutentbrannt auf ihn stürzen, doch dann überschlugen sich die Ereignisse.

»Waffe runter, Polizei«, schrie jemand, Keller und Palzer bewegten sich hektisch, ein Schuss fiel, gleich darauf noch weitere Schüsse, Max spürte einen Schlag gegen die Schulter und wurde nach hinten katapultiert, dann wurde es trüb um ihn herum. Dichter Nebel legte sich über alles, Geräusche drangen nur noch dumpf an sein Ohr. Rufe wie aus weiter Ferne. Sein Körper wurde bewegt, und es fühlte sich an, als wäre es nicht sein eigener.

»Max!« Er kannte die Stimme. »Max, hörst du mich?« Er wusste, er kannte die Stimme sogar gut.

»Max, hey, sag was.«

Der Nebel lichtete sich, ein großer, heller Fleck tauchte über ihm auf. Ein Gesicht, riesengroß, bärtig …

»Du bist hässlich«, murmelte Max und war nicht sicher, ob Böhmer auch nur ein Wort verstand.

Max versuchte, sich aufzurichten, doch etwas schoss sofort brennende Pfeile in seine Schulter. Er stöhnte auf.

»Sie hat dich an der Schulter erwischt«, erklärte Böhmer, und seine Stimme hörte sich seltsam gepresst an. »Wahrscheinlich nur eine Fleischwunde, glatter Durchschuss, kein Problem.«

Max ignorierte die Schmerzen und richtete sich mühsam auf. »Was ist mit Kirsten?«

»Ist da drin. Es geht ihr den Umständen entsprechend gut. Die Kollegen sind schon bei ihr.«

Max sah Böhmer an, der seltsam gekrümmt neben ihm auf dem Boden saß, während um sie herum hektisches Treiben herrschte.

»Als Keller mich umgerannt hat, dachte ich schon, jetzt entdecken sie das Mikrophon auf meiner Brust. Ihr habt es nicht besonders gut angebracht.«

»Wir hatten ja auch nur zehn Minuten Zeit, bevor du an Palzers Tür geklingelt hast.«

Max' Blick wanderte zu Böhmers Beinen, dann entdeckte er den Grund für die verkrümmte Haltung seines Partners. »Du bist auch angeschossen worden.«

»Ja, nur der Oberschenkel. Nicht so wild.«

Max' Blick tastete sich durch den Raum und blieb an Palzer hängen, der reglos auf dem Rücken lag. Über dem rechten Auge klaffte ein kreisrundes Loch, aus dem ein wenig Blut sickerte. Sein Mund war geöffnet, nein, es sah aus, als hätte er ihn noch im Tod aufgerissen.

Daneben hockte Patrizia Keller, die Arme hinter dem Rücken gefesselt. Sie schien unverletzt. Als ihre Blicke sich trafen, sah sie ihn hasserfüllt an.

Böhmer legte Max die Hand auf die Schulter. »Mann, bin ich froh, dich und Kirsten lebend zu sehen.«

Max nickte. »Geht mir auch so.« Er blickte auf. »Kann mir mal jemand hochhelfen? Ich möchte zu meiner Schwester.«

Zwei Minuten später lagen sich Max und seine Schwester weinend in den Armen.

40

»Wenn ich hier raus bin, geh ich in Pension«, sagte Böhmer und betrachtete sein Bein, das dick verbunden auf der Decke des Krankenbettes lag.

Max versuchte, eine Liegeposition zu finden, in der das Pochen in seiner Schulter wenigstens ein wenig nachließ. Bevor er auf das eingehen konnte, was Böhmer gesagt hatte, fragte der: »Wie geht es Kirsten?«

»Sie ist im Moment bei meinen Eltern. Meine Mutter weicht keine Minute von ihrer Seite. Es wird eine Weile dauern, bis sie diese furchtbaren Erlebnisse verarbeitet hat, aber sie ist sehr stark, das hat sie schon oft genug bewiesen. Wenn ich hier raus bin, werde ich versuchen, ihr dabei zu helfen, das alles zu vergessen. Aber noch mal zu dir … du gehst wirklich in Pension?«

»Ja, der Arzt sagte, das sei kein Problem. Mein Bein wird zwar wieder einigermaßen, aber ein bisschen humpeln werde ich wohl ab jetzt. Das reicht für die vorgezogene Pension. Du wirst dich an einen neuen Partner gewöhnen müssen.«

Max sah zu ihm hinüber. »Nein, das werde ich nicht.«

»Was?«

»Ich steig aus.«

»Ach, das denkst du nur …«

»Ich bin mir so sicher, wie man sich nur sicher sein

kann. Ich habe viel nachgedacht. Über Recht und Gesetz, über Vorschriften, Loyalität und Vertrauen. Über vieles. Und ich bin zu dem Schluss gekommen, dass ich nicht mehr als Polizist arbeiten möchte.«

Böhmer schürzte die Lippen. »Mag ja sein, dass nicht alles perfekt ist, aber trotzdem ist es eine gute, wichtige Sache, ohne die in unserer Gesellschaft schnell Anarchie herrschen würde … und dann das Recht des Stärkeren. Das kannst du doch nicht wollen.«

»Das möchte ich auch nicht, und ich gebe dir absolut recht, dass die Polizei wichtig ist. Aber ich habe für mich entschieden, dass ich nicht mehr dabei sein möchte. Zu viele Menschen mussten schon darunter leiden, dass ich Polizist bin. Wir werden immer im Nachteil sein, und die Wichser da draußen werden sich weiter über uns totlachen, solange wir uns an Regeln halten müssen, die sie ignorieren. Dadurch haben sie uns gegenüber einen Vorteil, den wir durch nichts wettmachen können.«

»Findest du, Polizisten sollten wie Westernhelden herumlaufen und auf alles ballern dürfen, was sich bewegt? Gerade du, der doch so gerne in den Köpfen von Mördern herumspukt?«

»Nein, aber ich denke, wenn man uns anpisst, sollten wir zurückpissen dürfen. Ich mag einfach nicht mehr.«

»Okay. Und was möchtest du dann tun? Versicherungen verkaufen?«

»Nein, das sicher nicht. Aber ich habe da schon so eine Idee.«

»Aha, und was soll das sein?«

Max lächelte. »Das sag ich dir, wenn es so weit ist. Jetzt muss ich ein wenig schlafen.«

Er drehte den Kopf zur Seite und schloss die Augen. Es dauerte nicht lange, da tauchte das Bild von Palzer wieder vor ihm auf, wie er auf dem Boden seines Kellers auf dem Rücken lag, ein Loch im Kopf und den Mund aufgerissen zu einem toten Schrei.

Nachwort

Sofern Sie nicht diese Seiten zuerst gelesen haben (wehe!), sind Sie gerade mit dem letzten Teil von »Im Kopf des Mörders« fertig geworden.

Sie haben – hoffentlich – mit Max gerätselt, sich mit ihm und über ihn geärgert und gefreut. Am meisten haben Sie aber wahrscheinlich mit ihm gelitten, denn ich gebe zu, ihm und seiner Schwester Kirsten wirklich übel mitgespielt zu haben.

Vom ersten Teil, »Tiefe Narbe«, bis hin zu den letzten Seiten dieses Buches, musste der arme Max viel erleiden, was sein Denken, Handeln und seine Sicht auf die Dinge im Allgemeinen und seinen Beruf im Speziellen zwangsläufig verändert hat.

Vieles davon war nicht geplant und hat sich erst durch den Verlauf der Geschichte ergeben, aber gerade das war es, was ich so faszinierend fand. Genau dafür den Raum zu haben.

Wenn es Ihnen so geht wie mir, bevor ich selbst mit dem Schreiben angefangen habe, dann stellt sich Ihnen beim Lesen schon mal die ein oder andere Frage, die mit der Handlung zusammenhängen oder ganz allgemeiner Natur sein kann. Sei es nun *Wie kommt der Autor nur auf diese Idee* oder *Wie lange er wohl daran geschrieben hat* Fragen, auf die man gerne eine Antwort hätte.

Ich lade Sie ganz herzlich dazu ein, mich zu kontaktieren und mir Ihre Fragen oder Anmerkungen, Ihr Lob oder Ihre Kritik persönlich mitzuteilen. Worum auch immer es geht, ich freue mich auf Ihre E-Mail, Facebook- oder Instagram-Nachricht und verspreche Ihnen, diese auch zu beantworten. Falls das ein paar Tage dauert, bitte ich um Nachsicht, aber ich verspreche Ihnen, Sie hören von mir.

Schreiben Sie mir einfach unter *info@arno-strobel.de*, über das Kontaktformular meiner Website *www.arno-strobel.de*, über meine Facebook-Seite *https://www.facebook.com/arnostrobel.de* oder mein Instagram-Profil unter *@arno.strobel*.

Apropos Facebook und Instagram: Ich freue mich sehr, wenn Sie mir bei Instagram folgen, ein »Gefällt mir« auf Facebook hinterlassen und sich für den kostenlosen Newsletter auf meiner Website unverbindlich anmelden. Das hat für Sie den Vorteil, dass Sie aktuelle Informationen und die neuesten Veranstaltungstermine bekommen und zudem noch an verschiedenen Specials und Verlosungen teilnehmen können.

Zum Schluss möchte ich es nicht versäumen, mich ganz herzlich bei Dr. Saskia Etzold zu bedanken, die nicht nur eine hervorragende und bekannte Rechtsmedizinerin, sondern auch die Frau meines geschätzten Kollegen Veit Etzold ist und mich bei wirklich kniffligen medizinischen Fragen mit ihrem Fachwissen beraten und unterstützt hat.

Wichtiges Update

Der neue große Thriller von Arno Strobel
erscheint bereits im Herbst 2019.

Wenn Sie über den genauen Erscheinungstermin
informiert werden möchten, dann senden Sie
eine E-Mail mit Ihrem Namen an
info@arno-strobel.de

Sobald es Neuigkeiten gibt, werden Sie
umgehend benachrichtigt.

Du wolltest nicht erreichbar sein.
Jetzt sitzt du in der Falle.